KATRIN FRANKE

Frühlings Herzklopfen

Linda & Leander

LIEBESROMAN

Liebe Leser:innen,

dieses Buch enthält potenziell triggernde Inhalte.
Deshalb befindet sich auf Seite 307 eine Triggerwarnung.
Bitte beachte, dass diese Spoiler für das gesamte
Buch enthalten kann.

KAPITEL 1

Linda

Ein Zumba-Kurs? Echt jetzt?

Was genau hatte sich Linda eigentlich dabei gedacht, sich zu diesem Gehopse anzumelden? Schon allein vom Anschauen diverser Videos, die ihrer Vorbereitung hatten dienen sollen, war ihr klar geworden, dass das nichts für sie sein konnte. Zwar ging sie seit einiger Zeit regelmäßig ins Fitnessstudio, bevorzugte jedoch einfaches Zirkeltraining, bei dem man sich so gut wie nicht verletzen konnte. Die Betonung lag dabei auf *so gut wie*, denn wenn man es wie sie schaffte, sich eines der Gewichte auf die Füße fallen zu lassen, war auch das keine sichere Trainingsmethode.

Sie erinnerte sich an ein Aerobic-Abenteuer vor

etlichen Jahren, als sie schon einmal versucht hatte, eine solche Sportart für sich zu finden. Aber Fehlanzeige – es hatte keine zehn Minuten gedauert, bis die Trainerin sie gebeten hatte, entweder nur die Arme oder nur die Beine zu bewegen. Beides zusammen ging einfach nicht. Für Linda war es schier unmöglich, Bewegungen dieser Art zu koordinieren, ohne sich dabei selbst mehrfach zu verknoten.

Aber wie jedes Jahr hatte sie sich von all diesen Neujahrsvorsätzen in ihrem Umfeld anstecken lassen, um ihre Fitness auf ein höheres Level zu bringen.

Leider hatten die angebotenen Gymnastik-Kurse bisher nicht ihr Interesse wecken können. Bauch, Beine, Po – davon hatte sie schon genug. Aber dieses Zumba wollte sie trotz ihrer ungelenken Art unbedingt ausprobieren. Sie mochte die lateinamerikanische Musik und tanzte wahnsinnig gern. Das würde sich doch bestimmt gut kombinieren lassen.

Zumindest war das ihre Hoffnung, bis sie das Fitnessstudio betrat.

»Du bist spät dran, Hübsche«, rief ihr Julian lachend zu, als sie am Empfangstresen vorbeihetzte, um noch rechtzeitig in den Kursraum zu gelangen. Julian Seeberger war ein durchaus sehr ansehnliches Exemplar Mann: groß, durchtrainiert, charmant und der Inhaber des

Sportstudios, das er *Körper-Kraftwerk* getauft hatte.

»Pf, ich bin so was von pünktlich. *Just in time* nennt man das«, konterte Linda und wischte sich mit der flachen Hand über die Stirn.

Im Winter dick eingemummelt vom Kalten ins Warme zu kommen und dann mörderisch zu schwitzen, war definitiv einer der größten Nachteile dieser Jahreszeit. Sie freute sich schon so auf den Frühling.

Schnell erhaschte sie einen Blick auf die Uhr über der Tür zur Umkleide. Sie war wirklich spät dran. Allerdings war Zeit ja relativ. Und sie war sich relativ sicher gewesen, noch viel davon zu haben. Doch jetzt konnte sie schon die laute Musik aus dem Raum hören, in dem der Zumba-Kurs stattfand und der nur durch eine riesige Glaswand vom restlichen Teil des Studios abgetrennt wurde. Die Scheiben waren hüfthoch satiniert, sodass man auch von außen ganz gut erkennen konnte, um welche Art der Folter es sich handelte, mit der die zumeist weiblichen Kursbesucher gequält wurden, um sich fit zu halten.

Julian rief noch etwas, was sie nicht mehr verstand, weil sie hastig im Umkleideraum verschwand, um sich in Windeseile in ihre Sportklamotten zu werfen und in den Kursraum zu eilen, der auf den ersten Blick gut gefüllt war.

Der einzige freie Platz befand sich direkt vor der Glaswand. »Na prima, da kann jeder das Elend begutachten«, seufzte sie leise und hoffte, dass es niemand gehört hatte. Sie schlängelte sich durch die Anwesenden, rempelte jemanden an, entschuldigte sich und kam schließlich an ihrem Platz an.

Und dann hieß es: Augen zu und durch.

Die Trainerin, deren Namen sie vergessen hatte – irgendwas mit E … Erika, Erin, Elsa oder so –, drehte die Musik noch lauter auf, um zu signalisieren, dass es nun losging. Parallel begann sie, Kommandos in den Raum zu brüllen, als wäre sie vom Militär. Gefolgt von Bewegungsabläufen, die Linda kaum umsetzen konnte. Die Frauen um sie herum, die diesen Kurs anscheinend regelmäßig besuchten, hüpften routiniert von einem Bein aufs andere, schwangen ihre Hüften und klatschten euphorisch in die Hände, sobald es die Trainerin vormachte.

Das hier war anscheinend nicht der Anfängerkurs, den Linda eigentlich hatte buchen wollen. Stattdessen war sie wohl in einem Kurs für Fortgeschrittene gelandet und die Knoten in ihren Gliedmaßen waren nicht verwunderlich.

Ihre Tanz-Skills beschränkten sich nämlich lediglich auf unkoordinierte Freestyle-Bewegungen. Wobei sie es immer schaffte, im Takt zu bleiben. Sie liebte es, sich der

Musik und den Rhythmen hinzugeben. Ging es allerdings darum, feststehende Schrittkombinationen umzusetzen, erst recht mit Armen und Beinen gemeinsam – dann wurde sie zu einer Art Bewegungslegasthenikerin, denn damit war sie heillos überfordert.

Zum Glück besaß sie genug Selbstironie, um über sich lachen zu können. Ihre Versuche, immer wieder mitzuhalten, misslangen jämmerlich. Von außen konnte man annehmen, dass dieser Sport Spaß machte. Aber für Linda war er eigentlich nicht das Richtige. Das erkannte sie schnell und beschloss, einfach beim Zirkeltraining zu bleiben.

Schnaufend kämpfte sie sich durch den Kurs, der insgesamt eine Stunde dauerte. Im letzten Drittel gewannen die Musik, die Bewegungen und das Klatschen immer mehr an Tempo. Sie hüpfte, sprang, schwang die Arme und während sie versuchte, alle Bewegungen miteinander zu verknüpfen, geriet sie ins Straucheln. Für den Bruchteil einer Sekunde verschwamm alles um sie herum, sie spürte, wie ihr linker Fuß umknickte und sie den Halt verlor. Dann stürzte sie zu Boden und ganz abrupt wurde es still im Raum. Keine Musik mehr. Keine Kommandos. Nur besorgtes Flüstern unter den anderen Kursteilnehmerinnen.

»Auch das noch«, jammerte Linda leise und schlug

peinlich berührt die Hände vors Gesicht.

»Alles okay? Bist du verletzt?« Erika-Erin-Elsa kam sofort zu Hilfe geeilt und hockte sich neben sie, während Linda ihren Knöchel rieb.

»Ja, nein«, stammelte sie. »Es geht schon. Ich weiß gar nicht …«

»Dein Schnürsenkel war auf und du bist darüber gestolpert. Kann passieren«, sagte die freundliche Frau schmunzelnd, die bis eben noch Befehle durch den Raum gebrüllt hatte.

Großartig, und das hatte sie ihr nicht schon früher sagen können?

»Hauptsache, dir ist nichts Ernsthaftes passiert. Lass dir von Julian was zum Kühlen geben und anschließend ab nach Hause. Leg das Bein am besten hoch, dann ist das bald ausgestanden. Gute Besserung.« Die Trainerin klatschte wieder in die Hände und rief: »Auf, auf, die Damen, Endspurt. Drei, zwei, eins …« Gleich darauf wurde die Musik wieder laut.

Mühsam stand Linda auf. Geräuschvoll sog sie die Luft ein, als ein stechender Schmerz in ihren Knöchel fuhr. Verdammt.

Während sie ihren Oberkörper aufrichtete, glitt ihr Blick durch die halbsatinierte Verglasung in den Fitnessraum, um sicherzugehen, dass ihr filmreifer Auftritt eben nicht für Furore gesorgt hatte. Aber da draußen schien niemand von ihr Notiz zu nehmen, was sie erleichtert aufatmen ließ. Bevor sie den Kursraum verlassen konnte, bückte sie sich, um ihre Trinkflasche und das Handtuch aufzuheben. Sie raffte beides zusammen, und als sie wieder nach oben kam, entdeckte sie *ihn*.

In der hinteren Ecke des Fitnessstudios saß ein Kerl an einem der Geräte, mit dem man die Armmuskeln trainierte, und starrte sie geradewegs an. Die kleinen Härchen in ihrem Nacken stellten sich augenblicklich auf, als sich seine Lippen auch noch zu einem breiten Grinsen verzogen.

Das graue Muskelshirt gewährte freien Blick auf seine muskulösen Oberarme, die vom Schweiß glänzten. Sein Anblick brachte sie so sehr aus dem Konzept, dass sie nahezu eine komplette Lähmung erlitt. Wie von Geisterhand war sie auf einmal nicht mehr in der Lage, ihre Finger fest um die Trinkflasche zu schließen. Stattdessen löste sich ihr Griff und die Flasche fiel laut polternd auf den Parkettboden.

Shit. Er hatte vermutlich alles gesehen, und wenn sie gleich den Kursraum verließ, würde er mit Sicherheit in lautes Gelächter ausbrechen.

Gab es hier einen Fluchtweg? Es musste einen geben. So wollten es die Vorschriften. Und die wollten auch, dass der Fluchtweg ausgeschildert war. Zu dumm nur, dass sie keinen dieser grün-weißen Hinweise entdecken konnte.

Erneut schlängelte sie sich durch die Kursteilnehmerinnen und hob zum Abschied die Hand, als sie den Raum verließ. Mit geneigtem Kopf humpelte sie zurück in den Fitnessraum und hoffte einfach, dass niemand sie auf das eben Passierte ansprechen würde.

»Alles okay, Linda?« Julian hatte es also doch gesehen. War ja klar, dass sie mit dieser Showeinlage zur Attraktion der Woche geworden war. Schmunzelnd stellte er ihr ein Glas Wasser vor die Nase und zeigte ihr einen Daumen nach oben. »Für das, was ich von deinem Auftritt gesehen habe, bekommst du von mir eine glatte 6,0. Haltung und technische Ausführung waren top.«

»Jaja, schon klar. Schön, dass du Spaß hattest.« Linda war weniger amüsiert und hievte sich auf einen der Barhocker, die sich vor dem Tresen aufreihten. Den verletzten Knöchel, der inzwischen wirklich schmerzhaft puckerte, legte sie auf dem danebenstehenden Hocker ab und rieb demonstrativ darüber. »Hast du was zum Kühlen?«

»Klar, Momentchen.« Julian nickte, verschwand in einem der angrenzenden Zimmer und kam gleich darauf mit einem Kühlpack zurück. Er eilte um den Tresen herum, schnappte sich auf dem Weg zu ihr noch ein sauberes Geschirrtuch und drapierte alles auf dem Hocker, auf dem sie schon den verletzten Fuß abgelegt hatte.

»Zeig mal her.« Vorsichtig fuhr er über die Schwellung, bevor er erst das Tuch darauflegte und dann die kühlende Kompresse. »Nicht bewegen, sonst fällt es runter.«

»Das ist kalt«, japste Linda, zog ihr Bein zurück und sah zu, wie das Kühlpack vom Knöchel erst auf den Hocker und dann auf den Boden fiel. Julian bedachte sie mit einem beleidigten Blick.

»Still halten ist nicht so deins, oder?«, neckte er sie und hob das Kühlpack auf, um es erneut auf dem verletzten Gelenk zu positionieren. »Und jetzt bleib so, ja?«

Erneut nickte Linda. »Geht klar, Herr Doktor.« Dann stieß sie geräuschvoll die Luft aus und riskierte einen Blick in den Fitnessraum. Erleichtert stellte sie fest, dass alle, die hier trainierten, mit sich beschäftigt waren. Den Kerl von vorhin konnte sie allerdings nicht mehr entdecken, was sie fast schon bedauerte.

»Das kann echt nur mir passieren. Im gut gefüllten Studio«, schimpfte Linda vor sich hin.

»Ach was, so schlimm war es nicht. Hat kaum jemand gesehen.« Es war überdeutlich, dass Julian große Mühe hatte, sein Lachen zu unterdrücken. »Geht's denn mit dem Fuß? Oder soll ich dich nach Hause fahren?« Zur Untermalung seines Angebotes wackelte er mit den Augenbrauen. Hoffte er wirklich, dass er sie damit rumbekäme? Wäre sie sein Typ, wäre sie genau jetzt vermutlich wirklich schwach geworden und hätte sein Angebot angenommen. Aber sie wusste, dass sie weit außerhalb seines Beuteschemas lag. Julian flirtete zwar gern, auch mit ihr, stand aber eigentlich eher auf Püppchen mit Modelmaßen. Er war ein netter Kerl, wirklich, aber eben sehr oberflächlich, wie Linda fand. Trotzdem tat es ihr gerade gut, wie er sie umgarnte. Welche Frau konnte sich dem schon entziehen?

»Nein, nein, es geht schon, Julian. Ich fahr gleich heim und leck meine Wunden selbst.« Mit einem schiefen Grinsen ging sie auf seine Bemerkung ein und kicherte hinter vorgehaltener Hand, als sie sah, wie sich Julians Augen weiteten. Mit ihrer Schlagfertigkeit hatte er anscheinend nicht gerechnet. Sie mochte ihn und wusste, dass dies auf Gegenseitigkeit beruhte. Aber jeder hier mochte ihn, was nicht verwunderlich war. Julian war der klassische Sonnyboy, immer gut gelaunt, stets einen flotten Spruch parat und noch dazu sah er verdammt gut aus. Mit Sicherheit hatte er an jeder Hand zehn Frauen, die sich danach sehnten, seine Seite zieren zu dürfen.

»Mach ein Video davon«, feixte er und leckte sich provokant über die Lippen, was Linda zum Lachen brachte.

»Spinner.« Kopfschüttelnd trank sie das Wasser aus und schob das Glas über den Tresen. »Mir geht's gut, mach dir keine Sorgen. Ich fahre jetzt nach Hause. Allein.« Demonstrativ hob sie die Hand und warf ihm einen Luftkuss zu, den Julian theatralisch mit beiden Händen auffing und an seine Brust drückte.

»Sag Bescheid, falls du doch Hilfe brauchst, okay?«

Sie nickte und wollte gerade ihren Fuß von dem Barhocker hieven, als sie eine Berührung an ihrem Rücken spürte, die sie förmlich erstarren ließ. Augenblicklich flutete eine unsägliche Wärme ihren Körper, die sie daran hinderte aufzustehen. Eine Gänsehaut gesellte sich dazu und ihre Muskeln schienen nicht mehr gehorchen zu wollen. Langsam drehte sie ihren Kopf, um herauszufinden, wer dafür verantwortlich war, dass sie wie gelähmt hier saß. Sie schnappte nach Luft, als sie sah, in wessen Gesicht sie gerade blickte – der Typ, der ihren oscarreifen Auftritt beim Zumba live verfolgt hatte, schenkte ihr ein besorgtes Lächeln.

»Hey«, brummte er. Seine Stimme ähnelte der Julians, war jedoch etwas tiefer. »Du bist verletzt? Wie schlimm ist es?«

Noch immer war Linda wie versteinert und unfähig zu reagieren. Aus dem Augenwinkel sah sie Julian, der hinter dem Tresen die Arme vor der Brust verschränkt hatte. Seine Miene hatte sich deutlich verfinstert und Linda fragte sich, was nun schon wieder los war.

Dem Fremden wollte sie gern sagen, dass alles in Ordnung war, doch ihre Lippen blieben verschlossen. Stattdessen versank sie in den Tiefen dieser dunkelbraunen Augen, mit denen er sie vorhin schon fixiert hatte. Sie strahlten Wärme aus und zogen sie wie magisch in ihren Bann, sodass ein angenehmes Kribbeln ihre Wirbelsäule hinabrieselte.

Schließlich schaffte sie es zu nicken, um seine Frage nach ihrem Wohlbefinden zu beantworten. »Danke, es geht schon«, krächzte sie im Anschluss. Ihre Stimme hörte sich so rau an wie ein erkälteter Rabe.

»Darf ich mal?« Mr Schokoladenaugen nickte in Richtung ihres Knöchels und wartete auf ihre Erlaubnis für was auch immer.

»Julian hat mich schon verarztet«, erwiderte sie und schüttelte verwirrt den Kopf, weil der Fremde wenig anerkennend schnaubte.

»Hm, hab ich gesehen. Darf ich trotzdem?«

Linda stieß geräuschvoll die Luft aus und fragte sich, was für ein Battle zwischen diesen beiden Typen lief, dass sie sich förmlich darum rissen, ihr zu helfen. Dennoch nickte sie, woraufhin er mit seiner Hand sanft ihr Gelenk abtastete.

Seine Haut auf ihrer löste wahre Feuerstürme in ihr aus und sorgte dafür, dass sich ihr Herzschlag enorm erhöhte. *Hörst du das Wummern in meiner Brust?*, wollte sie den Fremden am liebsten fragen, aber ihre Stimmbänder waren zu nichts zu gebrauchen, seit er neben ihr stand.

Ihr Fuß zuckte bei jeder seiner Berührungen und er packte diesen sanft, um ihn zu begutachten.

»Hey, ich bin Arzt. Du musst keine Angst haben. Tut das hier weh?« Vorsichtig drückte er hier und rieb dort, während Linda die Zähne zusammenbiss und tapfer den Kopf schüttelte. »Ich vermute, du hast die Bänder überdehnt, aber das ist nichts Schlimmes.« Ein letztes Mal strichen seine Finger zärtlich über ihren Knöchel, bevor er seine Hand zurückzog.

»Du vermutest? Ich dachte, du bist Arzt«, stieß Linda aus und erntete einen amüsierten Blick von ihrem Gegenüber.

»Bin ich, aber ich kann nicht in deinen Fuß reinschauen. Allerdings ist dein Gelenk trotz der Überdehnung noch bewegungsfähig, daher schließe ich eine Fraktur aus.«

Okay. Das klang einleuchtend und Linda nickte

beeindruckt.

»Hol dir auf dem Nachhauseweg in der Apotheke eine Salbe, die die Schwellung lindert, und leg das Bein hoch. Ein paar Tage dauert es sicher, bis alles wieder gut ist.«

Während er mit ihr sprach, versuchte sie, ihn nicht allzu offensichtlich anzustarren. Sein Gesicht war ebenmäßig und doch kantig. Männlich und von den Stoppeln eines Dreitagebartes geziert. Die dunkelbraunen Haare hatten fast dieselbe Farbe wie seine Augen, waren vom Training verstrubbelt, einige Strähnen hingen verschwitzt in seiner Stirn. Seine Haut glänzte, vermutlich, weil er sich an den Geräten ordentlich ins Zeug gelegt hatte. Die Muskeln seiner Oberarme zeichneten sich deutlich ab und Linda ertappte sich dabei, wie sie sich vorstellte, von solch starken Armen gehalten zu werden.

Es war lange her, dass es einen Mann in ihrem Leben gegeben hatte. Auch wenn sie damit im Reinen war und eine neue Beziehung nicht forcierte, weil sie gut allein klarkam, spürte sie, dass dieser Typ ihr unter die Haut ging. Hatte sie gedacht, ihre Emotionen im Griff zu haben, so belehrte er sie seit ein paar Minuten eines Besseren.

Verlegen strich sie sich eine Haarsträhne hinters Ohr, die sich aus ihrem Pferdeschwanz gelöst hatte.

Julians Stimme drang wie durch einen Wattebausch gedämpft an ihre Ohren. »Linda? Alles klar? Du wirkst total neben der Spur.«

»Ja … nein, alles gut. Danke euch beiden, aber ich muss jetzt wirklich los.« Hastig nickte sie, raffte schnell ihre Sachen zusammen und rutschte vom Barhocker. Als sie mit dem verletzten Fuß auftrat, jagte wieder dieser stechende Schmerz durch ihren Knöchel. Für einen Moment hielt sie die Luft an, in der Hoffnung, dass das helfen würde, und verschwand dann so schnell es ihr möglich war in Richtung der Umkleidekabinen.

Erst nachdem sie die rettende Damenumkleide erreicht hatte, gestattete sie sich, tief durchzuatmen. *Was zur Hölle war das gerade?* Nach der Sache mit Tom, die nun schon über ein Jahr zurücklag, hatte es kein Mann geschafft, so ein Feuer in ihr auszulösen. Nicht, dass sie abstinent lebte. Das nicht, wobei sie auch nicht ständig um One-Night-Stands bettelte. Aber hin und wieder traf sie auf einen netten Kerl, mit dem sie in der Horizontalen landete. Ohne jegliche Verpflichtungen. So konnte sie wunderbar vermeiden, verletzt zu werden. Bisher hatte dieses System hervorragend funktioniert und sie hatte nicht vor, es so schnell zu ändern.

Nun hatte sie jedoch ein Problem. Dieser Typ da draußen, dessen federleichte Berührungen immer noch in ihr nachhallten und dessen Augen sich in ihr Gedächtnis gebrannt hatten, hatte ein wahres Kopfkino ausgelöst. Momentaufnahmen von seinen wunderbar weichen Händen, seinen vollen Lippen spulten sich wie ein Film wieder und wieder in ihrem Hirn ab und lösten ein Prickeln unter ihrer Haut aus.

Seufzend vergrub sie ihr Gesicht in den Händen und beschloss, das Duschen zu Hause zu erledigen. Sie musste hier weg und wieder einen klaren Kopf kriegen – und zwar so schnell wie möglich. Flink stopfte sie all ihre Sachen in ihre Sporttasche und verließ eilig das Fitnessstudio, ohne sich noch einmal nach dem Mann umzusehen, der sie so durcheinandergebracht hatte.

Auf dem Parkplatz hielt sie kurz inne, weil ihr die kalte Luft unerbittlich ins Gesicht schlug. Zwar war erst Februar, aber vor ein paar Tagen hatte sich der Frühling schon ein wenig blicken lassen. Doch die kurze Stippvisite war anscheinend wieder vorbei und der Winter zurück. Fröstelnd stieg sie in ihren alten VW Polo und bewegte ihren Fuß auf dem Kupplungspedal auf und ab. Ein stechender Schmerz jagte durch ihren Knöchel, aber bis nach Hause würde es gehen. Dann brauste davon.

Vielleicht sollte sie den Vertrag mit dem Fitnessstudio kündigen, um Begegnungen dieser Art zukünftig zu vermeiden, ging ihr während der Heimfahrt durch den Kopf. Aber nein, das war natürlich keine Option. Mit ihren neunundzwanzig Jahren war sie schließlich eine erwachsene Frau, die sehr wohl mit solchen Situationen umgehen konnte.

Zumindest war das der Plan.

KAPITEL 2

Leander

»Mist«, stieß Leander frustriert aus, während Julian ihn mit einem hämischen Blick bedachte.

Diese Frau hatte etwas an sich gehabt, das ihm die Sprache verschlagen hatte. Dass sie so schnell geflüchtet war, weckte regelrecht den Jagdinstinkt in ihm. Denn ohne genau zu wissen, was genau ihn so fasziniert hatte, war da auf einmal das Bedürfnis, es näher zu ergründen. Die Art, wie sie auf ihn reagiert hatte, wirkte anziehend auf ihn. Sie war ein klein wenig rot geworden, als er ihren Knöchel abgetastet hatte, und das fand er süß. Auch ihr Blick aus ihren graublauen Augen war ihm direkt unter die Haut gegangen.

»Was denn? Ist sie weg?«, frotzelte Julian, und sein gehässiges Grinsen trübte Leanders Stimmung nur noch mehr.

»Japp. Ich hab nur noch die Rücklichter ihres Wagens gesehen.«

»Na, dann warst du wohl zu langsam, Großer. Musst wohl mal eine Cardio-Session einlegen und nicht immer nur Muckitraining.« Munter stichelte sein kleiner Bruder weiter und machte ihn damit tatsächlich sauer. Normalerweise steckte er das Geplänkel zwischen ihnen belustigt weg.

»Ach, halt einfach die Klappe.« Den Spott seines Gegenübers konnte er nun wirklich nicht gebrauchen. »Erzähl mir lieber was über sie.« Unwillkürlich zog es seinen Blick Richtung Ausgang. Ganz so, als könnte die schöne Unbekannte gleich wieder reinkommen. Aber nur der normale Publikumsverkehr gab sich die Klinke in die Hand.

»Alter, schon mal was von Datenschutz gehört? Damit müsstest du dich doch auskennen. Also ehrlich, ich glaub's echt nicht, dass du mich das eben wirklich gefragt hast.« Entrüstet stand Julian hinterm Tresen, schüttelte den Kopf und runzelte die Stirn.

Leander nickte stumm und beugte sich vor. »Soll ich mir von Alex eine richterliche Verfügung ausstellen lassen?«, brummte er missmutig, wobei ein Grinsen an seinen Mundwinkeln zupfte. Alexander Hagel war sein bester Freund und in seiner Funktion als Rechtsanwalt könnte er das sicher ganz schnell klären. Natürlich wusste er, dass eine solche Verfügung in diesem Fall mehr als übertrieben und rechtlich nicht haltbar war. Aber der Blick seines Bruders, der ihn für eine Sekunde erschrocken ansah, war ihm diese Bemerkung wert. »Ein Anruf genügt.«

»Na klar. Eine richterliche Verfügung. Am besten lässt du mich direkt in Handschellen abführen, damit du derweil in Ruhe in meinen Kundendaten herumwühlen kannst. Nun lass mal die Kirche im Dorf, Bruderherz.«

Leander lachte und richtete sich entspannt wieder auf, um auf einem der Barhocker Platz zu nehmen.

»Ich will nur wissen, wie sie heißt, okay? Und vielleicht noch ihre Telefonnummer. Um alles andere kann ich mich selbst kümmern.« Siegessicher stellte er seine Forderungen, die von Julian wiederum nur müde belächelt wurden.

»Du weißt, dass ich das nicht machen kann. Ich darf die Daten meiner Kunden nicht rausgeben. Oder handelst du etwa mit deinen Patientenakten?«

»Touché.« Leander nickte anerkennend. »Wenigstens ihren Namen?«

»Vergiss es. Komm einfach regelmäßig her, dann wirst du ihr schon irgendwann wieder über den Weg laufen.«

»Du weißt aber schon, dass mir das Studio ebenso gehört, oder? Also sind es quasi auch meine Kunden. Und jetzt her mit ihrem Namen. Kann doch nicht so schwer sein.«

Genervt verschränkte Julian die Arme vor der Brust. »Dir gehört hier gar nichts. Du hast für mich gebürgt, damit ich den Kredit bekomme. Mehr nicht. Nicht einmal das kleinste Staubkorn hier ist dein Eigentum.«

Langsam war Leander genervt. Er wollte doch nur wissen, wie diese Frau hieß. Lediglich einen Namen zu dem Gesicht haben, das ihn nicht mehr losließ. Die Gedanken an sie ließen ihn einfach nicht los: ihre wunderbar weiche Haut, dieser sanfte Ausdruck in ihren Augen, der Duft ihrer Haare, ihre weibliche Figur.

»Außerdem. Was machst du dann, wenn du ihren Namen hast? Der nützt dir doch auch nicht viel, hm?«

»Deswegen gibst du mir noch ihre Telefonnummer. Bitte«, versuchte Leander es erneut. Doch sein Bruder ließ sich nicht erweichen.

»No way, Lee. Ich halte mich an die Regeln, basta.«

Geräuschvoll holte Leander Luft. »Pass mal auf, kleiner Bruder. Wenn du das hier …« Mit seinen Armen deutete er einen Halbkreis an, um die Größe des Studios zu beschreiben. »… in die Scheiße reitest, muss ich dafür geradestehen. Mit *meiner* Kohle. Verstehst du? Und jetzt gib den verdammten Namen und ihre Telefonnummer raus. Ich will doch nur nachfragen, wie es ihr geht.« Dass er sich wie ein verzweifelter Teenager aufführte, war Leander durchaus bewusst, aber herzlich egal. Vielleicht gelang es ihm auf diese Weise, an die gewünschten Informationen zu kommen.

Sicher, es war nicht die feine englische Art, Julian Vorhaltungen wegen des Darlehens zu machen und ihn damit unter Druck zu setzen. Er hatte ihm damals versichert, es niemals gegen ihn zu verwenden. Manchmal jedoch musste man aus der Not eine Tugend machen und da kam dieser Fakt gerade recht.

»Boah, du nervst, weißt du das?« Ja, das wusste er. Doch Julians zusammengekniffene Augen sprachen dafür, dass er überlegte.

»Ja, dessen bin ich mir bewusst. Nun lass Taten sprechen. Bitte.«

Bevor er etwas antwortete, sah sich Julian um. Vermutlich um sicherzugehen, dass niemand mitbekam, dass er im Begriff war, vertrauliche Informationen preiszugeben. Was für ein Spinner. Als ob es jemanden, der hier im Hintergrund trainierte, interessieren würde, wenn sich zwei Brüder über Frauengeschichten austauschten.

»Na gut«, flüsterte er und tat so, als würden Topsecret-Informationen des MI6 über den Tresen gehen. »Sie heißt

Linda. Ist noch nicht lange hier. Erst seit ein paar Wochen und eher unregelmäßig. Heißes Ding.« Julians Hände beschrieben die Umrisse eines Körpers.

»Untersteh dich«, zischte Leander ihn an. »Sie ist perfekt.«

Julians Feixen war indes nicht zu überhören. »Ach, daher weht der Wind. Du findest sie … perfekt. Soso. Mein großer Bruder findet endlich die perfekte Frau. Dass ich das noch erleben darf. Viel Glück, Lee. Ich hab mir an ihr schon die Zähne ausgebissen.« Mit einem breiten Grinsen widmete er sich wieder seiner Arbeit.

»Als ob sie in dein Beuteschema passen würde. Lass die Finger von ihr, okay?«

»Jaja. Jetzt hau endlich ab. Ich muss arbeiten.« Julian drehte sich um und begann, Dosen mit Eiweißpulver ins Regal zu räumen.

»Sag mir noch, wann der nächste Zumba-Kurs ist, dann bin ich weg«, versuchte es Leander noch einmal.

Ohne sich umzudrehen, streckte Julian den Arm aus und zeigte Richtung Eingang. »Kurstafel. Allerdings glaube ich nicht, dass sie den noch mal besuchen wird. Na ja, ich schätze, das wird dich nicht davon abhalten, ihr nachzustellen.«

Nachzustellen. Pf. Als ob. Leander wollte lediglich wissen, wie es Lindas Knöchel ging und ob er noch irgendetwas für sie tun konnte. Dass er nur ihren Namen hatte, war leider wenig hilfreich. Lindas gab es in Dresden sicher wie Sand am Meer, sodass er Google gar nicht erst bemühen würde.

Er musste einfach darauf hoffen, sie im Fitnessstudio wiederzutreffen. Denn schon jetzt war er sich sicher, dass sie nicht so schnell aus seinen Gedanken verschwinden würde.

Wieder zu Hause in seiner großzügigen Dreizimmerwohnung warf er seine Sportsachen in den Wäschekorb und verschwand unter der Dusche.

Eigentlich war er nicht auf der Suche nach einer Beziehung, sondern hatte die Nase gründlich voll von Frauen. Aber Lindas Gesicht verfolgte ihn regelrecht. Sie ging ihm einfach nicht aus dem Kopf. Es war eine halbe Ewigkeit her, dass eine Frau so viel Eindruck bei ihm hinterlassen hatte.

Nach dem Duschen wickelte er ein Handtuch um seine Hüften, schenkte sich in der Küche Wein ein und setzte sich dann an seinen Schreibtisch. Er nippte am Glas, bevor er sich mit den Händen müde übers Gesicht rieb. Dann klappte er seinen Laptop auf und gab eine Handvoll Buchstaben ein.

Linda.

Er stieß ein verächtliches Schnauben aus und schlug

sich mit der flachen Hand gegen die Stirn. »Bist du bescheuert, Seeberger?«, schimpfte er mit sich selbst, nachdem ihm millionenfach Einträge zu diesem Namen angezeigt wurden.

Als wären seine Finger fremdgesteuert, tippten sie noch den Ort mit ein. Dresden.

Linda.

Dresden.

Das Suchergebnis minimierte sich zwar, brachte aber nicht den gewünschten Erfolg und schon gar nicht irgendwelche Informationen über Linda mit dem verstauchten Knöchel.

Frustriert klappte er das Notebook wieder zu, trank den Wein aus und ging ins Bett. In der Hoffnung, dass er sie morgen, wenn er aufwachte, wieder vergessen hatte.

KAPITEL 3

Linda

»Darling, du solltest Feierabend machen. Du arbeitest immer viel zu lange.« Marc Friedman, Lindas Chef und waschechter Brite, war von Anfang an auf ihrer Seite und stets freundlich zu ihr gewesen. Er hatte sie als Mädchen für alles in seiner Werbeagentur eingestellt, als sie den Job dringend gebraucht hatte. Damals, nach ihrer Trennung von Tom, hatte sie vor dem Nichts gestanden, aus dem sie Marc buchstäblich gerettet hatte. Schnell hatte er Lindas Potenzial erkannt und sie mit mehr Verantwortung und eigenen Projekten betraut.

»Schon okay, Marc. Zu Hause wartet doch sowieso niemand auf mich, da kann ich genauso gut arbeiten.« Zwar hatte sie sich wirklich vorgenommen, wieder zum Sport zu gehen, doch seit dem kleinen Zwischenfall vor zwei Wochen mied sie das Fitnessstudio tunlichst. Ihr Knöchel war fast wieder verheilt, stellte also nicht das Problem dar. Vielmehr lag es an ihr selbst, denn ihr peinlicher Auftritt hatte im Nachhinein mächtig an ihrem Selbstbewusstsein genagt. Wie sie alle angestarrt hatten. Und dann dieser Typ ... Dieser Möchtegern-Arzt, der sie so aus dem Konzept gebracht hatte.

Für einen Moment gestattete sie ihren Gedanken einen kleinen Ausflug zu diesem Fremden hin, der sie so in seinen Bann gezogen hatte. Es fiel ihr nicht schwer, seinen Anblick schnell abzurufen, denn das Bild von ihm war gut verwahrt in einer der Schubladen in ihrem Kopf.

Doch die Peinlichkeit überwog und sie hatte beschlossen, weiteren Begegnungen dieser Art aus dem Weg zu gehen.

Marc trat an ihren Schreibtisch, stützte sich mit den Händen ab und beugte sich zu ihr.

Sie hatte ihn von Anfang an gemocht. Wegen seiner eleganten Erscheinung und seinem unglaublich süßen Brit-Charme, den sie schon während des Vorstellungsgesprächs sympathisch gefunden hatte. Er war stets gut gekleidet und verkörperte das, was man wohl gemeinhin unter einem klassischen Gentleman verstand. Dabei war er kein bisschen spießig, sondern eher von der humorvollen Sorte. Und Engländer waren ja hinlänglich bekannt für ihren besonderen Humor.

»So verbittert, junge Lady?«, hakte er mit einem theatralischen Augenblinzeln nach.

So gut aussehend er war, er war ihr Vorgesetzter.

Also Pfoten weg, schalt sich Linda innerlich und schüttelte den Kopf.

»Nein, nicht verbittert. Nur überzeugter Single.« Ihre Aussage unterstrich sie mit einem breiten Grinsen, um ihm den Wind aus den Segeln zu nehmen. Doch sie wusste, dass Marc sie inzwischen gut genug kannte, um ihre vermeintliche Überzeugung zu enttarnen.

»Darling, mehr Party, weniger Work. Geh nach Hause, zieh dir was Hübsches an und dann geh aus.« Mit einer eleganten Handbewegung betätigte er die Powertaste ihres Bildschirms, der augenblicklich schwarz wurde. Marc setzte immer auf die neueste Technik, und so hatten alle Mitarbeiter diese neumodischen Geräte, bei denen der PC in den Monitor integriert war.

Hatte sie ihre Arbeit gespeichert?

»Marc, ich war noch gar nicht fertig«, rief Linda entsetzt, während ihr Chef abwinkte, als wären sie zum Kaffeetrinken hier. Dabei war er mit Leib und Seele Geschäftsführer dieser Firma und arbeitete mehr als die ganze Belegschaft zusammen. Von wegen mehr Party, weniger Work.

»Ach, das kann doch bis morgen warten. Los, raus mit dir. Sonst mache ich dir Füße«, lachte er, und seine sonore Stimme hallte durch ihr kleines Büro, das direkt gegenüber vom Eingang lag.

Lindas Blick glitt zur Uhr über der Tür. Es war weit nach achtzehn Uhr und wirklich Zeit für den Feierabend.

»Beine.«

»Bitte?« Fragend sah er sie an.

»Es heißt: Jemandem Beine machen. Nicht Füße.« Linda schmunzelte. Sie mochte seinen Akzent und das sprachliche Kauderwelsch. Daher konnte sie nicht anders, als in Marcs herzliches Lachen einzustimmen.

»Siehst du, ich lerne jeden Tag.« Mit dem Zeigefinger an der Schläfe verabschiedete sich Marc und verschwand in den Flur, in dem gleich darauf das *Pling* des Fahrstuhls erklang. »Bye.«

»Bye, und liebe Grüße an Jen«, rief Linda ihm hinterher.

Ein Jahr war es nun her, dass Marc sie eingestellt hatte. Als wäre ihm klar gewesen, wie wichtig dieser Job für sie war. Sie erinnerte sich noch gut an das Vorstellungsgespräch. Zig Interviews hatte sie zu diesem Zeitpunkt bereits über sich ergehen lassen. Branchenübergreifend, in sämtlichen denkbaren Berufen. *Friedman & Friends*, eine internationale Werbe- und PR-Agentur, war ihr letzter Versuch gewesen. Doch Marc Friedman schien in ihr etwas gesehen zu haben, von dem sie bis dahin selbst nicht einmal annähernd geahnt hatte, dass es existierte. Zwar war er ihre Bewerbungsunterlagen genau durchgegangen, hatte jedoch mit seinen eigenen Maßstäben gemessen und nicht anhand irgendwelcher Zeugnisse beurteilt, was sie konnte und was nicht. Sein Instinkt hatte ihm geraten, sie ins Team zu holen, wie er ihr später verraten hatte. Jetzt saß sie hier in ihrem eigenen kleinen Büro und leitete mehrere Projekte.

Lächelnd gab sie sich geschlagen, packte ihre Sachen zusammen und schnappte sich ihren Mantel. Noch immer ließ der Frühling auf sich warten, sodass sie sich Morgen für Morgen in ihren beigen Wollmantel hüllte und einen dicken dunkelroten Schal um den Hals wickelte. Das Wetter eignete sich perfekt für einen Caramel Latte im Café ihrer besten Freundin Anna, wo sie auf dem Nachhauseweg reinschauen würde.

***

Ihren Wagen parkte sie in einer Seitenstraße. Den Rest des Weges zum Café würde sie zu Fuß zurücklegen. Fröstelnd richtete sie ihren Schal und zog den Mantel enger zusammen. Es wurde wirklich Zeit für einen

Wetterwechsel und dass die Tage wieder länger wurden. Dennoch genoss sie den kurzen Fußmarsch an der frischen Luft, die sie tief einsog.

Schon von Weitem kam ihr der Duft von frischem Backwerk entgegen. Auch wenn es schon fast Abend war, wusste Linda, dass ihre Freundin immer noch ihre Cupcake-Kreationen anbot.

Je näher sie dem Café kam, desto verführerischer duftete es nach Orangen, Anis, Zimt und all den winterlichen Gewürzen, die sie so liebte. Mit einem tiefen Atemzug versuchte sie, alle Gerüche auf einmal zu inhalieren.

Mit einem Schmunzeln erinnerte sie sich daran, wie schwer damals die Namenssuche gewesen war. Wie viele Vorschläge im Nirwana gelandet waren, ehe sie schließlich »Süße Anna« ins Rennen geworfen hatte. Zum einen, weil ihre Freundin süße Teilchen anbot, und zum anderen, weil sie selbst auch süß war und Süßes mochte. Also verkörperte der Name des Cafés so ziemlich alles, wofür Anna stand.

Nachdem sie den kleinen Laden betreten hatte, schlug ihr wohlige Wärme entgegen, die sie aufseufzen ließ. Anna war noch hinterm Tresen beschäftigt, entdeckte sie aber schnell und ließ alles stehen und liegen. Sie wischte sich die Hände an der rot-weiß-karierten Schürze ab und kam auf Linda zugeeilt.

»Hey, ich dachte, du arbeitest noch«, wurde sie von Anna mit einer stürmischen Umarmung begrüßt. Linda sah häufig auf dem Nachhauseweg hier vorbei. Meistens, um ›*Hallo*‹ zu sagen. Vermutlich würden sie sich sonst noch seltener sehen, weil sie beide beruflich so stark eingebunden waren.

»Keine Sorge, mein Überstundenkonto muss sich nicht beschweren. Außerdem …« Mit einem schiefen Grinsen sah Linda auf die Smartwatch an ihrem linken Handgelenk, während sich Anna aus der Umarmung löste, um wieder in ihr Refugium hinterm Tresen zu verschwinden und da weiterzumachen, wo sie gerade unterbrochen worden war.

»Okay, okay. Möchtest du einen Kaffee?«, lachte sie warmherzig. Linda machte es sich derweil auf einem der Barhocker gemütlich, die vor dem Tresen aufgereiht waren. So war es einfacher, mit ihrer Freundin zu plaudern, während diese Speisen und Getränke zube-reitete, damit sie serviert werden konnten. Viel war nicht mehr los, sodass genug Zeit blieb, um sich zu unterhalten.

»Natürlich, deswegen bin ich hier. Hab gehört, hier gibt es den besten Kaffee der Stadt. Also her damit«, entgegnete Linda ihrer Freundin, die sich bereits an der

Siebträgermaschine zu schaffen machte. Nur wenige Augenblicke später stand eine der neuesten Kreationen des Hauses vor ihr: ein Orange-Zimt-Kakao-Latte-Macchiato. Zugegeben, die Mischung war Linda suspekt, aber als die Aromen in ihre Nase stiegen, war sie sich sicher, dass es gut schmecken würde.

Bevor sie den ersten Schluck nehmen konnte, verteilte Anna noch ein paar Kekskrümel auf dem Milchschaum. »So, jetzt kannst du den genießen.« Zufrieden nickend rieb Anna beide Hände aneinander.

»Hmm, das sieht viel zu schön aus, um es zu trinken. Sind die Kekse auch selbst geba-?« Linda lief beim Anblick des dekorativen Heißgetränks das Wasser im Mund zusammen, aber ihre Frage konnte sie nicht zu Ende stellen, weil Anna ihr sofort ins Wort fiel.

»Nicht dein Ernst, oder? Natürlich sind die selbst gebacken. Oder hast du hier schon mal Fließband-Cookies gegessen?« Mit gespielter Empörung schüttelte ihre beste Freundin den Kopf und verdrehte die Augen. Ihre theatralische Art ließ Linda schmunzeln.

»Natürlich nicht«, gab sie zu und kostete von der neuen Kreation. Zuerst schmeckte sie deutlich die Orange und überlegte, wie gut diese zum Aroma des Kaffees passte, während sich Zimt und Kakao längst damit vermischt hatten und sie aufseufzen ließen. Das war wirklich lecker. »Mh, das ist echt gut.«

»Ja, oder? Denkt man gar nicht. Wer kommt schon auf die Idee, Apfelsinenscheiben in den Kaffee zu werfen?« Anna zuckte mit den Schultern.

»Also, ich kenn da jemanden, der macht solche verrückten Sachen regelmäßig und verkauft es dann als neueste Kreation des Hauses und alle müssen es gut finden.« Linda konnte sich ein Lachen nur schwer verkneifen, aber zu ihrem Glück nahm Anna ihren Kommentar gelassen.

»Du als Marketing-Genie müsstest das doch eigentlich feiern. Schließlich sind es genau diese Kreationen, die mich von all den Cafés in der Umgebung unterscheiden.« Triumphierend hielt Anna den Zeigefinger hoch und Linda nickte. Zweifelsohne hatte ihre beste Freundin damit absolut recht.

»Und jetzt erzähl mir, was es Neues gibt. Wie läuft's im Fitnessstudio? Wie geht's deinem Fuß? Warst du noch mal beim Zumba? Und was ist mit dem heißen Typ, von dem du erzählt hattest?« Annas Fragen kamen wie aus der Pistole geschossen, ganz so, als hätte sie den ganzen Tag darauf gewartet, sie endlich abfeuern zu können.

Linda rang sich ein müdes Lächeln ab und erinnerte sich daran, wie sie Anna von dem Missgeschick im Fitnessstudio berichtet hatte. Wie fürsorglich sie von

Julian umsorgt worden war. Natürlich hatte sie ihr auch von dem Fremden erzählt, der sich mit seinem Blick so tief in ihr Innerstes gebrannt hatte, und wie schwer es ihr fiel, nicht daran zu denken.

Dennoch schüttelte sie jetzt heftig den Kopf. »Erinnere mich bloß nicht daran. Ich kann mich dort nie wieder blicken lassen. Das war so peinlich.« Mit den Ellenbogen auf dem Tresen aufgestützt, legte sie ihr Gesicht in die Hände und rieb sich die Stirn.

Vor ihrem inneren Auge tauchte dieser warme Blick auf, mit dem der Arzt sie bedacht hatte, während er so liebevoll mit ihrem Knöchel beschäftigt gewesen war. Es kam ihr beinahe so vor, als fühlte sie noch immer, wie sehr seine Berührung ihr unter die Haut gegangen war.

Und auch wenn sie wusste, dass es irrsinnig war, weil sie ihn nie wiedersehen würde, dachte sie seit jenem Abend unentwegt an ihn und seine geschickten Hände, die sich auf ihrer Haut so unfassbar gut angefühlt hatten. Er verfolgte sie sogar bis in ihre Träume.

»Frag doch im Studio nach seiner Telefonnummer«, schlug Anna vor und ihre Lippen verzogen sich zu einem amüsierten Grinsen. War ja klar, dass sie wieder auf dumme Gedanken kam. Es war nicht das erste Mal, dass sie versuchte, Linda zu verkuppeln. Erst vor wenigen Wochen hatte sie Robert, einen der Kellner ihres Cafés, auf Linda angesetzt, was gründlich nach hinten losgegangen war. Auf Umwegen hatte sie ihm damals zu verstehen gegeben, dass aus ihnen nichts werden würde. Robert war einfach nicht ihr Typ. Dabei war es nicht einmal seinem Aussehen – er war etwas kleiner als sie und untersetzt –, sondern vielmehr seinem schroffen Charakter geschuldet, dass sie es nicht in Erwägung zog, mit ihm auszugehen. Ihr war schleierhaft, wie er als Servicekraft klarkam. Vielleicht hatte er ja zwei Persönlichkeiten, von denen weder sie noch Anna etwas wussten? Auf jeden Fall ging er ihr seitdem aus dem Weg, so gut es möglich war. Trafen sie im Café dennoch aufeinander, brummte er ein mürrisches *›Tag‹*.

»Im Leben nicht. Niemals frag ich Julian. Bist du verrückt? Außerdem, ich will das gar nicht. Ich brauch keine Dates und all den Herzschmerzkram«, murrte Linda und nippte wieder an ihrem Kaffee, die sich wärmend den Weg in ihren Magen bahnte.

»Mensch, Linda«, stöhnte Anna auf und verdrehte schon wieder die Augen. »Wie lange ist das mit Tom jetzt her? Du kannst nicht ewig Trübsal blasen.« Ihre beste Freundin hatte das unschlagbare Talent, sie immer wieder auf den Boden der Tatsachen zurückzuholen. Die Erkenntnis, dass sie wie immer recht hatte, sickerte in Lindas Hirn. Natürlich sollte sie längst über ihren blöden

Ex-Freund hinweg sein. Doch es gab Momente, in denen es immer noch schmerzte, auch wenn sie diejenige gewesen war, die die Beziehung beendet hatte. Die Spuren, die diese bei ihr hinterlassen hatte, waren zu tief, als dass sie einfach so darüber hätte hinwegsehen können.

»Ich blase keine Trübsal«, erwiderte Linda seufzend.

»Du bläst aber auch nichts anderes.« Das Kichern ihrer besten Freundin war eigentlich Musik in ihren Ohren und zumeist auch ansteckend. Aber das war nun wirklich der mieseste Witz aller Zeiten. »Du musst das endlich hinter dir lassen, Süße. Ich meine es ernst. Du verpasst dein ganzes Leben«, bearbeitete Anna sie weiter, ohne Rücksicht auf Verluste. »Außerdem ist der Arsch es doch gar nicht wert, dass du dir immer noch seinetwegen den Kopf zerbrichst.«

»Ich weiß, Anna.« Linda sog geräuschvoll die Luft ein, bevor sie ihren Kaffee austrank. »Wer sagt denn, dass ich nicht längst über ihn hinweg bin? Nur weil ich mich nicht kopflos durch die halbe Stadt vögle, heißt das nicht, dass ich in meiner Vergangenheit stecken geblieben bin.« Ihre Worte hörten sich schroffer an, als sie gemeint waren. Aber sie hatte es einfach satt, ständig gute Ratschläge zu bekommen. Auch wenn Anna ihre beste Freundin war.

Dabei wäre es Linda lieber gewesen, wenn sie dieses Thema einfach aus ihren Gedanken hätte verbannen können. Aber sie konnte ihre Vergangenheit und das Geschehene nicht einfach wegwischen wie eine Kaffeepfütze auf dem Tisch, nachdem eine Tasse umgekippt war. Stattdessen zersprang ihr Herz jedes Mal, wenn sie darüber sprach, erneut in tausend kleine Teile. Genauso wie damals, als Tom sie immer und immer wieder verletzt hatte. Seither hatte sie es sich zur Aufgabe gemacht, eine Mauer zu errichten, damit ihr so etwas nie wieder passierte. Dieser Schutz ermöglichte es ihr, niemanden näher als nötig an sich heranzulassen. Allerdings hinderte er sie auch daran, sich wieder auf einen Mann einzulassen.

Seufzend rührte sie im leeren Kaffeebecher und starrte in Annas weit aufgerissene Augen. »Tschuldigung«, murmelte sie schließlich. »Ich wollte dich nicht so anblaffen.«

»Schon gut. Ich versteh dich ja und mir steht es gar nicht zu, dir irgendetwas zu raten. Es ist dein Leben.« Anna strich ihr beschwichtigend über den Unterarm, bevor sie um den Tresen herum zu Linda eilte und sie in eine herzliche Umarmung zog. »Aber du bist so ein toller Mensch. Und wie schön wäre es bitte, wenn jemand in dein Leben purzeln und etwas Farbe hineinkippen würde?«

Linda seufzte. Das warme Gefühl freundschaftlicher

Verbundenheit machte sich in ihr breit und sorgte dafür, dass sie sich wieder entspannte.

»Hm, das wäre schön. Und ich weiß, dass ich nach vorn schauen muss. Aber es fällt mir schwer, mich auf etwas Neues einzulassen«, schniefte sie gerührt, bevor sie ihrer Freundin einen dicken Kuss auf die Wange drückte.

»Ach komm, Schluss mit der Gefühlsduselei. Das wird schon wieder. Pass mal auf, wenn der Richtige vor dir steht, kannst du gar nicht anders, als deine Mauer mit einer fetten Abrissbirne niederzureißen.« Liebevoll strich ihr Anna über die Wange und machte sich wieder an die Arbeit.

»Was ist denn mit dir? Gibt es in deinem Leben gerade jemanden?« Erst jetzt fiel Linda auf, dass sie die ganze Zeit über sie gesprochen hatten.

Anna zog eine Grimasse. »Nicht, dass ich wüsste. Ich habe auch gar keine Zeit für einen Kerl. Das Café fordert mich jeden Tag aufs Neue heraus. Wenn man es genau nimmt, ist das auch eine Art von Beziehung. Allerdings hat das Café keinen eigenen Willen, lässt die Zahnpastatube nicht herumliegen oder den Klodeckel offen.« Prustend vor Lachen hielt sie sich den Bauch. »Und jetzt erzähl mir mehr von dem Typ aus dem Fitnessstudio, bisher hast du immer dichtgemacht, wenn ich ihn zur Sprache gebracht habe. Wann seht ihr euch wieder?«

»Ähm … nie?« Um Gottes willen. Ein Wiedersehen war so gar nicht geplant.

»Was? Wieso das?« Mit großen Augen sah ihre Freundin sie an.

»Weil ich da, wie vorhin schon gesagt, nie wieder hingehen werde.«

»Pf, du spinnst ja. Jetzt erst recht. Man muss die Gelegenheiten nehmen, wie sie kommen«, sagte Anna mit einem Zwinkern. »Wenn du willst, begleite ich dich.«

»Lass mal. Es war einfach zu peinlich, da vor allen anderen die Schwalbe zu machen. Das halbe Studio hat dabei zugesehen, wie ich auf meinem Hintern gelandet bin wie ein dicker Maikäfer.«

Abermals lachte Anna lauthals. »Ich wusste gar nicht, dass Maikäfer einen Hintern haben. Aber gut, wieder etwas gelernt.«

»Und ehrlich gesagt, weiß ich nicht, ob ich das kann. Was, wenn ich ihm wieder über den Weg laufe?«

»Süße, wie alt bist du? Sechzehn? Wenn du ihn wiedersiehst, lächle ihn an, der Rest ergibt sich von allein. Wirst sehen.« Annas verschwörerischer Blick war Linda nicht geheuer.

»Na gut, ich denke drüber nach.« Hatten sie nicht gerade erst darüber gesprochen, dass sie das gar nicht wollte?

Und jetzt hatte es Anna mit ihren Psychotricks irgendwie geschafft, dass Linda darüber nachdenken würde.

»Genau das wollte ich hören.«

KAPITEL 4

Linda

Tatsächlich hatte Linda es geschafft, eine weitere Woche einen Bogen um den Sporttempel zu machen, bevor sie es in Erwägung zog, wieder einen der Kurse zu belegen. Es musste einfach etwas geben, das ihr Fitnesslevel verbesserte, Spaß machte und ein eher geringes Verletzungsrisiko barg. Letztendlich blieb sie jedoch dabei, das Fitnessstudio zu meiden. Auch wenn sie Julian nur allzu gern nach ihrem Retter in der Not ausgefragt hätte. Na gut, genau genommen war sogar Julian der Retter in der Not gewesen. Aber der Fremde hatte sie dann doch nachhaltiger beeindruckt.

Jetzt saß sie im Büro und brütete über der Kampagne für ein Start-up-Unternehmen, das es sich zur Aufgabe gemacht hatte, das gesamte Leben eines Nutzers in einer

App zusammenzufassen.

Egal ob Finanzen, Wohn-, Beziehungs- oder Gesundheitsstatus, Smarthome-Funktion … so ziemlich alle Lebensbereiche waren darin abgedeckt. Jederzeit und überall abrufbar. Linda war schleierhaft, wie das eigentlich funktionierte, doch sie war professionell genug, ihre eigenen Zweifel zu ignorieren, und feilte bereits seit Tagen an einem ansprechenden Marketingkonzept.

Entgegen ihrem Vorhaben, ein wenig an ihrer Fitness zu arbeiten, hatte sie noch immer diese eine Schublade in ihrem Schreibtisch, die neben Taschentüchern und hunderten von Kugelschreibern auch ein paar Schokoriegel für den Notfall beherbergte. Gerade jetzt war ihr danach und sie schnappte sich einen Zartbitterriegel, der sie sogleich an die Begegnung mit dem Fremden erinnerte. Seine Augen waren genauso dunkel und verführerisch gewesen wie dieser Riegel, dessen bittersüßer Geschmack sich auf ihrer Zunge ausbreitete. Zartschmelzend entfaltete sich das schokoladige Aroma und eroberte ihre Geschmacksknospen.

Die Inkonsequenz in Person, seufzte sie innerlich.

»Linda, ich brauche bitte die Unterlagen für das aktuelle Projekt«, riss Marc sie aus ihren Gedanken.

»Du meinst die App? Ja, die suche ich dir gleich zusammen, okay?«

Marc nickte. Sein britischer Charme kam ihm zugute, sodass man nicht umhinkam, ihm jeden Wunsch zu erfüllen. »Bring die Mappe bitte in mein Büro.«

Die Mappe. Nachdem Linda angefangen hatte, in der Agentur zu arbeiten, musste sie sich daran gewöhnen, dass Marc ziemlich oldschool unterwegs war, was die Digitalisierung anbelangte. Er liebte es anscheinend, alles auf Papier zu haben. Bei Kundenterminen flimmerten die Präsentationen über einen großen Bildschirm im Konferenzraum, dennoch erhielt jeder im Raum immer zusätzlich ein Handout.

In Windeseile packte Linda alle Unterlagen zusammen und überlegte fieberhaft, warum Marc Einsicht verlangte. Sonst ließ er ihr und den anderen Projektleitern immer freie Hand, fragte nur hier und da mal nach dem Stand. Aber dass er nun alles sehen wollte, war neu. Mit einem mulmigen Gefühl in der Magengegend ging sie ein paar Minuten später in sein Büro und übergab ihm die Unterlagen mit einem fragenden Blick.

»Warum wolltest du –?«

»Linda«, unterbrach Marc sie und wedelte mit der rechten Hand herum, was wohl so viel hieß, dass sie sich setzen sollte. Doch sie blieb lieber stehen. »Der Termin für die Präsentation, ich bin etwas verwirrt. Die haben den einfach …« Der Rest seiner Worte verschwamm in einem Kauderwelsch aus Deutsch und Englisch. Linda verstand nur was von *Deadline, forward, only two days left* und verdrehte die Augen.

»Marc«, rief sie dazwischen. »Sprich bitte Klartext mit mir, ich kann deinem Wirrwarr nicht folgen. Wolltest du mir gerade sagen, dass wir nur noch zwei Tage haben, um die Präsentation des neuen Produkts vollständig vorzubereiten?«

Der Engländer war vor lauter Aufregung ganz fleckig im Gesicht geworden. Sein sonst so blasser Teint färbte sich tiefrot und er musterte sie ernst. »Japp. Genau das wollte ich sagen. Die Konzeptvorstellung wird vorgezogen. Und ich sage dir, die Konkurrenz wird nicht schlafen. Wir müssen alles geben. Wirklich alles, Linda.«

Lindas Unterkiefer klappte wie von selbst nach unten und verharrte in dieser Position, während es in ihrem Kopf ratterte. Sie hatte vielleicht die Hälfte des Pensums geschafft, dafür allerdings mehr als eine Woche gebraucht. Dabei lag sie gut im Zeitplan, weil der ursprüngliche Termin erst in zwei Wochen sein sollte. Frustriert ließ sie sich auf einen der Sessel in Marcs Büro sinken.

»Wir werden alles geben, da kannst du dir sicher sein. Aber ich brauche mehr Leute dafür. Zwei Tage …«, stöhnte sie auf und überlegte fieberhaft, was noch alles zu tun war und wie sie das am besten koordinieren sollte.

Marc nickte stoisch und griff zum Telefonhörer, um ein Team zusammenzurufen.

Eine halbe Stunde später saß Linda mit einigen Kollegen im Konferenzraum, in dem die Anspannung mit Händen greifbar war. Die Köpfe rauchten, als sie sich ins Brainstorming stürzten. Nach dem Mittag thronten etliche leere Pizzakartons auf dem Tisch und der Geruch von kaltem Kaffee waberte durch den Raum.

»Wir gehen nicht eher nach Hause, bis das Konzept steht«, warf Linda in die Runde, was ihr einige anklagende Blicke einbrachte. Aber so war das in diesem Job. Was eben noch galt, war im nächsten Moment schon hinfällig. Zeit war relativ und ein teures Gut. Wie immer hatten sie viel zu wenig davon.

Am späten Nachmittag saß sie völlig erschöpft wieder an ihrem Schreibtisch, brütete aber weiter über den Projektunterlagen und deren Visualisierung, als ein verdächtiges Brummen aus ihrer Schreibtischschublade ertönte. Es war ihr Handy, das versuchte, sich Gehör zu verschaffen, und als sie aufs Display sah, verdrehte sie die Augen. Ein Anruf der Zahnarztpraxis? Shit, hatte sie einen Termin verpasst? Ihres Wissens stand dieser erst bevor. Schnell nahm sie das Gespräch an.

»Zahnarztpraxis Dr. Schöne und Dr. Seeberger,

Fabienne am Apparat. Hallo, Frau Winter.«

»Ähm, hallo. Habe ich einen Termin verschwitzt?« Linda war irritiert.

»Nein, nein«, sagte die Frau beschwichtigend. »Ich wollte Sie nur an den bevorstehenden Termin übermorgen erinnern. Sie stehen doch für neun Uhr im Kalender für die neue Krone. Wissen Sie, wir planen dafür immer etwas mehr Zeit ein. Und wenn Patienten dann nicht kommen, ist das für den Praxisablauf nicht so vorteilhaft.«

Das war einleuchtend, auch wenn sie bisher gedacht hatte, dass es sich dabei um eine schnelle Routinesache handelte. Aber sie selbst hasste Unpünktlichkeit oder wenn jemand einfach nicht zu einem vereinbarten Termin erschien. Sie konnte sich gut vorstellen, wie sich das auf den Ablauf in der Praxis auswirkte. Gleichzeitig fiel ihr ein, dass sie den letzten Termin, der dafür vorgesehen war, verschoben hatte. Sie hatte sich in der Zwischenzeit so an das Provisorium in ihrem Mund gewöhnt, dass ihr ganz entfallen war, dass da noch Arbeit anstand.

»Ja, natürlich«, antwortete sie rasch. *Two days left* – Marcs Stimme hallte in ihrem Hirn wider. In zwei Tagen war die Präsentation. »Wie lange wird das ungefähr dauern?«

»Auf Sie ist eben Verlass, Frau Winter. Planen Sie

ungefähr eine Stunde ein, länger sollte das Anpassen nicht dauern.«

»Ja, gut, dann bis übermorgen«, verabschiedete sich Linda und legte auf.

Um neun. Der Geschäftstermin war erst mittags, sie würde das schaffen.

Dieser Termin war ihr völlig entgangen und sie überlegte nun fieberhaft, wie sie das ihrem Chef beibringen sollte. Fakt war, dass sie morgen Abend mit ihrer Arbeit fertig sein musste.

KAPITEL 5

Leander

»Verdammt, Julian. Jetzt rück einfach ihre Telefonnummer raus.« Auch wenn sich sein Bruder noch immer hartnäckig gab, Kapitulation war für Leander in den seltensten Fällen eine Option.

»Du bist immer noch auf der Suche nach Miss Perfect, hm?« Schnaubend nahm Leander das höhnische Grinsen seines Bruders zur Kenntnis. »Sosehr ich es dir gönnen würde, sie zu finden, Bruderherz. Aber nein, persönliche Daten bleiben unter Verschluss. So will es das Gesetz. Und ich übrigens auch.«

»Pah, wenn du wolltest, würdest du dir doch selbst die Nummern der dürren Klappergestelle, die dir mit ihren zwei Meter langen Wimpern schöne Augen machen, heraussuchen.«

»Japp.« Julian gab sich gar nicht erst die Mühe, den Vorwurf seines Bruders zu widerlegen. »Will ich aber nicht. Ich muss dir Besserwisser sicher nicht erzählen, was passiert, wenn das jemand herausfände, oder?«

Leander wusste nur zu genau, wie recht sein Bruder damit hatte. Dennoch ging seine Geduld langsam, aber sicher zur Neige.

In den letzten Wochen hatte er wesentlich öfter hier trainiert, als man das von ihm gewohnt war. Und jedes Mal hatte er nach dem bezaubernden Geschöpf Ausschau gehalten, dessen weiche Haut er immer noch unter seinen Fingern spüren konnte. Aber sie war nicht wiedergekommen. Dafür hatte sie sich mit ihrem unschuldigen Blick in seinem Kopf eingenistet.

»Jaja, schon klar. Und irgendwie hast du ja recht, Kleiner. Aber es wäre schon irgendwie schön, wenn ich Linda erreichen könnte. Im Studio sieht man sie ja nicht mehr.«

»Kein Wunder, ihre bühnenreife Vorstellung war ihr superpeinlich. Wobei das jedem hätte passieren können. Ich hab keine Ahnung, warum man so ein Trara darum machen muss. Sie ist hingefallen, so schlimm war das nicht. Zumal es kaum jemand mitbekommen hat.« Julian schüttelte den Kopf, während er hinter dem Tresen hantierte.

»Ach, halt die Klappe. Du hast einfach keine Ahnung von Frauen«, neckte Leander ihn und erntete ein müdes Lachen von der anderen Seite der Theke, an der sich die beiden verbal duellierten.

»Haha, aber du schon, oder wie? Deswegen bist du auch so suuuperglücklich, hm? Arrogant wie immer, mein großer Bruder.« Mit einem schiefen Grinsen und hochgezogenen Augenbrauen versuchte Julian, den Spieß umzudrehen, doch Leander winkte völlig unbeeindruckt ab.

»Nichts für ungut, danke für deine Hilfe.« Das letzte Wort setzte er mit den Zeige- und Mittelfingern in imaginäre Gänsefüßchen, bevor er verdrossen den Rückzug antrat. Es behagte ihm nicht, dass Julian ihm Tatsachen vor Augen führte, die er doch selbst schon wusste. Natürlich war er alles andere als glücklich. Zufrieden ja. Irgendwie. Aber das Gefühl, wie eine Brausetablette überzusprudeln vor Glück, hatte er längst vergessen.

Mit einem versöhnlichen Lächeln verabschiedete er sich von seinem Bruder. Er liebte ihn, auch wenn es Zeiten gegeben hatte, in denen er ihn am liebsten auf den Mond geschossen hätte. One way, verstand sich.

Da es unwahrscheinlich war, Linda im Fitnessstudio anzutreffen, verbrachte Leander den Rest des Abends zu

Hause. Das Wetter war alles andere als frühlingshaft und lud förmlich zu einem Fernsehabend ein. *Doctor Strange* würde ihn hoffentlich gut genug von den Gedanken an die Schönheit ablenken. Eines Tages würde sie ihm sicher wieder über den Weg laufen, man sah sich schließlich immer zweimal im Leben.

***

Die Kapuze seines Parkas tief ins Gesicht gezogen, hechtete Leander am nächsten Morgen über den Parkplatz der Praxis. Es regnete in Strömen und überall waren Pfützen, die er behände übersprang. Erst vor ein paar Monaten war er in der Praxis von Dr. Schöne eingestiegen, einem älteren Herrn, der vorhatte, sein Lebenswerk an einen jungen, zielstrebigen Arzt wie ihn weiterzugeben. Er mochte den angehenden Pensionär und war dankbar, dass dieser aus der Vielzahl von Übernahmeinteressenten ihn ausgewählt hatte. Leander würde die Praxis nach bestem Wissen und Gewissen weiterführen, wenn sein jetziger Chef seinen Lebensabend genoss.

Schon nach kurzer Zeit war ihm klar geworden, dass hier alles etwas ruhiger lief. Mit angezogener Handbremse, sozusagen. Oder, um es mit der etwas umgangssprachlichen Ausdrucksweise der jüngeren Sprechstundenhilfen zu betiteln: Dr. Schöne ließ alles ziemlich chillig angehen. Doch genau das mochte Leander. Stress und Hektik hatte es in der Vergangenheit genug gegeben, da kam es ihm gerade recht, in einer gut organisierten, aber dennoch entschleunigten Atmosphäre zu arbeiten.

Leander war es gewohnt, sich ins Zeug zu legen. So war es kaum verwunderlich, dass er morgens oftmals der Erste und abends hin und wieder der Letzte in der Praxis war. Er liebte seinen Job, nahm sich Zeit für seine Patienten. Der Umgang mit Menschen und die Chance, ihnen zu helfen, erfüllten ihn. Nicht zuletzt war es seine Leidenschaft für Zähne, die er dem Vater seines besten Freundes zu verdanken hatte und die ihn diesen Beruf mit größter Gewissenhaftigkeit ausüben ließ. Noch heute erinnerte er sich daran, dass Alexanders Vater für seinen Sohn die gleiche Laufbahn vorgesehen hatte. Ihm wäre es am liebsten gewesen, wenn Alex und er dessen Praxis übernommen hätten. Doch sein bester Freund hatte sich der Gerechtigkeit verschrieben und Leander hatte zu dem Zeitpunkt noch keine Lust gehabt, sich fest an eine Praxis zu binden.

Unter dem Vordach des Eingangs angekommen, streifte er die Kapuze vom Kopf und schüttelte den Regen von den Schultern. Auch heute war er derjenige, der die Praxis aufschloss, und während er seinen

Gedanken nachhing, wurde die Stille in den Räumlichkeiten lediglich vom Blubbern der alten Filter-Kaffeemaschine unterbrochen. Ohne seinen Muntermacher war er nicht zu gebrauchen, also war das stets der erste Punkt seiner morgendlichen Praxisroutine, den es zu erledigen galt. Nebenbei fuhr der Computer hoch und Leander blätterte im Terminkalender.

Auch wenn sein Chef erst in knapp einem Jahr in Rente gehen würde, begann er schon jetzt, kürzerzutreten und Leander immer mehr Patienten zu überlassen. Aber das gehörte zum Plan, denn wenn es so weit war, würde Leander die Praxis samt Personal und natürlich auch Patienten übernehmen. Diese Termine jetzt schon Stück für Stück zu verteilen, hatte den Vorteil, dass die Patienten ihren neuen Zahnarzt bereits kennenlernten und Vertrauen zu ihm aufbauen konnten.

Leander verschaffte sich rasch einen Überblick. Nahezu alle heutigen Termine waren von Dr. Schöne zu ihm umsortiert worden. Um acht Uhr stand eine Routineuntersuchung an. Eine halbe Stunde später die nächste. Der Halbstundenrhythmus kam ihm entgegen, weil er genügend Zeit für seine Patienten hatte und diese nicht mit dem üblichen Druck abfertigen musste. Zudem verhinderte das unnötige Wartezeiten, falls eine Behandlung doch mal etwas länger dauerte als geplant.

Im Anschluss an die beiden Routinetermine durfte er eine Patientin von ihrem Provisorium befreien und sie mit einer neuen Krone bestücken. Als er ihren Namen las – Winter – schaute er versonnen aus dem Fenster. *Passt ja fast noch,* dachte er und begutachtete die Schneeglöckchen, die sich mühsam durchkämpften und dem schlechten Wetter trotzten.

Für einen Moment gestattete er seinen Gedanken abzudriften. Zu Linda natürlich. Er stellte sich vor, Tage wie diesen eingekuschelt mit jemandem auf der Couch zu verbringen. Literweise Tee zu trinken, Serien zu binge-watchen und … andere Sachen zu machen …

In der Tat fände er es schön, solche Momente mit jemandem genießen zu können, der ihm nicht die Pest an den Hals wünschte. In den letzten Monaten hatte er alle Welt glauben machen wollen, er wäre gleichgültig, arrogant und weiß der Teufel was. Alles, nur nicht feinfühlig und voller Sehnsucht nach Nähe.

Er musste Linda wiederfinden. Er musste sie einfach wiedersehen, denn der Blick in ihre Augen hatte etwas in ihm ausgelöst, von dem er geglaubt hatte, dass es längst verloren war: seinen Beschützerinstinkt.

Männer beschützten Frauen instinktiv, die Evolution wollte das so. Aber seit dem desaströsen Ende seines letzten Versuchs, sich auf etwas Verbindliches einzulassen, hatte er es dabei belassen, das weibliche Geschlecht lediglich zu vögeln.

Und dann war Linda auf seiner Bildfläche erschienen und hatte dieses Gefüge völlig durcheinandergebracht. Es war nicht nur die Berührung, die ihn in ihren Bann gezogen hatte. Nein, in ihrem Blick hatte so viel Sehnsucht gelegen, so viel Verletzlichkeit. Nur allzu gern hätte er erfahren, was sich dahinter verbarg.

War er seitdem besessen von einer Unbekannten? Nein, so würde er das nicht nennen. War er neugierig? Japp. Definitiv.

Nach und nach kamen nun auch die Sprechstundenhilfen in der Praxis an, um direkt mit ihrer Arbeit zu starten. Mit Beginn der Öffnungszeiten war die chillige Stimmung vorbei und gleich herrschte etwas mehr Trubel, weil das Telefon am laufenden Band klingelte. Und gleich erschienen die ersten Patienten. Damit war die himmlische Ruhe, die Leander am Morgen so schätzte, vorüber.

Mit Frau Schmidt, der zweiten Routineuntersuchung an diesem Morgen, war Leander schneller fertig als geplant. Die ältere Dame wurde nicht müde, mit ihm zu flirten, und würde am liebsten wöchentlich in die Praxis kommen. Das betonte sie jedes Mal. Mit einem freundlichen Lächeln schob er sie aus dem Sprechzimmer. Kurz sah er auf die Uhr und stellte freudig fest, dass ihm noch etwas Zeit für einen weiteren Kaffee blieb. Der nächste Termin würde etwas länger dauern, da konnte er den Muntermacher gut gebrauchen. Auf dem Weg zur Küche schnappte er Gesprächsfetzen von der Anmeldung auf.

»Was? Ist Herr Dr. Schöne krank?«

»Nein, mit ihm ist alles bestens. Aber er zieht sich mehr und mehr aus dem Praxisalltag zurück und überlässt Dr. Seeberger das Feld. Er wird Sie heute auch behandeln, Frau Winter. Ich hoffe, das ist in Ordnung?«

Einer Patientin wurde wieder einmal erklärt, was es mit dem Arztwechsel auf sich hatte.

Nichts Ungewöhnliches also.

»Ja, ich denke schon. Wobei ich ja wohl keine Wahl habe.« Der ironische Unterton in der Stimme der Patientin war kaum überhörbar. Die klare Stimme kam ihm zwar bekannt vor, aber er konnte sie beim besten Willen nicht zuordnen. Möglicherweise hatte er sie bereits behandelt?

»Sie sind bei ihm in guten Händen und werden gut mit ihm klarkommen. Er ist wirklich sehr kompetent und sehr nett«, lobte Dora ihn in den höchsten Tönen und schickte die junge Frau gleich darauf ins Wartezimmer, was er im Vorbeigehen schmunzelnd zur Kenntnis nahm. Mit Dora würde er mal ein Wörtchen reden müssen.

Zwar hatte sie die klare Anweisung, die Patienten über den bevorstehenden Arztwechsel zu informieren, aber wie immer war sie ein wenig zu redselig. Vermutlich kannten seine zukünftigen Patienten auch schon seine Haarfarbe, seine Schuhgröße und wussten, wie er seinen Kaffee trank.

Ein leises Schnauben ausstoßend, durchquerte er den schmalen Gang, der den Empfang mit den Praxisräumen verband und von dem auch das Wartezimmer abging, das mit teilweise satinierten Glaswänden abgetrennt war.

Neugierig riskierte er einen Blick hinein und erstarrte für einen Moment, weil er glaubte, seinen Augen nicht trauen zu können. Wurde ihm die Frau, nach der er in den letzten Wochen verzweifelt gesucht hatte, etwa gerade auf dem Silbertablett serviert?

In seinem Wartezimmer saß niemand Geringeres als Linda. Adrett gekleidet, tippte sie flink auf einem Tablet herum und nahm keinerlei Notiz von ihm.

Leander hätte am liebsten Luftsprünge gemacht. Stattdessen begnügte er sich mit einem breiten Grinsen und freute sich, dass sich ihre Wege endlich wieder kreuzten. Ganz ohne Julians Hilfe. Ein Sechser im Lotto mit Zusatzzahl war gar nichts gegen dieses Glück.

Schnell huschte er in den Behandlungsraum und verschaffte sich einen Überblick über die folgenden

Patienten. Von drei Wartenden war nur eine weiblich, sodass die Vermutung nahelag, dass Linda seine nächste Patientin war. Völlig euphorisiert verschob er den Kaffee, den er eigentlich hatte trinken wollen, auf später. Innerlich jubelte er, dass ihm das Schicksal so in die Hände spielte, und fragte sich, ob ihre Begeisterung für ihr unverhofftes Wiedersehen genauso groß sein würde. Sosehr er sich in diesem Augenblick um Professionalität bemühte, es ließ sich nicht vermeiden, dass seine Herzfrequenz stieg. Zumal ihre Skepsis wegen des Arztwechsels an der Anmeldung deutlich zu hören gewesen war. Doch er war bereit, sich dieser Herausforderung zu stellen und ihr zu beweisen, dass Dora recht hatte: Bei ihm war sie in den besten Händen. Und zwar in jeder Hinsicht.

»Dora, schicken Sie Frau Winter bitte in Raum drei«, bat er die ältere Sprechstundenhilfe über die Gegensprechanlage, während er sich mental auf die bevorstehende Behandlung vorbereitete. Routine. Doch heute mit Elementen gespickt, von denen er noch nicht wusste, was sie mit ihm anstellen würden.

Die Tür zum Gang war geöffnet, sodass er durch den Spalt sehen konnte, wie Dora Frau Winter aufrief und diese sich sogleich auf den Weg machte.

In diesem schwarzen Hosenanzug und der rosa-farbenen Bluse sah sie einfach umwerfend aus. So richtig umwerfend. Vom Kleidungsstil her tippte er auf eine Führungsposition in irgendeinem Unternehmen. Oder aber sie kleidete sich einfach gern so geschäftlich. Wie auch immer, er stand darauf, Frauen, die sich nach außen hin taff gaben, zu erobern und deren Fassaden zum Einsturz zu bringen, bis sie sich ihm hingaben. Schon jetzt spürte er, dass in diesem Fall wohl oberste Vorsicht geboten war. Seine Gedanken schweiften ab, das war gefährlich.

Während Sabine, die zahnmedizinische Fachangestellte, die ihm heute zugeteilt war, alle Instrumente auf ihre Vollständigkeit prüfte und die Patientenakte im Computer aufrief, vernahm Leander die näherkommenden Schritte. Sein Grinsen wurde breiter, als er den Mundschutz nach unten aufs Kinn schob.

Drei, zwei, eins … und Action.

»Hallo, Frau Winter. Ich bin Dr. Seeberger.« Seine Begrüßung glich einem Überfall, als er ihr forsch seine Hand entgegenstreckte. Es kostete ihn schon etwas Mühe, einen triumphierend klingenden Unterton zu verbergen. »Schön, Sie wiederzusehen.«

Seine Patientin kniff die Augen zusammen, sah auf seine Hand, dann wieder in sein Gesicht. Man konnte förmlich hören, wie es in ihrem Kopf drunter und drüber ging, weil sie in ihren Erinnerungen kramte. Bis sie endlich checkte, wer ihr gegenüberstand.

Ihr Unterkiefer klappte nach unten und ungläubig starrte sie ihn an. Als hätte sie einen Geist gesehen. Kein Wort verließ ihre perfekt geschwungenen Lippen. Dafür griff sie wie ferngesteuert nach seiner Hand.

Als ihre Finger seine Haut berührten, spürte er das feine Kribbeln, das durch seine Poren jagte, bis sie völlig perplex den Kopf schüttelte und ihm ihre Hand entzog.

Verlegen wich sie seinem Blick aus. Ihre Wangen färbten sich rosig. Doch plötzlich ruckte ihr Kopf wieder in seine Richtung und der fragende Ausdruck in ihren Augen landete direkt in Leanders limbischem System, der Region im Hirn, die für Emotionen verantwortlich und in seinem Fall schon länger inaktiv war, um sich dort fest zu verankern.

»Echt jetzt? Du? Äh, Sie?« Prima, sie hatte ihre Sprache wiedergefunden, was er mit einem schiefen Grinsen quittierte. Der Groschen war gefallen und nun wusste er, dass sich ihre Begeisterung, ihn wiederzusehen, sehr in Grenzen hielt. Ungläubig starrte sie ihn an.

Leander räusperte sich und hoffte, dass die gewohnte Professionalität damit zurückkam. »Japp, ich. Wie Dora Ihnen vorhin schon gesagt hat, bin ich Dr. Schönes Nachfolger. Wie geht's dem Knöchel?« Mit einem Nicken zeigte er auf ihre Füße.

Ihm entging nicht, dass sie theatralisch die Augen verdrehte und seufzend auf den Behandlungsstuhl sank, nachdem sie sich endgültig aus ihrer anfänglichen Schockstarre gelöst hatte.

»Ist okay. Aber wo ist eigentlich …?« Sie schnappte nach Luft, weil Sabine schon damit beschäftigt war, Linda den Patientenumhang umzulegen.

»Dr. Schöne verabschiedet sich in nicht allzu ferner Zukunft in den wohlverdienten Ruhestand und ich übernehme seine Praxis«, kam er ihrer nächsten Frage zuvor. Es war ihren Augen abzulesen, dass sie darauf brannte zu erfahren, was mit seinem Chef war. »Mit all seinen Patienten«, fügte er noch zwinkernd hinzu.

»Okay. Hätte er ja mal sagen können«, murrte sie, und insgeheim gab er ihr recht. Vermutlich hatte Dr. Schöne es einfach vergessen. »Na ja, ist auch eigentlich egal.« Sie rückte sich auf dem Stuhl zurecht und sah ihn erwartungsvoll an.

»Dann wollen wir mal, hm?« Leander schob den Mundschutz an die dafür vorgesehene Stelle, zog Einweghandschuhe über und war wieder ganz in seinem Element. »Sie bekommen heute Ihre neue Krone. Schick ist sie geworden.« Als würde er das kostbarste Schmuckstück der Welt präsentieren, hielt er eine

Nachbildung ihres Gebisses in seiner Hand, auf dem sich die Krone befand.

»Hm.« Ihr noch immer skeptischer Blick bohrte sich in seinen.

»Keine Sorge, Frau Winter, das ist ein Routineeingriff, den ich schon mehrfach an einem Dummy geübt hab.« Sein verschmitztes Grinsen musste von einem Ohr bis zum anderen gehen. Gott sei Dank konnte sie es nicht sehen, weil der Mundschutz seine untere Gesichtshälfte verdeckte. Aber ihre Mimik war göttlich. Sollten sie sich je wiedersehen, würde er sie genau damit aufziehen können. »Okay, das war ein Scherz. Legen wir mal los. Sabine.« Er nickte der Zahnarzthelferin zu und erteilte weitere Anweisungen.

»Halt. Moment.« Linda hatte die Hand gehoben, und für einen Moment glaubte er, Panik in ihren Augen aufflammen zu sehen. »Betäubung? Also, bekomme ich keine Spritze?«

Leander lachte auf. »Nein, die ist heute nicht nötig.«

»Aber ich bin furchtbar schmerzempfindlich. Dr. Schöne weiß das. Er hat das doch bestimmt irgendwo notiert.«

War das ein Versuch, ihn zu irritieren? Ihn abzulenken? Wenn ja, gelang ihr das hervorragend. Wirklich, sie war gut. Richtig gut.

Aus dem Augenwinkel sah er, wie Sabine den Kopf schüttelte.

»Nope, davon steht nichts in Ihrer Patientenakte. Aber selbst wenn dem so ist, eine Betäubung muss heute wirklich nicht sein.«

Natürlich wusste er, dass er mit seinem kessen Spruch vorhin gegen jegliche Regeln verstoßen hatte und man so nicht mit seinen Patienten sprach. Aber er konnte nicht anders, und so war es einfach geschehen, dass diese Worte seinen Mund verlassen hatten, bevor er auch nur ansatzweise darüber nachdenken konnte, was für einen Humbug er da von sich gab.

Dennoch verrichtete er souverän seine Arbeit. Anders als erwartet war er hoch konzentriert. Allerdings konnte er nicht verhindern, sich immer wieder in Lindas wunderschönen Augen zu verlieren.

KAPITEL 6

Linda

Schön, Sie wiederzusehen. Diese Worte hallten durch Lindas Kopf, während sie auf diesem – *seinem* – Behandlungsstuhl lag und in das grelle Licht über ihr blinzelte. Sie spürte das Puckern ihres Pulses unter der dünnen Haut am Hals. Hitze war in ihre Wangen geschossen, dass sie glaubte, wie ein Feuerball zu glühen. Sosehr sie sich eine Begegnung mit Mr Schokoladenaugen herbeigesehnt hatte, so unangenehm war es ihr, dass diese in einer Zahnarztpraxis stattfand. Unromantischer ging es ja wohl kaum.

Und dieser gemeine Kerl, der in seinem dunkelblauen Poloshirt und der weißen Jeans unfassbar heiß aussah, hatte erst einmal nichts Besseres zu tun gehabt, als sie reinzulegen. Das mit den Kronen habe er schon mal an einem Dummy geübt. *Hmpf. Schon klar.*

Noch immer war sie völlig perplex. Nie im Leben hätte sie damit gerechnet, ihn wirklich wiederzusehen. Insgeheim hatte sie es gehofft, allerdings hatte sie nicht vor, jemals wieder einen Fuß in Julians Fitnessstudio zu setzen. Aus diesem Grund hatte sie gar nicht erst daran geglaubt, ihn wiederzutreffen. Schon gar nicht in diesem Rahmen. Ja gut, er hatte gesagt, er sei Arzt. Aber Zahnarzt? Puh. Das war nicht unbedingt der Job, den sie sich für ihren Traummann wünschte. Allerdings war er auch nicht ihr Traummann. Auf gar keinen Fall war er das.

Pah. Das wäre ja noch schöner.

Ihren viel zu schnellen Herzschlag spürte sie deutlich, als er sich ihr erneut widmete. Eines dieser Metalldinger, mit denen man an den Zähnen herumkratzte, in der Hand, näherte er sich ihrem Gesicht. Jetzt war wohl der Zeitpunkt gekommen, an dem sie den Mund öffnen musste. Für ihn. Es widerstrebte ihr regelrecht und fühlte sich mehr als seltsam an.

Alles hier war seltsam.

Er. Sein diabolisches Grinsen, das garantiert nichts Gutes verhieß. Und diese ganze verrückte Situation.

Für einen Moment war sie versucht, ihr gesamtes Gefühlschaos mit einem tiefen Seufzen nach außen zu tragen, verkniff es sich aber rechtzeitig. Stattdessen schloss sie langsam die Augen, während Mr-Ich-kümmere-mich-um-deinen-Knöchel-ich-bin-Arzt begann, in ihrem Mund herumzustochern.

»Links unten der Backenzahn hat eine kleine Karies«, hörte sie den Arzt unter seiner Maske nuscheln und ärgerte sich. Sie putzte zweimal täglich mindestens fünf Minuten lang ihre Zähne, achtete akribisch darauf, dass sich kein Belag darauf ansammelte, und doch war es wieder passiert. »Wenn Sie einverstanden sind, würde ich das gleich mit erledigen, sobald ich die Krone eingesetzt habe.«

Vorsichtig öffnete sie die Augen und blinzelte in das grelle Licht. Sein fragender Blick ging ihr durch und durch.

»Ja, okay.« Sie zuckte mit den Schultern. Als ob sie eine Wahl hätte. Wer lehnte es denn ab, dass Karies behandelt wurde? Aus dem Augenwinkel sah sie, wie er bereits nach der Betäubungsspritze griff, die diese Sabine währenddessen vorbereitet hatte.

An seinen Augen konnte sie ablesen, wie breit das Grinsen unter seiner Maske sein musste. »Die wollten Sie doch ohnehin haben, richtig?«

Geräuschvoll sog sie die Luft ein und nickte schließlich. »Japp.« Dann spürte sie auch schon den Piks und ein paar Minuten später setzte das einseitig taube Gefühl in ihrem Unterkiefer ein. Innerlich total aufgewühlt, schloss sie erneut die Lider und ließ die Behandlung über sich ergehen.

Die zahnarzttypischen Geräusche bahnten sich den Weg in ihre Ohren, und als endlich alles vorbei war, atmete sie erleichtert auf.

»Wir sind fertig. Sie können Ihre Augen wieder aufmachen«, hörte sie Dr. Seeberger sagen. Gefühlte zwei Tage nach Beginn der Tortur.

Ihr Kiefer war taub. Seltsam fremd, als würde er nicht zu ihr gehören. Der Kopf dröhnte von den Bohrgeräuschen. Sie musste ein jämmerliches Bild abgeben. *Hey, das ist egal, wir mögen ihn nicht einmal,* flüsterte eine Stimme in ihrem Kopf.

Der Arzt hob seine Hand, um gleich darauf die Instrumentenablage zurückzuschieben. Irrte sich Linda oder hatte er dabei ihre Finger berührt? Sicher unabsichtlich, doch ihr Herz machte einen kräftigen Satz und ihre Atmung beschleunigte sich.

Dr. Seebergers Mundschutz befand sich jetzt wieder unterhalb seines Kinns, sodass der Blick auf seine markanten Züge frei war. Bevor sich Linda von dem Behandlungsstuhl erhob, gestattete sie sich einen Blick aus dem Augenwinkel, um ihn näher zu betrachten. Sein

Kinn zierte ein mindestens Fünftagebart, der die vollen Lippen umrahmte. Die Wangenknochen stachen markant hervor und verliehen ihm etwas Gefährliches. Doch seine Augen waren so warm und dunkelbraun, dass sie glaubte, in einem Schokoladenbrunnen zu versinken.

Ihr Blick wanderte von seinen Augen erneut zu seinen Lippen, die sich just in dem Moment, als sie darauf starrte, zu einem breiten Lächeln verzogen.

»Wir sind fertig«, betonte er und rollte mit seinem Stuhl zurück, um ihr Platz zu machen.

Shit.

Dieses Lächeln war genau das gleiche wie damals im Fitnessstudio. Schon damals hatte es sie nicht losgelassen und jetzt war sie sicher, dass dieses Lächeln sie auf ewig begleiten würde.

Während sie sich erhob, tastete sie mit den Fingern vorsichtig ihre Kieferpartie ab. Alles war taub und es fühlte sich an, als würde ihre Unterlippe bis zu den Knien baumeln. Sprechen war gar nicht erst drin.

Wie peinlich.

Schon wieder.

Wie auf Kommando knurrte ihr Magen so laut, dass es wohl auch draußen im Wartezimmer zu hören war. Sie zog eine Grimasse, sofern das möglich war, und hob entschuldigend die Schultern.

»Auch wenn das mit dem zwei Stunden Warten überholt ist, weil die Füllungen heutzutage superschnell aushärten, wäre es gut, wenn Sie nicht direkt in eine Karotte beißen. Sollte es zu Komplikationen kommen, die allerdings sehr selten auftreten, kommen Sie bitte sofort her, okay?«, sagte er, während er sich der Einweghandschuhe entledigte und ihr ein herz-erwärmendes Lächeln schenkte. Kleine Fältchen umrahmten seine Augenwinkel und ließen ihn fast schon sympathisch aussehen.

Linda nickte und gab nur ein knappes »Hm« von sich. Unfähig, sich zu artikulieren, starrte sie den Mann einfach nur an, der ihr seit Wochen nicht mehr aus dem Kopf ging – nun vermutlich noch weniger.

»Sabine, bitten Sie schon mal den nächsten Patienten in die zwei?«

Linda sah, wie sein Blick zur Verbindungstür ins angrenzende Sprechzimmer glitt, bevor die Zahnarzthelferin seiner Anweisung nickend Folge leistete. Dann verließ sie das Zimmer.

Linda war so gar nicht wohl bei dem Gedanken, gleich mit ihm allein hier zu stehen. Sie sollte einfach gehen, oder? Ihre Behandlung war beendet. Trotzdem erwischte sie ihr dummes Herz dabei, wie es vor lauter Aufregung ganz flatterig wurde und sich regelrecht überschlug.

»Ist alles in Ordnung? Sie sagen gar nichts«, stellte er fest.

Haha! Witzbold!

Gefühlt erstreckte sich die Betäubung bis in ihr Hirn, das unfähig war, klar zu denken. Vielleicht lag es aber auch nur an der Gegenwart dieses Mannes, der sie so unerwartet aus dem Konzept brachte. Dass sie ausgerechnet hier bei ihm gelandet war, musste ein übler Streich des Schicksals sein.

Ja, okay, gut. Insgeheim hatte sie sich vorgestellt, wie ein Wiedersehen mit ihm ablaufen könnte. Vielleicht war es in ihrer Vorstellung sogar etwas zu romantisch gewesen. Aber das hier spottete jeder Beschreibung und fühlte sich nach Groschenroman an. Übel. Einfach übel.

Mit dem Zeigefinger deutete sie auf ihren Mund. Sein verständnisvoller Blick ging ihr durch und durch und schickte ein Kribbeln über ihre Haut.

»Keine Sorge, die wird bald nachlassen.«

Nachlassen? Hallo? *Nachlassen*? Bald? Die Betäubung musste bis zum Meeting, das ihr in wenigen Stunden bevorstand, vollständig verschwunden sein.

Ihr erschrockener Blick musste eindeutig gewesen sein, denn besänftigend redete er weiter: »Sie haben wohl noch ein Date, hm?«

Völlig perplex über diese Annahme hob sie die Augenbrauen, bevor sie hektisch nickte und dann den Kopf schüttelte.

Ein Lächeln zupfte an seinen Mundwinkeln. »Kein Date? Dann ein Geschäftstermin, oder? Keine Sorge, Sie werden einwandfrei sprechen können. Ehrenwort. Das können Sie auch jetzt schon, nur fühlt es sich für Sie nicht so an, ich weiß.«

Wieder dieses betörende Zwinkern. Langsam fragte sie sich, was er damit bezwecken wollte, und wusste es im nächsten Moment, als er ihr eine Visitenkarte in die Hand drückte. Für den Bruchteil einer Sekunde berührten sich ihre Hände und sie spürte das sanfte Knistern, das auf einmal die Luft um sie herum flirren ließ, während er sie mit seinem eindringlichen Blick fixierte.

»Sie können mich jederzeit anrufen, wenn etwas sein sollte«, sagte er mit einem Timbre in der Stimme, das Linda unter anderen Umständen sicherlich einen Ohnmachtsanfall beschert hätte. Gleichzeitig fragte sie sich, ob er das jeder Patientin anbot.

Die Visitenkarte ließ sie in ihrer Hosentasche verschwinden und verließ mit einem genuschelten »Tschüss« hastig den Raum. Marc wäre sicher alles andere als begeistert, wenn sie a) nicht rechtzeitig wieder in der Agentur wäre und b) sich im Meeting nicht deutlich würde artikulieren können.

»Auf Wiedersehen, Frau Winter«, rief ihr Dr. Seeberger hinterher.

Kurz hielt sie inne und drehte sich um. Sie lächelte und saugte ein letztes Mal dieses begnadete Grinsen in sich auf. Im Wartezimmer schnappte sie sich ihre Jacke und auf einmal hatte sie es ziemlich eilig, diese Praxis zu verlassen.

Ihr Herz galoppierte, als hätte sie eben einen Marathon absolviert. Was für ein verrückter Zufall. Oder war es Schicksal? So genau konnte sie das noch nicht einordnen. Vielleicht würde sie sich einen neuen Zahnarzt suchen … Oder ein neues Fitnessstudio? Am besten gleich beides.

Zweifelsohne war Dr. Seeberger eine Augenweide. Wobei ihm das nicht ansatzweise gerecht wurde. Er sah begnadet gut aus. Noch dazu erwies er sich als humorvoll und dennoch höflich, wobei er seine Professionalität nicht aus den Augen verlor. Und Linda musste zugeben, dass ihr das schon irgendwie imponierte.

Trotzdem war sie sich unschlüssig, ob sie weiterhin Patientin dieser Praxis sein wollte. Zahnarztbesuche waren per se etwas sehr Unangenehmes. Aber unter den aktuellen Umständen war es einfach unmöglich, sich völlig unbefangen von Dr. Seeberger behandeln zu lassen.

Auf dem Weg zur Arbeit ging sie verschiedene

Lösungsansätze durch, kam aber zu keinem zufriedenstellenden Ergebnis.

In der Agentur verdrehte ihr Chef theatralisch die Augen, wie sie es in der Praxis schon geahnt hatte. Obwohl es bis zur Präsentation noch etwas dauerte und sie sich bis dahin einen normalen Zustand für ihr Gesicht erhoffte, sah Marc schon sämtliche Felle davonschwimmen.

»Linda«, rief er, eine Hand vor den Mund haltend. »What the hell! Wieso kannst du nicht sprechen? Wie soll das denn funktionieren?« Kopfschüttelnd zog er sie in sein Büro, wo sie sofort begann, ihn aus seinem Hyperventilationsanfall zurückzuholen.

Beruhigend redete sie auf ihn ein, so gut es ging. Die Betäubung war noch immer recht stark, begann aber bereits nachzulassen. Sie war guter Dinge, die Präsentation problemlos über die Bühne bringen zu können.

»Marc, alles halb so wild. Das wird schon.« Im Brustton der Überzeugung versuchte Linda, sich auch selbst zu beruhigen, während Marc durch sein Zimmer tigerte. Sie wusste nicht, woher er seinen Hang zur Dramatik hatte. Vermutlich lag es den Briten in den Genen, bei all den Schriftstellern und Schauspielern, die dem Land entsprungen waren.

»Das ist dein Auftritt, Linda. Es gibt keinen, der das sonst machen könnte. Niemand steckt so in der Materie drin wie du. Dieser Zahnarzt muss komplett crazy sein«, ereiferte er sich weiterhin.

»Nun mach mal halblang«, übernahm Linda erneut das Wort und fuhr mit den Fingern über ihr Kinn. Langsam kehrte dort schon mal etwas Gefühl zurück. »Dr. Seeberger meinte, dass es nicht lange dauern würde, bis ich wieder die volle Kontrolle über meine Gesichtsnerven habe. Und die Betäubung lässt ja schon nach. Also kein Grund zur Aufregung.«

»Dr. Seeberger? Leander Seeberger?« Mit hochgezogenen Augenbrauen und einer tiefen Furche dazwischen schaute Marc sie an. Seine Haltung hatte sich auf einmal merklich versteift.

»Ja, das ist mein Zahnarzt. Also eigentlich Dr. Schöne, aber der geht in Pension und da übernimmt Dr. Seeberger. Kennst du –?« Weiter kam sie nicht.

»Okay, genug. Wir haben noch viel zu tun. Ab an die Arbeit«, brachte Marc ihr kühl entgegen und sie fragte sich, woher dieser plötzliche Stimmungsumschwung kam.

Dass sie bis zum Meeting noch alle Hände voll zu tun hatten, wusste sie allerdings selbst. Beruhigend legte sie ihre Hand auf seinen Unterarm.

»Keine Sorge. Wir schaffen das«, nuschelte sie.

Insgeheim hoffte sie genauso sehr wie er, dass alles glatt liefe und sie den Auftrag von dem Start-up-Unternehmen erhalten würden. Sie waren bestens vorbereitet und sie beschloss, gleich noch einmal alle Punkte durchzugehen.

Keine drei Stunden und etliche Schweißperlen später war der Kunde hellauf begeistert und die Agentur hatte einen neuen, ziemlich lukrativen Auftrag an Land gezogen. Linda war fix und fertig. Auch wenn die Geschäftsführer recht schnell von ihrem Konzept überzeugt gewesen waren, hatte es sie eine Menge Kraft gekostet. Doch für Erschöpfung blieb keine Zeit, denn der größte Teil der Arbeit begann nun erst mit der Umsetzung der Marketingstrategie.

Nachdem alles unter Dach und Fach war – Marc hatte nichts anbrennen lassen und die Verträge bereits vorbereitet –, verließ ihr Boss samt triumphierendem Grinsen auf den Lippen den Konferenzraum, um Empfangssekretär Björn anzuweisen, Sekt für alle zu bringen.

»Yeah, wir haben den Deal«, sprudelte es voller Begeisterung aus ihm heraus. »Wir haben die Schafe in die Trockenheit gebracht.«

Ringsum konnte man sehen, wie belustigend Marcs zuckersüßer britischer Akzent gepaart mit der Sprachbarriere auf die Belegschaft wirkte. Der ein oder andere verkniff sich ein Lachen, manch einer drehte sich einfach um und wieherte los. Doch insgeheim verschaffte ihm eben dieser Akzent einen enormen Charme-Bonus, dem kaum einer widerstehen konnte.

»Wir haben die Schafe ins Trockene gebracht. So heißt es richtig.« Linda kam nicht umhin, sich ebenfalls darüber zu amüsieren, korrigierte ihn jedoch, wann immer es angebracht war.

»Wie auch immer. Ihr mit euren verrückten Redensarten.« Marcs herzliches Lachen donnerte durch den Raum, während Björn mit den gefüllten Gläsern kam und diese verteilte. »Jetzt lasst uns feiern, dass wir die Hunde vom Eis geholt haben. Cheers.« Er erhob sein Glas.

Das Team johlte und applaudierte. Dieses Mal verzichtete Linda darauf, ihn zu berichtigen. Auch wenn sie wusste, dass er das so wollte, kam es ihr in diesem Fall unpassend vor. Die Redewendung war schließlich bekannt und alle wussten, dass er Kühe anstatt Hunde gemeint hatte.

Nachdem die letzten Gläser geleert waren, verebbten die Gespräche, weil sich jeder wieder seiner Arbeit zuwendete.

Gerade als Linda an ihren Schreibtisch zurückkehren wollte, spürte sie Marcs Hand auf ihrer Schulter, mit der er sie zurückhielt, um sie gleich darauf in eine Umarmung zu ziehen. Er drückte sie fest. Zu fest für ihre Begriffe. Und zu lange.

Energisch schob sie ihn zurück und brachte wieder ausreichend Abstand zwischen sie. Mit hochgezogenen Augenbrauen sah sie ihn an. »Marc? Was …?« Auch wenn sie ihn mochte, er war immer noch ihr Boss. Und das hier war eindeutig zu viel Nähe. Zudem war es ungewöhnlich, dass er so etwas tat. Sie arbeitete nicht erst seit gestern hier und dies war nicht der erste Auftrag, den die Agentur an Land gezogen hatte. Aber noch nie hatte sie Marc dabei beobachten können, dass er den jeweiligen Leiter der Kampagne so umarmt hatte.

»Good job«, sagte er schließlich stolz und sichtlich erleichtert. »Du hast was gut. Und, Linda?«, setzte er nach, als sie bereits im Gehen war. »Take care.«

Sie nickte und machte sich an die Arbeit.

Was auch immer das gerade eben sollte, es war ihr unheimlich. Irgendwas war anders als sonst, und sie hatte keinen Schimmer, was es war. Schnell schüttelte sie den Gedanken ab und schob es auf den Sekt, der ihm möglicherweise zu Kopf gestiegen war.

***

Am Abend hatte sie nicht einmal mehr die Kraft, sich etwas zu essen zu kochen. Stattdessen nahm sie ein kaltes Stück Pizza vom Vortag aus dem Kühlschrank und sank samt dem Snack und einem Glas Rotwein auf die Couch. Müde ließ sie den Tag Revue passieren und landete prompt wieder bei Marc.

Das mit der Umarmung kam ihr spanisch vor, doch schnell wischte sie die Gedanken daran zur Seite. Jetzt hatte sie Feierabend und der war ihr heilig.

Ihr Handy summte im Einklang mit den Hintergrundgeräuschen des Fernsehers, dem sie jedoch kaum Beachtung schenkte. Neugierig nahm sie es zur Hand und öffnete WhatsApp.

Ihre Freundin Anna erkundigte sich nach dem Stand der Dinge und wollte wissen, ob die Agentur den Auftrag erhalten hatte.

In dem ganzen Trubel, der tagsüber geherrscht hatte, hatte Linda es noch gar nicht geschafft, davon zu berichten. Doch das holte sie schnell nach und schickte ihrer Freundin einen breit grinsenden Emoji und zwei Sektgläser, die aneinanderstießen. Das sprach für sich und weitere Erläuterungen zu dem Thema waren nicht nötig. Anna schrieb sofort zurück, wie sehr sie sich freute, dass es geklappt hatte.

Die nächste Nachricht war von Tom.

Tom?

Verdammt!

Für einen Moment blieb ihr die Luft weg. Mit allem hatte sie gerechnet, aber nicht mit ihm. Seit damals war er förmlich von der Bildfläche verschwunden. Und auf einmal tauchte er wieder auf und meldete sich bei ihr? Was war heute nur los?

Tom: Wir müssen reden.

Nach über einem Jahr Funkstille kamen von ihm lediglich diese drei Wörter? Anstatt zu antworten, scrollte sie schnaufend weiter und blieb an einer Nachricht von einer unbekannten Nummer hängen. Doch schon die Nachrichtenvorschau sorgte für ein leichtes Kribbeln in ihrer Magengegend.

Unbekannt: Guten Abend, Frau Winter. Wie geht es der Krone? Ich hoffe, die Betäubung ließ rechtzeitig nach und der Geschäftstermin war erfolgreich? Gruß, Leander Seeberger

Der Prinzessinnen-Emoji hinter dem Wort *Krone* brachte sie zum Schmunzeln und ihr Herz hüpfte wie ein wild gewordenes Pferd. Wieder und wieder las sie die Nachricht. Und auf einmal bahnte sich sein umwerfendes

Lächeln den Weg in ihre Gedankenwelt und vereinnahmte sie dermaßen, dass sie Toms Nachricht vorerst vergaß.

KAPITEL 7

Leander

Hatte er eben wirklich eine Nachricht an eine seiner Patientinnen verschickt? Mit der flachen Hand rieb er sich über die Stirn und stieß ein irritiertes Schnauben aus. Was war nur los mit ihm? Seit er dieser Frau begegnet war, war er nicht mehr er selbst.

Nachdem Julian die Kontaktdaten so hartnäckig unter Verschluss gehalten hatte, war er mehr als froh gewesen, Linda in der Praxis wiederzusehen. Zwar war es tabu, die Patienten privat zu kontaktieren, aber die Verlockung war einfach zu groß gewesen, als dass er hätte widerstehen können. Und so hatte er sich klammheimlich ihre Telefonnummer aus der Patientenakte stibitzt und in seinem Handy abgespeichert.

Nach einem anstrengenden Arbeitstag in der Praxis

war er nun zu Hause, saß auf der Couch und nippte an einem Whiskey.

»O Gott, ich benehme mich wie ein Teenager«, stöhnte er und legte das Telefon zur Seite. Vermutlich würde sie ohnehin nicht antworten. Bei ihrer Begegnung heute früh hatte es nicht den Anschein gehabt, als wäre sie an ihm interessiert. Kein Wunder, er hatte ja auch die dämlichsten Scherze gerissen.

Anfänger.

Wie ein Idiot hatte er sich verhalten.

Tolle Mischung – ein oberidiotischer Teenager auf Liebesentzug.

Im Normalfall gelang es ihm bestens, die Beziehungen zu seinen weiblichen Patienten auf einer professionellen Ebene zu belassen. Bei Linda ging das aus irgendwelchen, ihm noch unbekannten Gründen nicht. Als er sie heute in der Praxis gesehen hatte, hatte er das Gefühl gehabt, die Welt würde für einen Moment stillstehen. Dafür war sein Blut tausendmal schneller als gewöhnlich durch seine Adern geschossen und sein Herz hatte zu tun gehabt, diesen Ansturm zu bewältigen.

Dieser Gefühlssturm war schwer einzuordnen. Denn Leander war nicht der Typ für große emotionale Duseleien, sondern eher sachlich veranlagt. Aber diese Frau hatte etwas in ihm ausgelöst. Er musste einfach wissen, was es war, das ihn so faszinierte. Er musste sie unbedingt wiedersehen und dafür war ihm jedes Mittel recht. Zum Beispiel eine völlig bescheuerte Nachricht.

Den halben Abend lang hatte er mit sich gerungen, ob er sie kontaktieren sollte, sich immer wieder umentschieden. Angefangen, eine Mitteilung zu schreiben, und sie dann wieder abgebrochen. Und doch hatte er diese Nachricht, deren Wortlaut pubertärer nicht hätte sein können, abgeschickt.

Nun starrte er auf sein Smartphone, das neben ihm lag und sich nicht regte. Wieder und wieder entsperrte er den Bildschirm, um sicherzugehen, dass er keine Meldung verpasste. Aber da war nichts. Keine Nachrichten. Nicht einmal E-Mails oder Infos aus den sozialen Netzwerken. Das Gerät schwieg beharrlich und machte ihn fast wahnsinnig.

Zur Ablenkung gönnte er sich einen weiteren Whiskey und nahm sich vor, sein Handy in den nächsten fünf Minuten – mindestens – nicht zu beachten. Okay, einmal würde er schnell noch einen Blick riskieren und dann seinen Drink genießen.

Nichts. Immer noch keine Nachricht.

Du bist so bescheuert, Seeberger. Kopfschüttelnd schimpfte er mit sich selbst. Es war mehr als albern, einfach hier zu sitzen und auf ihre Antwort zu warten, als hätte er nichts

Besseres zu tun. Zum Beispiel könnte er … die Küche aufräumen, Wäsche sortieren, ins Fitnessstudio fahren und ein paar Gewichte stemmen … Und *ihr* über den Weg laufen.

Okay. Ablenkung funktionierte nicht, denn augenblicklich sah er sie vor sich. Ihr zaghaftes Lächeln. Die Haarsträhnen, die sich aus ihrem Knoten gelöst hatten und die er ihr am liebsten hinters Ohr gestrichen hätte. Ihre göttlichen Kurven, die er gern mit den Fingern nachzeichnen würde. Voller Sehnsucht nach dieser perfekten Frau erinnerte er sich an ihren blumigen Geruch und spürte, wie sich diverse Körperregionen ebenso über diesen Anblick freuten. Seine Hose wurde so eng, dass er die Augen öffnete und die Seifenblase zerplatzen ließ. *Peng.*

Weg war sie, die Schönheit, die ihn seit der ersten Begegnung so faszinierte, und der Rausch, der ihn eben noch beherrscht hatte, wich Beklommenheit, die er schnell mit seinem Drink hinunterspülte. Die goldgelbe Flüssigkeit lief wohltuend seine Kehle hinab und hinterließ ein leichtes Brennen. Entgegen der Tatsache, dass man Whiskey genießen sollte, leerte er das Glas in wenigen Zügen und hoffte, es würde ihm helfen, diese verrückten Fantasien zu vertreiben. Genüsslich spürte er den verschiedensten Aromen nach, die sich in seinem

Gaumen ausbreiteten, während er das Glas, in dem die Reste ölig am Rand hinabliefen, auf dem Tisch abstellte.

Der Alkohol entfaltete seine Wirkung recht schnell und sorgte endlich für die langersehnte Entspannung bei Leander. Fast schon hatte er die dämliche Nachricht, die er an Linda geschickt hatte, vergessen, als sich sein Smartphone mit einem lautstarken *Bing* zu Wort meldete.

Er griff so hektisch danach, dass er fast sein Glas umgeworfen hätte. Der Eingang einer Mitteilung wurde ihm auf dem Display angezeigt und sein Herz setzte für eine Sekunde aus, als er *ihren* Namen las.

Linda: Betäubung ließ nach. Krone wird sachgemäß in der Schatzkammer verwahrt und regelmäßig geputzt. Danke der Nachfrage. Königliche Grüße, Winter

Leander amüsierte sich darüber, wie sie mit der Nachricht des völlig verwirrten Teenies umging. Auf den Mund gefallen war sie nicht. Das mochte er auf Anhieb.

Es juckte ihn in den Fingern, direkt zurückzuschreiben, doch er bemühte sich um Beherrschung. Sie hatte angebissen, aber er würde nicht gleich sein ganzes Pulver verschießen.

Stattdessen schaltete er den Fernseher ein und zappte sich durch Netflix, während er das Telefon noch immer in der Hand hielt und wieder und wieder ihre Nachricht las.

Ein erneutes *Bing* verzeichnete den Eingang einer weiteren Nachricht. Der Blick auf die Zeilen, die sein Handy ihm förmlich entgegenspuckte, holte ihn eiskalt von seinem Teenie-Trip herunter.

J. F.: Hi, Babe. Können wir bei Gelegenheit reden? I miss you, J.

Jennifer? Wo kam die denn auf einmal her? Es war ewig her, dass sie Kontakt hatten. Worüber wollte sie reden? Heilige Scheiße, das mit ihnen war Monate her und längst Geschichte! Zudem war alles geklärt, zumindest seiner Meinung nach. Er hatte damals sofort reinen Tisch gemacht und die Affäre zu ihr abgebrochen, nachdem ihm bewusst geworden war, dass sie ihn belogen hatte.

Dabei war ihnen durchaus eine Zeit vergönnt gewesen, in der ihm diese betörende Frau geholfen hatte, mit den Geistern seiner Vergangenheit abzuschließen. Auf ganz wundersame Weise hatte sie es geschafft, ihn alles vergessen zu lassen, was vorher passiert war. Bis sie selbst neue Geister heraufbeschworen und er daraufhin erneut die Beine in die Hand genommen hatte.

Anscheinend war es das Einzige, was er konnte, wenn es ernst wurde – wegrennen.

In der Vergangenheit war sein Frauenverschleiß ziemlich hoch gewesen und darauf war er weiß Gott nicht stolz. Ohne Rücksicht auf Verluste hatte er sich durch die halbe Stadt gevögelt und nicht nur Vertrauen missbraucht, sondern auch etliche Herzen gebrochen. Noch heute zerriss es ihn, wenn er daran dachte, was für ein kaltherziges Arschloch er zu dieser Zeit gewesen war.

Doch keine der Damen, durch deren Betten er gewandert war, hatte es geschafft, ihn mehr als körperlich zu berühren. Keine von ihnen hatte sein Herz erreicht. Erst seit Linda auf der Bildfläche erschienen war, hatte er zum ersten Mal seit Langem wieder das Gefühl, atmen zu können. Es war vollkommen verrückt. Im Grunde genommen waren sie einander völlig fremd. Und doch hatte er von Anfang an diese Verbindung gespürt. Auch heute, als sie in der Praxis war. So seltsam es auch schien, aber in ihrer Gegenwart fühlte er etwas, das er lange vermisst hatte.

Er beschloss, Jennifers Nachricht vorerst zu ignorieren, und ließ seine Gedanken wieder zum Objekt seiner Begierde wandern. Linda.

Leander: Touché! Und falls Sie meine Entschuldigung annehmen, hole ich Sie morgen Abend um 19 Uhr ab.

Bevor er auf *Senden* drückte, überlegte er kurz. War das zu gewagt? Nein, war es nicht, entschied er und drückte auf den Senden-Button. Sie war erwachsen und würde ihre Entscheidung treffen. Und er hatte nichts zu verlieren. Außer etwas Würde und eine überaus attraktive Patientin. Allerdings wäre das sein geringstes Problem, wenn herauskäme, dass er Patientendaten für private Zwecke genutzt hatte. Das konnte ihn Kopf und Kragen kosten. Leander war sich bewusst, was auf dem Spiel stand. Doch er konnte nicht anders. Die Versuchung war einfach zu groß, als dass er hätte darüber hinwegsehen können.

Linda: Welche Entschuldigung?

Schmunzelnd stellte er sich vor, wie sie auf ihrer Couch lümmelte, nein, wie sie sich lasziv auf ihrer Couch rekelte und sich nichts sehnlicher wünschte, als ihn zu treffen.

Träum weiter, Seeberger, dachte er belustigt, bevor er zur Antwort ansetzte.

Leander: Für diese hier: Entschuldigen Sie, dass ich mich in der Praxis wie der letzte Idiot aufgeführt habe! Morgen Abend, 19 Uhr?

Linda: Was, wenn ich schon etwas vorhabe?

Herrlich, er mochte diesen Schlagabtausch mit ihr sehr. Auch wenn er noch gar nicht wusste, wer sie war und wie sie eigentlich so tickte – die Chemie, die allein zwischen den Zeilen sprühte, sprach für sich.

Leander: Und, haben Sie?

Linda. Nein.

Wunderbar. Er legte das Telefon kurz ab und rieb sich grinsend die Hände, bevor er ihr antwortete.

Leander: Prima. Dann morgen, 19 Uhr. Ich hole Sie ab.

Er stöhnte bei dem Gedanken daran, wie sich dieses Treffen entwickeln könnte, würde es nur nach ihm gehen.

Linda: Moment, ich habe die Entschuldigung nicht angenommen!

Ihre Antwort trieb Leander ein breites Lächeln auf die Lippen. Er mochte es, dass sie sich nicht sofort geschlagen gab und zusagte. Sein Jagdinstinkt war nun endgültig geweckt.

Leander: Das können Sie morgen nachholen. Ich freue mich. Gute Nacht.

Zufrieden grinsend schloss er den Chat und legte das Telefon zur Seite.

Morgen Abend würde er sehen, was passierte.

Im schlimmsten Fall gab sie ihm einen Korb und ließ ihn eiskalt vor ihrer Tür stehen.

Im besten Fall würde sie … ihm verfallen.

Insgeheim hoffte er auf Letzteres.

KAPITEL 8

Linda

Na, der Mann hatte ja wirklich Nerven. Dr. Leander Seeberger – ein Name, den sich Linda so schnell eingeprägt hatte wie nie einen anderen zuvor.

Der anstrengende Tag steckte ihr noch in den Knochen. Das Meeting mit dem neuen Kunden hatte sie mehr gefordert, als sie angenommen hatte. Und dann noch dieser absurde Besuch beim Zahnarzt, von dem Linda noch nicht wusste, was sie von ihm halten sollte.

Gott sei Dank waren beide Termine gut ausgegangen. Trotzdem war sie ziemlich müde, als sie gähnend und mit ihrem Handy bewaffnet ins Bett marschierte.

Besagter Zahnarzt – Dr. Seeberger – hatte während seines Feierabends nichts Besseres zu tun, als sich nach ihrem Befinden zu erkundigen. Das machte die ganze

Sache irgendwie noch schräger. Zum einen, weil es mehr als ungewöhnlich war. Noch nie hatte sie ein Arzt privat nach ihrem Befinden gefragt. Zum anderen fragte sie sich, ob es legitim war, so auf Patientendaten zuzugreifen. Sollte sie ihn vielleicht darauf hinweisen?

Das Schlimmste war allerdings, dass immer, wenn sie ihre Augen schloss, genau dieser Mann in ihren Gedanken erschien. Mit seinem umwerfenden Lächeln. Den dunkelbraunen Augen, die sie so vereinnahmend angesehen hatten. Gegen dieses Kribbeln im Bauch, das sie plötzlich erfasste, konnte sie sich einfach nicht wehren.

Und nun wollte er allen Ernstes mit ihr ausgehen? Fragwürdig … Sie könnte wohl damit leben, wenn sich ihre Bekanntschaft auf das Fitnessstudio beschränken würde. Aber er war ihr Zahnarzt, der sich wie ein Idiot aufgeführt hatte, als sie auf seinem Behandlungsstuhl lag.

Ihre Müdigkeit war wie weggeblasen. Sollte sie ihn zappeln lassen? Hätte sie ihm klarer zu verstehen geben müssen, dass sie nicht an einem Date interessiert war? Wobei das so nicht ganz stimmte. Denn eine leise Stimme in ihr forderte ziemlich genau das. Dass sie sich endlich in ein neues Abenteuer stürzte und Gelegenheiten beim Schopfe packte. Gleichzeitig fragte sie sich, ob sie ihn duzen oder siezen sollte, wenn sie ihn morgen wiedersah.

O Gott, das war doch alles total verrückt!

Nur am Rande bemerkte sie, dass ihr Herz viel zu schnell schlug, während sich ihre Gedanken rund um Dr. Seeberger verhedderten. Ob er gut küssen konnte? War er ein guter Zuhörer? Unternehmungslustig oder eher Team Couch-Potato? Warum zur Hölle war er ausgerechnet Zahnarzt geworden und nicht Garten- und Landschaftsbauer zum Beispiel? Und warum trieben diese Fragen durch ihr Hirn wie Treibholz in der Ostsee?

Verzweifelt suchte sie eine Erklärung dafür, dass er in ihren Gedanken herumspukte wie Hui Buh im Geisterschloss.

Und es fiel ihr nur eine ein: Leander Seeberger hatte etwas in ihr ausgelöst, das lange geschlummert hatte. Viel zu lange für ihre Begriffe.

Weil sie verletzt worden war.

Weil sie sich in der Vergangenheit immer auf die falschen Typen eingelassen hatte und ihr das wieder und wieder zum Verhängnis geworden war. Schlichtweg aus Angst hatte sie ihr gesamtes Gefühlsleben auf Eis gelegt.

Und jetzt kam ihr neuer Zahnarzt daher und im Nullkommanichts schmolzen die ersten Brocken dahin.

Kopfschüttelnd entschied sie, dass sie wohl gar keine andere Wahl hatte, als sich mit ihm zu treffen. Zumindest wenn sie herausfinden wollte, was es war, das sie so an ihm faszinierte.

Mit seinem Lächeln vor Augen fiel sie schließlich in einen tiefen Schlaf.

***

Der nächste Tag ließ Linda kaum Luft zum Atmen. Die neue Kampagne forderte nahezu all ihre Ressourcen. Zwar freute sie sich, dass sie diesen großen Auftrag betreuen durfte – es war der erste dieser Art –, doch hatte sie auch eine Heidenangst, dem nicht gerecht werden zu können. Marc hatte ihr ein dreiköpfiges Team an die Seite gestellt, mit dem hoffentlich alles zu schaffen war.

Man hätte meinen sollen, dass ihr Hirn dank ausreichender Auslastung fokussiert arbeiten konnte. Doch weit gefehlt. Immer wieder stahl sich der Zahnarzt in ihre Gedanken. Schenkte ihr ein Lächeln, das ihre Knie weich werden ließ. Wie unpassend. Und unprofessionell.

Auch wenn sie es nicht wollte, wirklich nicht, und wusste, dass er genauso viel zu tun hatte wie sie selbst, war doch der Blick auf ihr Handy unausweichlich. Insgeheim wartete sie darauf, dass er sich wieder bei ihr meldete.

Das war komplett verrückt!

In der Mittagspause unternahm Linda einen langen

Spaziergang durch den Großen Garten, um ihren Kopf zu lüften und ihre Gedanken zu sortieren. Am Nachmittag hatte sie ein Gespräch mit dem neuen Kunden, in dem es um den Social-Media-Auftritt ginge, den sie mit ihm besprechen wollte. Dafür musste sie fokussiert sein. Ein Dr. Seeberger in ihrem Kopf war da fehl am Platz.

Kurzerhand rief sie Anna an, um ihr von dem Wiedersehen mit Leander zu berichten. Insgeheim hoffte sie, dass er sich aus ihren Gedanken verkrümeln würde, wenn sie darüber geredet hatte.

»Du gehst mit deinem Zahnarzt aus? Wow, wie cool«, flötete Anna in den Hörer, als Linda ihren Bericht in Kurzfassung beendet hatte.

»Ich glaube, ja. Und ganz ehrlich? Hätte ich gewusst, dass er mein Zahnarzt ist, hätte ich im Fitnessstudio neulich noch schneller die Flucht ergriffen.« Seufzend dachte Linda an ihre erste Begegnung. An diesen warmen Blick, mit dem er sie damals förmlich eingefangen hatte.

Annas Kichern holte sie wieder ins Hier und Jetzt zurück.

»Oh, das wird toll, Liebes. Ich spüre es. Und im Muffinteig hab ich es auch schon gelesen. Dieses Date wird alles verändern.«

Lachend schüttelte Linda den Kopf, während sie ihren

Blick durch den Park schweifen ließ. Es wurde wirklich langsam Zeit für Frühling. Noch war alles grau in grau, aber hier und da entdeckte sie erste Schneeglöckchen, die ihre Köpfe durchs liegen gebliebene Laub reckten. Ihre Lieblingsjahreszeit lag schon in der Luft und sie genoss es, wenn die Natur aus ihrem Winterschlaf erwachte.

»Es ist kein Date. Er ist mein Zahnarzt.«

»Dann such dir halt einen neuen Zahnarzt. Wo ist das Problem? Ich meine, der Typ sieht atemberaubend aus und er will mit dir ausgehen. Wie viele Zeichen brauchst du eigentlich noch, Linda?«

Ein neuer Zahnarzt? Zugegeben, diesen Gedanken hatte sie auch schon gehegt. Aber das war nicht so einfach, weil die meisten Praxen keine Patienten mehr aufnahmen.

»Ach komm, Zeichen hin oder her. Ich meine, ja, er sieht gut aus. Und ja, er will mit mir ausgehen. Aber nein, das bedeutet erst einmal gar nichts.« Das Prickeln auf ihrer Haut strafte ihre Worte Lügen. Denn so skeptisch sie auch war, so sehr freute sie sich darauf, ihn ohne den Geruch von Zahnarztpraxis wiederzusehen.

»Jaja, genau. Wir reden morgen noch mal darüber, wie wenig es bedeutet«, lachte Anna. »Was ziehst du an?«

Linda stieß ein überraschtes Schnaufen aus. »Keine Ahnung? Jeans und ein Shirt?«

»Bitte? Hast du nichts auf Lager, was sexy ist und ihn umhaut? Linda, Linda, Linda. Das geht so nicht. Jeans und Shirt kannst du anziehen, wenn du einkaufen gehst. Aber heute Abend hast du ein Date und dafür ziehst du alle Register. Hörst du? Alle.« Anna sagte das so, als duldete sie keinen Widerspruch, was Linda genervt die Augen verdrehen ließ.

»Wenn ich zu lange in der Agentur bin und die Zeit zum Umziehen nicht reicht, gehe ich im Hosenanzug. Schick genug? Außerdem hat er mich schon in Sportklamotten gesehen. Ich glaube, es ist unnötig, alle Register zu ziehen. Das ist nicht mein Ding, das weißt du, Anna.«

Ihre beste Freundin gab sich geschlagen, riet ihr aber natürlich dennoch dazu, sich so richtig aufzuhübschen.

»Damit erhöhst du die Erfolgschancen, den Kerl an Land zu ziehen. Glaub mir.«

Linda sah auf die Uhr. Sie sollte den Rückweg in die Agentur antreten. Konnte ihre Freundin es nicht einfach dabei belassen und Ruhe geben?

»Es geht mir nicht darum, ihn an Land zu ziehen. Du weißt, dass ich noch nicht so weit bin«, erwiderte sie und zog fröstelnd die Schultern nach oben, weil ein kalter Windstoß durch den Park fegte.

»O komm schon, Linda. Lass das ruhen. Das ist Vergangenheit. Lange her. Gib ihm ’ne Chance, also dem

Zahnarzt.«

Während sie ihrer Freundin zuhörte, erfasste Linda ein unangenehmes Gefühl. Sie drehte sich nach links und nach rechts. Der Park war voller Menschen, doch niemand nahm Notiz von ihr. Dennoch fühlte es sich an, als würde sie beobachtet werden. Kopfschüttelnd schob sie den Gedanken beiseite.

»Er hat sich gemeldet«, sagte sie schließlich leise.

»Ich weiß und heute Abend geht ihr aus.« Anna kapierte nicht, was sie ihr zu sagen versuchte.

»Tom.«

»Wie? Tom … Häh? Oh. Oooh! Schei…«

»Japp. Du sagst es. Und nein, ich kann die Vergangenheit nicht einfach ruhen lassen. Weil alles noch viel zu präsent ist und durch meinen Kopf tobt wie ein … wie ein Unwetter. Seine Gemeinheiten, diese Frau … Das alles …« Sie stockte, um Luft zu holen. Ihre Brust fühlte sich plötzlich viel zu eng an und das Atmen fiel ihr schwer.

Anna wurde ganz still. »Es … es tut mir leid, Linda. Wirklich. Ich wusste nicht, dass das noch so in dir arbeitet. Ich meine, wir reden nie darüber und ich dachte –«

»Ich weiß. Weil ich genau diese Art von Gespräch vermeiden möchte. Ich kann es einfach nicht mehr hören. Verstehst du das? Von außen lässt sich alles immer leicht sagen: Vergiss dies. Verbann jenes. Lebe jetzt. Bla, bla, bla.«

Für ein paar Sekunden herrschte Stille zwischen ihnen. Lediglich Annas Atemgeräusche waren zu hören und Linda bekam Angst, dass sie mit ihren Worten übers Ziel hinausgeschossen war. Aber sie ertrug all die Ratschläge einfach nicht mehr, so gut diese auch gemeint waren.

»Ich … Ähm, es tut mir so leid, Linda«, brach es schließlich aus ihrer besten Freundin heraus. »Ich glaube, ich muss mich bei dir entschuldigen. Es steht mir nicht zu, dir etwas zu raten. Danke, dass du mir das so ehrlich gesagt hast, das schätze ich so sehr an dir. Betrachte meine Worte also lediglich als meine Meinung und nicht als To-do für dein Leben. Das lebst du selbst und nur du weißt, was gut für dich ist. Du bist so ein toller Mensch und die beste Freundin, die man sich nur wünschen kann. Ich will einfach, dass du glücklich bist. Okay?«

Geräuschvoll stieß Linda die Luft aus. Annas Worte drangen nach und nach in ihr Hirn. Sie spürte die Feuchtigkeit in den Augenwinkeln und wischte mit der freien Hand über ihre Wange.

»Danke, Anna. Das bedeutet mir so viel«, schniefte sie.

»Fang ja nicht an zu weinen, dann muss ich auch und ich bin im Café. Hörst du, keine Tränen!« Damit brachte sie Linda wieder zum Lachen. »Du weißt, dass ich immer für dich da bin.«

Linda nickte, wohlwissend, dass ihre Freundin sie nicht sehen konnte. Daher schob sie ein gedämpftes »Ja, dito« hinterher. Und nach zwei Atemzügen ergänzte sie noch: »Weißt du, ich verstehe dich ja auch. Es muss mühsam für dich sein, wenn ich dieses Thema immer wieder abblocke. Eigentlich dachte ich wirklich, dass es nun endlich wieder bergauf geht. Aber anscheinend habe ich es noch nicht vollends verarbeitet. Toms plötzliche Nachricht hat mich wieder so zurückgeworfen, dass ich mich am liebsten verkriechen möchte.«

»Ach Süße.« Im Hintergrund hörte Linda die Siebträgermaschine Kaffee mahlen. »Was will er denn eigentlich?«

»Reden. Dabei ist zwischen uns alles gesagt.«

»Und, ähm, also, möchtest du mit ihm reden?«

»Nein, natürlich nicht.« Ihre Antwort klang fast schon panisch, denn allein beim Gedanken daran, Tom noch einmal gegenüberzustehen, wurde ihr übel.

»Das ist seltsam.« Damit sprach Anna genau das aus, was Linda dachte. »Wenn du willst, komm ins Café zum Quatschen. Ich hab hier alles, was du brauchst. Koffein, Schokolade …«

»Das würde ich furchtbar gern tun, aber die Arbeit …

Du weißt doch, der neue Auftrag. Ich muss jetzt auch wieder in die Agentur.«

»Okay. Dann ein anderes Mal. Und Linda? Hab einen schönen Abend heute, okay? Genieß ihn, du hast es verdient.«

Sie verabschiedete sich von ihrer Freundin und lief zurück. Ihr Vorhaben, den Kopf freizubekommen, war gründlich gescheitert. Zwar hatte das Gespräch mit Anna gutgetan, aber es hatte auch vieles aufgewühlt, was schon lange unter Verschluss gewesen war.

Umso mehr hatte sie nun das Bedürfnis, Leander eine Chance zu geben. Es war nicht von der Hand zu weisen, dass er etwas in ihr auslöste. Dieses Kribbeln im Bauch, wenn sie an ihn dachte. Dieses verschmitzte Lächeln, das ihr nicht aus dem Kopf ging. Sie musste einfach wissen, ob da etwas zwischen ihnen sein konnte.

Mit Tom würde sie sich auch noch auseinandersetzen. Das schuldete sie sich selbst und ihrem inneren Frieden. Aber das würde warten müssen. Denn erst musste sie sich um die Kampagne kümmern und dann überlegen, was sie heute Abend anziehen sollte.

***

Gerade rechtzeitig schaffte sie es nach ihrem

anstrengenden Arbeitstag nach Hause. Schnell verschwand sie im Schlafzimmer, um ihr Outfit zu wechseln. Da die Zeit eindeutig gegen sie lief, blieb ihr keine Wahl und sie entschied sich für eine Mischung aus schick und casual – eine dunkelgraue Jeans und eine schwarze Bluse. Wobei Bluse nicht die korrekte Bezeichnung war. Es handelte sich eher um einen Hauch von transparentem Stoff, den man auch gut und gern hätte weglassen können, weshalb sie unbedingt ein Top darunter trug. Schwarze Pumps und ein passender Blazer rundeten das Outfit ab. Ihr Make-up hatte sie aufgefrischt und wie immer dezent gehalten. Die schulterlangen braunen Haare hatte sie in Windeseile zu wilden Wellen geknetet, damit sie nicht ganz so brav aussah.

Vor dem großen Spiegel im Flur machte sie ein Foto und schickte es an ihre Freundin, die sofort anrief.

»Wow!« Das anerkennende Pfeifen war deutlich zu hören. »Du siehst bezaubernd aus.«

»Kann ich so gehen?« Linda war nun doch ein wenig unsicher, ob sie die richtige Wahl getroffen hatte. Immerhin wusste sie nicht, auf welchen Typ Frau Leander stand.

»Wann holt er dich ab?«

»Ähm …« Lindas Blick glitt zur Uhr am linken Handgelenk und sofort kroch Panik ihre Wirbelsäule hinauf. »In fünf Minuten.«

»Okay, dann bleibt dir ohnehin keine andere Wahl«, lachte Anna, woraufhin Linda einen frustrierten Laut ausstieß.

»Ich seh scheiße aus, stimmt's? Viel zu bieder wie eine Oma, die in die Oper geht.«

»Also wenn du als Oma noch so aufgebrezelt in die Oper gehst, dann alle Achtung. Du siehst super aus. Für dich und für niemand anderen, okay? Es ist völlig egal, ob jemand dein Outfit mag. Wenn er nicht erkennt, was für eine tolle Person du bist, kann er sich direkt in die Wüste verabschieden.«

Mit einem müden Lächeln bedankte sich Linda für die aufmunternden Worte ihrer Freundin und verabschiedete sich. Natürlich nicht ohne zu versprechen, sich nach dem Date bei ihr zu melden und davon zu berichten.

Obwohl sie wusste, dass Anna recht hatte, warf sie noch einen prüfenden Blick in den Spiegel.

Sie mochte, was sie sah. Dennoch fragte sie sich, ob es auch Leander gefallen würde. Auch wenn das keine Rolle spielte. Aber ihre Vergangenheit hatte sie so geprägt, dass sie nicht anders konnte. Phrasen wie *Willst du das wirklich anziehen?*, die sie während ihrer Beziehung mit Tom irgendwie ertragen hatte, hallten in ihrem Unterbewusstsein wider und sorgten auch heute noch für den einen oder anderen unsicheren Moment.

Aufregung mischte sich in diese wirren Gedanken. Das Herz schlug ihr bis zum Hals und ihre Handflächen waren feucht. Sie atmete ein paar Mal tief ein und aus. *Es ist nur eine Verabredung. Nichts Besonderes.* Er war ihr Zahnarzt und wollte sich lediglich nach ihrem Befinden erkundigen. Okay, Letzteres trug leider überhaupt nicht zur Beruhigung bei, sondern verstärkte die Nervosität noch mehr.

Das Klingeln an der Tür hielt sie davon ab, endgültig durchzudrehen. Ein fast schon erleichtertes »Endlich« verließ ihre Lippen, obwohl ihr Herz einen kräftigen Satz machte. Eilig zog sie ihren beigen Wollmantel an, wickelte sich den weinroten Schal um den Hals und zupfte ein paar Haarsträhnen zurecht, bevor sie die Wohnung verließ.

Auf dem Weg nach unten beschlich sie das Gefühl, dass sie kein Wort herausbekäme, sobald sie ihm gegenüberstehen würde. Sie war so was von aus der Übung, was Männer betraf.

Als sie aus dem Hausflur ins Freie trat, wehte ein kalter Frühlingswind um ihre Nase, der sie frösteln ließ. Sie hoffte so sehr, dass die Sonne bald herauskommen und alles wärmen würde.

»Hey.« Eine dunkle Männerstimme riss sie aus ihren

Gedanken und ihr Kopf fuhr zur Seite. Augenblicklich hielt sie inne, spürte, wie ihr Herz stehen blieb – zumindest fühlte es sich genauso an – und schließlich entdeckte sie ihn in der Dunkelheit. Leander lehnte lässig an der Hauswand neben dem Eingang und hatte die Hände in den Taschen seines Parkas vergraben.

Als hätte er nur darauf gewartet, dass sie ihn entdeckte, stieß er sich mit einem Fuß von der Hauswand ab und kam auf sie zu.

Ein mageres »Hi«, das sich eher wie das Piepsen eines Meerschweins anhörte, verließ ihre Kehle und sie schluckte trocken. Direkt vor ihr kam er zum Stehen und eine Mischung aus Bergamotte und Zedernholz stieg in ihre Nase. Er roch einfach so unwiderstehlich gut. Gleichzeitig fragte sie sich, wie genau sie ihn begrüßen sollte. Reichte das »Hi«? Oder war noch eine Umarmung nötig? Schließlich waren sie Fremde, eine Umarmung wäre da mehr als unangebracht. Also beschloss sie, es auf förmlicher Basis zu versuchen.

»Guten Abend, Dr. Seeberger«, brachte sie stockend heraus und erntete ein breites Lächeln von ihrem Gegenüber, das ihr die Hand entgegenstreckte. Okay, Händeschütteln war in Ordnung. Das ging klar.

»Nur Leander bitte. Ohne Doktor.« Das dunkle Timbre seiner Stimme fuhr ihr direkt unter die Haut.

Zögerlich griff sie nach seiner Hand, und als seine Wärme auf sie überging, war es wie ein Stromstoß, der sie durchfuhr. Schnell zog sie ihre Finger zurück.

»Okay. Dann guten Abend, Leander.« Sie betonte seinen Namen und schon jetzt fragte sie sich, wie sie diese Verabredung überstehen sollte. »Sollen wir dann los?«, schlug sie vor, um von ihrer Aufregung, die man zehn Kilometer gegen den Wind spürte, abzulenken.

»Ja, klar.« Mit seiner Hand auf ihrem Rücken führte er sie in Richtung seines Wagens. Seine Berührung sorgte für einen emotionalen Tornado in Lindas Körper. Alles geriet durcheinander. Atmen? Ging gerade noch so. Klar denken? No way.

In diesem Moment wurde ihr schlagartig klar: Wenn sie nicht aufpasste, würde ihr dieser Mann gefährlich werden.

KAPITEL 9

Leander

Der verknallte Teenager in ihm jubelte. Sie war noch fantastischer, als er es auch nur ansatzweise geahnt hätte.

Seit dem kleinen Unfall im Fitnessstudio seines Bruders fand er Linda süß und sympathisch. Bei dem Besuch in seiner Praxis hatte sie sich betont förmlich gegeben, doch er hatte die Verbindung gespürt.

Der Drang, sie wiederzusehen, mit ihr zu reden, sie zu betrachten, war immer größer geworden. Und jetzt lief sie neben ihm, ließ zu, dass er seine Hand auf ihren Rücken legte. Er hatte damit gerechnet, dass sie ihn abschüttelte, aber nein, sie hatte nichts dagegen. Und allein diese Tatsache ließ ihn auf einen Abend voller Überraschungen hoffen.

Verdammt, dieser Frau würde er mit Haut und Haaren

verfallen. Er würde gar nicht erst versuchen, sich dagegen zu wehren, denn es wäre ohnehin zwecklos.

Das stand fest.

Linda sah wieder bezaubernd aus. Ihre Natürlichkeit war einfach umwerfend. Der blumige Duft ihrer Haare, die sie heute offen trug, war ihm schon bei der Begrüßung in die Nase gestiegen und hatte ihn regelrecht betört. Ihr ebenmäßiges Gesicht wurde von ein paar wilden Strähnen umrahmt und er war versucht, diese hinter ihre Ohren zu streichen. Wie sich wohl ihre Haut anfühlen würde? Wie ihre Lippen schmeckten? Die Versuchung, sie zu küssen, war einfach zu groß. Aber er würde warten, weil er sein Glück, dass sie seine Einladung überhaupt angenommen hatte, nicht überstrapazieren wollte.

Doch etwas war seltsam. War das sonst immer die Stelle, an der er das Ruder übernahm, fiel ihm jetzt nichts Gescheites ein, was er hätte sagen können. Wo sollte das hier hinführen? Sie liefen schweigend nebeneinanderher. Aus dem Augenwinkel registrierte er zwar, dass sie ihn immer wieder verstohlen ansah, aber sie sagte einfach nichts.

Gott, er war so schlecht in ersten Dates. Also in richtigen Dates.

In der Vergangenheit hatte er sich zumeist mit

One-Night-Stands zufriedengegeben. Gespräche gingen nie über ein Kratzen an der Oberfläche hinaus, was ihm entgegengekommen war, denn er hatte nie groß reden wollen.

Mit Linda hingegen war es völlig anders. Sie hob sich von all den Frauen ab, die er in den letzten Monaten gedatet hatte. Mit ihr wollte er Zeit verbringen, sie kennenlernen, sie ergründen und sehen, was die Zeit bringen würde. Er wollte weit mehr als nur an der Oberfläche kratzen. Sie nur für eine Nacht zu besitzen, kam ihm schon gar nicht in den Sinn. Allein das war ungewöhnlich für ihn und sprach dafür, dass hier nichts lief wie sonst.

»Mein Wagen steht da drüben.« Nickend zeigte er auf die andere Straßenseite, wo ein Stück weiter hinten sein Baby geparkt war. Geschickt lenkte er sie, die Hand immer noch auf ihrem Rücken liegend, über die Straße.

»Das ist dein Auto?« Ungläubig wechselte ihr Blick zwischen ihm und dem alten, knallrot lackierten Ford Mustang hin und her, während Leander fast schon liebevoll über das Stoffdach des Oldtimers fuhr und stolz nickte.

»Japp, das ist meiner«, bestätigte er, und möglicherweise klang er dabei ein wenig zu übertrieben stolz. Aber ein solches Auto zu fahren, war schon immer sein Traum gewesen. Und als er sich diesen vor ein paar Jahren erfüllt hatte, war das wie Geburtstag, Weihnachten und Ostern zusammen gewesen.

»Wow. Der ist cool«, staunte Linda und betrachtete das Auto noch einmal ausgiebig, bevor sich Leander an ihr vorbeidrückte, um ihr die Beifahrertür zu öffnen, damit sie einsteigen konnte. Im Innenraum strich sie sanft über das mit Leder bezogene Armaturenbrett und atmete tief ein. »Riecht gut«, sagte sie und wandte sich Leander zu. Verlegen schmunzelnd sprach sie weiter: »Wenn so ein Wagen sprechen könnte, der hätte sicher eine Menge zu erzählen.« Dann ließ sie ihren Blick durch das Innere des Wagens schweifen. Leander startete derweil den Motor, der mit einem lauten Brubbeln ansprang. »Alle Achtung, der ist super in Schuss.« Die Anerkennung in ihrer Stimme ging runter wie Öl. Sie interessierte sich für Oldtimer. Diese Frau war der Sechser im Lotto, auf den er immer gehofft hatte.

»Klingt, als hättest du Ahnung?«, fragte er neugierig und erntete ein strahlendes Lächeln.

Sie verzog ihre Mundwinkel und zuckte mit den Schultern, als wäre es nichts Besonderes. »Na ja, einen Shelby GT 500 erkenne ich, wenn ich ihn sehe. Welches Baujahr? Neunundsechzig?«

Geräuschvoll sog Leander die Luft ein und stieß gleich

darauf ein Schnauben aus. Mit den Fingern seiner rechten Hand fuhr er sich durch die Haare. Das tat er übrigens nur, damit er sie nicht aus Versehen auf Lindas Oberschenkel legte. »Mann, du machst mich fertig. Siebenundsechzig. Woher weißt du so viel über Oldtimer?«

»Viel wissen wäre übertrieben. Ich hab das Modell erkannt, sieht man ja oft genug in Filmen und … na ja … Das Baujahr hab ich geraten. Aber das hier ist ein echt schönes Teil. Liebevoll restauriert. Das sieht man einfach, dafür braucht es nicht unbedingt Ahnung.« Ihr verschmitztes Lachen ging ihm durch und durch. »Von allem, was da vorn unter der Motorhaube steckt, habe ich übrigens keinen blassen Schimmer.«

Leander wollte etwas sagen, aber sie machte ihn regelrecht sprachlos. Ihm stockte der Atem, während er dem Röhren des Motors lauschte und den Gang einlegte. »Wow. Ähm …«

»Also, na ja, mein Ex … Tom … also der … Ach, eigentlich ist das doch egal. Ich hab ja kein Date mit deinem Wagen, sondern …« Als hätte sie etwas Falsches gesagt, schlug sie sich die Hand vor den Mund, um gleich darauf das Thema zu wechseln. »Wohin fahren wir eigentlich?«

Sie betrachtete ihre Verabredung also auch als Date.

Er hatte das nie anders gesehen und registrierte, dass sie nervös ihre Finger knetete. Ihr Ablenkungsmanöver war geschickt, und wenn er ganz ehrlich war, war es ihm sogar sehr recht. Denn beim ersten Date über Ex-Partner zu reden, war etwas, was er ganz und gar nicht wollte. »Ich dachte, wir beginnen mit einem Dinner in einem amerikanischen Spezialitätenrestaurant.«

»Dein Ernst? Du schleppst mich in einen dieser Fast-Food-Schuppen?«, schnaufte Linda entrüstet und verschränkte die Arme vor der Brust, was Leander ein herzliches Lachen entlockte.

»Also schleppen würde ich das nicht nennen, immerhin fahre ich dich dahin. Aber sei unbesorgt, es ist kein Fast-Food-Schuppen, sondern ein richtiges Diner. Ganz stilecht, sozusagen, passend zum Auto. Keine Fließband-Burger. Lass dich überraschen, es ist wirklich gut.«

»Oh, na das ändert natürlich alles«, kicherte sie leise und legte die Hände auf ihre Oberschenkel.

Die Stimmung zwischen ihnen war gelöst und ungezwungen, das gefiel ihm. Zwar war ihr eine gewisse Unsicherheit anzumerken, doch er war auch nicht frei davon.

Die Fahrt würde noch ein wenig dauern, was ihm ausreichend Gelegenheit verschaffte, Linda ausgiebig aus dem Augenwinkel zu betrachten. Er war weiß Gott kein Rockabilly-Anbeter. Er liebte seinen Oldtimer, gehörte aber nicht zu der Sorte Autobesitzer, die glaubte, in der falschen Zeit geboren worden zu sein, und die aussah wie eine billige James-Dean-Kopie. Aber die Vorstellung, seine Beifahrerin trüge eines dieser heißen Petticoat-Kleider, wie sie damals in Mode waren, brachte sein Blut in Wallung. Ihre Kurven würden darin tausendmal attraktiver aussehen als ohnehin schon. Er schaute kurz aus dem Fenster und hatte alle Mühe, seine Finger bei sich zu behalten. Zwar hatte er nichts zu verlieren, aber sie war nicht der Typ Frau, den er einfach gehen lassen konnte, wenn die Sache schieflief.

Er wollte mehr.

Mehr Linda.

Mehr Dates.

So viele, bis sie ihm gehörte.

»Magst du Musik?«, fragte er sie, nachdem er fand, sie ausreichend gemustert zu haben. Er wollte sie kennenlernen.

»Machst du Witze?« Abrupt drehte sie sich zu ihm und schaute ihn entrüstet an. Doch das Funkeln in ihren Augen sprach dafür, dass sie es nicht ernst meinte. »Natürlich. Ich liebe Musik.«

Er schaltete das uralte Radio ein, mit dem man

lediglich zwei Sender empfangen konnte, und entschied sich für den mit der zeitgemäßen Playlist. »Es soll ja durchaus Menschen geben, denen Musik nicht so wichtig ist«, warf er ein.

»Bitte? Wie kann man denn keine Musik mögen? Das kann ich mir nicht vorstellen.« Linda schüttelte vehement den Kopf.

»Ich weiß nicht. Aber ich schätze, das gibt es schon«, meinte Leander und zuckte mit den Schultern.

Sie hatte sich auf ihrem Sitz zurechtgerückt und gestikulierte mit ihren Händen. »Musik ist Leben. Das geht direkt ins Blut. Beschwingt. Macht nachdenklich. Je nachdem, was man hört. Es gibt Songs, die bringen mich zum Weinen. Andere sorgen dafür, dass sich meine Laune schlagartig verbessert. Zu manchen kann man tanzen, bei anderen sitzt man lieber still und hört einfach nur zu. Es ist wie Magie.«

Wie leidenschaftlich sie darüber sprach, was Musik mit ihr machte, ging ihm direkt ins Herz. Und wenn sie beim nächsten traurigen Song in Tränen ausbrach, wollte er es sein, der sie tröstend in seine Arme schloss.

»Was hörst du am liebsten?«, wollte er wissen.

Ihre Wangen hatten sich gerötet, während sie ins Schwärmen geraten war. »Ach, so ziemlich alles eigentlich. Mal passend zur Stimmung, mal läuft einfach das Radio nebenbei.«

»Was würde jetzt am besten zu deiner Stimmung passen?« Leander war neugierig, was sie antworten würde.

Mit gespitzten Lippen, die verführerisch aussahen, überlegte sie einen Moment, bevor sich ein warmes Lächeln auf ihre Lippen legte. »Im Moment wäre es vermutlich Billy Ocean mit *Get into your car*.«

Oh. Ein echter Klassiker also. Dass ihr dieser Titel als Erstes eingefallen war, ließ ihn herzlich lachen. Ihr Humor war herzerwärmend.

Nach einer guten halben Stunde erreichten sie endlich *Bettys Diner*, das sich etwas außerhalb der Stadt befand. Was jahrelang als Raststätte an einer großen Verbindungsstraße dahinvegetiert hatte, war nach einem Besitzerwechsel heute ein mehr als gut frequentierter Geheimtipp, wenn man eine Zeitreise in die amerikanischen Fünfziger machen oder außergewöhnlich essen gehen wollte. So wunderte es Leander nicht, dass der Parkplatz brechend voll war und er Mühe hatte, mit seinem Schlachtschiff, das zwar zur Location passte, aber eben auch reichlich Größe mitbrachte, eine passende Lücke zu finden. Gott sei Dank hatte er einen Tisch reserviert.

Während der letzten Minuten hatten sie geschwiegen. Leander war damit beschäftigt gewesen, den Mustang in die Parklücke zu manövrieren und er vermutete, Linda hatte ihn dabei nicht stören wollen und deswegen nichts gesagt. Allerdings war es nicht unangenehm, dass keiner sprach. Das hatte er schon deutlich anders erlebt. Kurz keimten Erinnerungen an seine frühere Beziehung auf und ließen eiskalte Schauer über seinen Rücken laufen. Wenn Melissa ihn früher angeschwiegen hatte, war das mehr als unangenehm gewesen.

Aber mit Linda war es anders. Überhaupt war alles anders an und mit ihr. Aber das hatte er schon mehrfach festgestellt.

Nach abgeschlossenem Einparkmanöver sprang Leander aus dem Auto und eilte zur Beifahrertür. Standesgemäß half er Linda. Alte Schule eben: Tür aufhalten, beim Aussteigen helfen, die Frau vorgehen lassen. Er hielt es damit schon immer so, auch wenn es stets Leute gab, die es albern fanden. Aber man brach sich keinen Zacken aus der Krone, wenn man das tat.

Schmunzelnd nahm er ihre Hand, die sie ihm entgegenstreckte. »Ma'am, wir sind da.« Linda warf lachend den Kopf in den Nacken. Der helle Laut war Balsam für seine Seele. Er verschaffte sich auf direktem Weg Zugang zu seinem Herzen, um es voll und ganz für sich einzunehmen.

»Hör mit dem Ma'am-Quatsch auf, ich bin doch keine

fünfzig«, kicherte sie verlegen. Das Grübchen, das sich dabei neben ihrem Mundwinkel bildete, schrie geradezu danach, geküsst zu werden. Aber das würde sich Leander für später aufheben. Sie raubte ihm mit ihrer Art das letzte Fünkchen Verstand.

»Ich habe Hunger und kann nicht mehr klar denken, entschuldige«, neckte er sie, während sie zum Restaurant liefen. *Eigentlich kann ich wegen dir nicht mehr klar denken*, fügte er in Gedanken hinzu.

Sobald man die Schwelle zum Gastraum überschritten hatte, hatte man das Gefühl, in ein Zeitloch gefallen und in den Fünfzigern gelandet zu sein. Alles sah exakt so aus, wie man es aus bekannten amerikanischen Filmen, die in dieser Zeit spielten, kannte. Große rote Sitzgruppen, die parallel zu einem langen Tresen angeordnet waren. Kellnerinnen, die stilecht gekleidet sowie gestylt mit Kaffeekannen herumflitzten, um leere Becher aufzufüllen und Bestellungen entgegenzunehmen. Lediglich der Inhalt der Speisekarte war an die heutigen Bedürfnisse angepasst worden.

Als sich Linda auf die Sitzbank schob, verrutschte ihre Bluse und gab einen kurzen Blick auf ihr Dekolleté frei, das zwar zum Teil noch von einem Top bedeckt wurde, aber genug Haut aufblitzen ließ, dass Leander leise aufstöhnte. Ob sie sich dessen bewusst war, dass sie die pure Versuchung auf zwei Beinen war? Viel zu schnell zupfte sie den Ausschnitt wieder zurecht und schnappte sich die Karte.

Als die Kellnerin am Tisch erschien, war Linda offensichtlich schon bereit zu bestellen.

Mit einem Handzeichen ließ er ihr den Vorrang, wie es sich gehörte.

»Also, ich nehme bitte den Burger mit Crispy Chicken, Bacon und Cheddar. Dazu Süßkartoffelpommes und Coleslaw.«

»Für mich bitte das Gleiche, nur mit Rindfleisch anstatt des Hühnchens«, gab auch Leander seine Bestellung auf.

»Gute Wahl. Darf's auch was zum Trinken sein?«, wollte die Kellnerin noch wissen.

»Zitronenlimonade«, sagten beide gleichzeitig, was ihn schmunzeln ließ.

Die Bedienung nickte, tippte alles fleißig in ihr kleines Tablet und versprach, dass es nicht lange dauern würde.

Ihre Bestellung ließ darauf schließen, dass sie ebenfalls hungrig war und sehr gern aß. Endlich eine Frau, die nicht lustlos in ihren drei Salatblättern herumstocherte und nach einem halben Sonnenblumenkern vorgab, satt zu sein.

Als sie seinen Blick registrierte, zuckte sie entschuldigend mit den Schultern. »Ich hab einen Bärenhunger.«

Nur wenig später wurde das Essen serviert und die Kellnerin hatte nicht zu viel versprochen. Der Duft von gebratenem Fleisch stieg in Leanders Nase und befeuerte seinen Hunger, der sich lautstark mit einem Magenknurren äußerte.

Für einen Genussmenschen wie ihn war es eine Freude, Linda beim Essen zuzusehen. Sie saß ihm gegenüber und verzehrte ihre Süßkartoffelpommes. Als etwas Sour Cream auf ihrer Oberlippe zurückblieb, beschloss er, alles auf eine Karte zu setzen. Er konnte einfach nicht anders, denn dieser Anblick war zu verlockend. *Jetzt oder nie*, dachte er und streckte langsam seine Hand aus.

»Du … hast da was.« Über den Tisch hinweg fuhr er mit seinem Daumen sanft über die Stelle an ihrem Mund und spürte, wie sie minimal zurückzuckte. Für den Bruchteil einer Sekunde hielt sie inne und blickte ihm abwartend entgegen. Und dann geschah etwas, womit er nicht gerechnet hatte: Sie schloss die Augen und schien seine Berührung zu genießen. O-kay. Das änderte einfach alles und löste eine gewisse Euphorie in ihm aus. Das Knistern zwischen ihnen war mit Händen greifbar. Ihre Haut zu berühren, glich einem Feuerwerk, dass nur so die Funken flogen.

Doch auf einmal, als wäre sie wieder zur Besinnung

gekommen, zog sie ihren Kopf zurück und der Augenblick war dahin. Verlegen wischte sie sich mit einer Serviette über den Mund, als wollte sie ungeschehen machen, was passiert war.

»Sorry.« Schnaubend stieß Leander die Luft aus. Vielleicht war er zu forsch gewesen. Dabei hatte er wirklich das Gefühl gehabt, sie hätte es genossen, als sein Finger ihre Lippen berührt hatte. Aber da war wohl der Wunsch der Vater des Gedankens.

»Das Essen ist wirklich gut«, lenkte sie schon wieder geschickt ab – das konnte sie hervorragend – und biss in ihren Burger. »Kommst du oft hierher?«

»Definiere oft. Wenn du damit zweimal im Jahr meinst, dann ja«, antwortete er, nachdem er einen Bissen hinuntergeschluckt hatte.

Genüsslich verspeisten sie die Delikatessen und plauderten über alles Mögliche.

»Warum bist du Zahnarzt geworden? Ich meine, warum Zähne? Münder fremder Menschen?«, wollte Linda wissen und sog den Rest ihrer Zitronenlimonade durch den Strohhalm. Leander musterte sie dabei genau. Wie zufrieden sie sich danach über die Lippen leckte, war einfach göttlich. Sie hatte sich die Haare hinter die Ohren gestrichen, ihre Wangen waren gerötet und ihre Augen glitzerten wie die Sterne am Himmel.

Mit ihr zusammen zu sein, fühlte sich so vertraut an. Als würden sie ständig miteinander ausgehen und quatschen. Als wären sie schon seit hundert Jahren befreundet.

Schließlich setzte er zu einer Antwort an. »Aus Überzeugung«, begann er. »Ich hab mich schon immer dafür interessiert. Mein Job ist spannend und abwechslungsreich. Ich liebe die Zusammenarbeit mit Menschen und das Wechselspiel zwischen Medizin, Naturwissenschaft sowie ein klein wenig Psychologie. Patienten begeben sich in meine Hände, weil sie mir bedingungslos vertrauen. Das ist etwas, was ich sehr schätze und auf keinen Fall missen möchte. Und wenn ich jemanden behandle, damit er wieder lächeln kann, ist das quasi das Tüpfelchen auf dem i.«

»Wow«, sagte Linda leise und sah ihn mit großen Augen an. »Noch nie habe ich jemanden so hingebungsvoll über seinen Job reden hören. Und du übernimmst die Praxis von Dr. Schöne?«

»Ja. Das ist der Plan. Es wird noch etwas dauern, bis er sich ganz aus dem Praxisgeschehen gelöst hat. Aber in spätestens einem Jahr sollte der Wechsel vollzogen sein.«

»Also muss ich dann immer zu dir kommen?« Scheu lächelnd biss sie sich auf die Unterlippe.

Mit den Ellenbogen stützte sich Leander auf den Tisch und beugte sich ihr entgegen. »Du musst nicht. Aber ich würde mich freuen, wenn du der Praxis erhalten bleibst.«

»Ich überlege es mir«, erwiderte sie etwas schnippisch und tat so, als würde sie direkt jetzt darüber nachdenken. »Na gut, ich geb dir eine Chance. Aber nur, weil ich es ungewöhnlich finde, mit wie viel Leidenschaft du dabei bist. Als Zahnarzt.« Theatralisch verdrehte sie die Augen.

»Freut mich. Aber ich frage mich manchmal wirklich, warum alle Welt denkt, wir seien die größten Folterknechte überhaupt.«

Linda prustete los. »Könnte vielleicht an den miserablen Witzen liegen. Von wegen *Ich hab das schon mal an einem Dummy geübt* und so«, machte sie seinen Spruch nach und jetzt war es an ihm, die Augen zu verdrehen und die Hände vors Gesicht zu schlagen.

»Ich schätze, damit habe ich bei dir nicht gepunktet, oder?« Schmunzelnd schüttelte sie den Kopf. »Aber hey, das war ein Scherz. Also wenigstens der Versuch, witzig zu sein«, gab er zu und erntete ein Nicken von seinem Gegenüber.

»Das ist mir schon klar. Aber es passt zum Folterknecht«, entgegnete sie kess, den Kopf leicht zur Seite geneigt und mit einem Blick, dass er sie am liebsten über den Tisch gezogen und geküsst hätte.

»Was ist mit dir? Was machst du, wenn du nicht gerade im Wartezimmer arbeitest und einem Zahnarzt den Kopf verdrehst?« Ihm blieb nicht verborgen, wie sich ihre Wangen röteten.

»Irgendwie arbeite ich fast ständig und überall, seit ich in der Agentur bin«, beantwortete sie seine Frage, und allem Anschein nach hatte sie beschlossen, auf seine letzten Worte nicht einzugehen.

Autsch.

»Agentur?«

»Ja. Ich arbeite in einer Werbe- und PR-Agentur. Als ich bei dir in der Praxis gesessen habe, stand ein wichtiges Meeting mit einem Kunden bevor. Aber wir haben den Auftrag bekommen. Auch wenn ich noch etwas genuschelt habe. Die Betäubung, du erinnerst dich?« Sie warf ihm einen Blick aus ihren zusammengekniffenen Augen zu. Das sollte wohl strafend wirken wegen der Betäubung, klar. Doch das Funkeln in ihren Augen sprach eine andere Sprache.

»Als könnte ich das vergessen. Du hast übrigens darauf bestanden«, warf er den Ball unbekümmert zurück.

»Ich weiß. Ich bin zu schmerzempfindlich, als dass ich dich ohne eine Spritze an meine Zähne lassen würde.« Milde lächelnd lehnte sie sich zurück.

»Was bewerbt ihr?« Leander war neugierig und lenkte sie wieder zurück auf seine eigentliche Frage.

»Ach, alles Mögliche. Der Kunde, von dem ich eben

erzählte, hat eine App entwickelt, mit der man quasi sein ganzes Leben in einem kleinen Viereck auf dem Smartphone verwalten kann. Kontaktdaten, Ärzte, Versicherungen, Finanzen, weiß der Teufel was noch alles.«

»Und du machst ein Konzept dafür?«

Inzwischen hatte er sich wieder nach vorn gelehnt. Es war interessant zuzuhören.

»Das steht schon, jetzt geht es an die Umsetzung und wir haben alle Hände voll zu tun.«

»Klingt auf jeden Fall nach einem spannenden Job. Wie lange machst du das schon?«

»Erst seit etwas über einem Jahr«, antwortete sie, und ein Ausdruck, den Leander nicht zuordnen konnte, huschte kurz über ihre Miene. »Lange Geschichte.« Sie holte tief Luft und er beließ es dabei. Wenn sie von sich aus mehr darüber erzählen wollte, würde er ihr auf jeden Fall zuhören.

Ihr Blick glitt zu der alten Uhr über dem Tresen.

»Ach du meine Güte, so spät schon. Ich muss morgen früh raus, tut mir leid.«

»Hey, du musst dich nicht dafür entschuldigen, dass du morgen arbeiten musst. Das muss ich auch. Wir sollten beide fit für unsere Jobs sein.« Er winkte der Kellnerin und gab ihr zu verstehen, dass sie zahlen wollten.

»Getrennt bitte.« Linda hatte bereits ihre Geldbörse gezückt und schon angefangen aufzuzählen, was sie alles hatte.

»Das kommt gar nicht infrage. Ich zahle. Komplett.«

Sie stutzte einen Moment, sah ihn aus großen Augen an und gab sich schließlich schulterzuckend geschlagen. »Okay. Danke.«

Nachdem er die Rechnung beglichen hatte, verließen sie das Restaurant.

»Du kannst dich gern revanchieren«, schlug er vor, als sie bereits auf dem Weg zum Auto waren. Der Parkplatz hatte sich mittlerweile extrem geleert.

Kurz blieb sie stehen und funkelte ihn an. »Revanchieren? Echt jetzt? Hast du mich deswegen ausgefü…?«, fuhr sie ihn an.

»Keine Ahnung, was in deinem hübschen Köpfchen gerade abläuft. Aber ich meinte damit, dass du gern beim nächsten Date die Rechnung übernehmen kannst.«

Schuldbewusst zog sie sofort den Kopf ein und ging weiter. »Oh. Okay. Dann sorry, dass ich dich so angeblafft habe. Aber ich wollte nicht …«

»Ist schon gut. Ich bring dich nach Hause.«

Die Rückfahrt verlief schweigend. Jeder hing irgendwie seinen Gedanken nach. Leander fragte sich, ob sie sich heute Abend genauso wohlgefühlt hatte wie er. Ob sie seine Gesellschaft ebenso genoss wie er ihre. Ob sie ihm eine Chance geben würde, obwohl er ihr Zahnarzt war. Ob sie die Praxis wechseln würde, weil sie ihn vielleicht ganz furchtbar fand.

Als er seinen Mustang direkt vor ihrem Haus parkte, brach sie ihr Schweigen.

»Ich frage mich schon den ganzen Abend, woher du eigentlich weißt, wo ich wohne.« Herausfordernd sah sie ihn an, die Augenbrauen hochgezogen und die Lippen gespitzt.

»Du hättest mich einfach fragen können. Deine Adresse habe ich, wie deine Telefonnummer übrigens auch, aus deiner Patientenakte. Und bevor du jetzt einen Anwalt konsultieren möchtest, es war für einen guten Zweck und ich war mir des Risikos durchaus bewusst.«

Ein Schmunzeln zupfte an ihren Mundwinkeln, was pure Erlösung in ihm hervorrief. Es hätte schließlich durchaus sein können, dass sie ihm das ankreidete.

»Wusste ich es doch. Aber sei beruhigt, ein Anwalt ist nicht nötig. Ich kann damit leben, dass du mich kontaktiert hast.«

Schon wieder biss sie sich auf die Unterlippe und senkte den Blick auf ihre Handtasche, die auf ihrem Schoß lag.

»Na dann, gern geschehen«, gab er zurück und drehte seinen Oberkörper in ihre Richtung. Nur wenige Zentimeter trennten sie voneinander. Ihr blumiger Duft stieg erneut in seine Nase. Am liebsten wollte er sie an sich ziehen, sie umarmen, ihren Geruch einatmen, sie wieder und wieder küssen.

Alles in ihm kribbelte allein bei der Vorstellung, wie seine Lippen auf ihren landeten.

»Danke für den schönen Abend«, sagte Linda mit etwas kratziger Stimme. »Vielleicht wiederholen wir das mal?«

Für einen Moment verhakten sich ihre Blicke ineinander und die Zeit schien stillzustehen. Dieses Knistern zwischen ihnen hatte er schon seit Beginn dieses Dates gespürt.

»Das sollten wir unbedingt«, pflichtete er ihr nickend bei. »Von mir aus schon bald.« *Sehr bald und immer wieder*, fügte er in Gedanken hinzu.

»Der Abend muss ja noch nicht vorbei sein. Wir können noch was machen. Einen Spaziergang zum Beispiel. Es riecht schon so schön nach Frühling«, schlug sie vor.

»Gute Idee«, gab er zu und genoss das wohlige Gefühl, das sich immer mehr in ihm ausbreitete. Zu gern würde er mit ihr durch die ganze Nacht spazieren. Bis ans Ende der Welt und wieder zurück. Durch alle Jahreszeiten. »Aber in Anbetracht dessen, dass wir morgen früh beide zeitig rausmüssen …« Mit hochgezogenen Augenbrauen und einem schiefen Lächeln sah er sie an. »… schlage ich vor, wir heben uns das fürs nächste Mal auf. Einverstanden?«

Lindas glockenklares Lachen ging ihm durch und durch.

»Einverstanden, Herr Doktor Seeberger.« Sie gab sich betont ernst und nickte.

Keine Sekunde des heutigen Abends hatte sich angefühlt wie ein erstes Date. Eher wie das hundertste. Die sagenumwobene Chemie zwischen ihnen passte einfach. Und das war mehr, als er zu hoffen gewagt hatte.

KAPITEL 10

Linda

Wie verrückt wummerte das Herz in Lindas Brust. Noch immer rauschte pure Aufregung durch ihre Adern und flutete diese mit Adrenalin, das sie auf seltsame Weise mutig machte.

Leander war bereits ausgestiegen und um den Wagen herumgeeilt, um ihr gentlemanlike die Tür zu öffnen. Nur allzu gern griff sie nach seiner Hand, die er ihr entgegenstreckte, um ihr aus dem Auto zu helfen. Mit einem Ruck war sie ausgestiegen und ziemlich knapp direkt vor seinem Oberkörper gelandet, weil er sie an sich gezogen hatte. Der Abstand zwischen ihnen war so gering, dass sein Atem sie an der Nasenspitze kitzelte und der holzige Geruch seines Parfüms in ihre Nase stieg, wodurch ihr ganz schwindelig wurde. Ihr Puls schoss in die Höhe, unsägliche Hitze flutete sie, als sich sein Gesicht ihrem langsam näherte.

Vor lauter Verlegenheit räusperte sie sich. »Möchtest du … Also willst du noch mit … hochkommen?« Nickend zeigte sie auf die Fenster, hinter denen sich ihre Wohnung befand, ohne den Blickkontakt zu ihm abzubrechen. Sie war regelrecht in dieses Meer aus Zartbitterschokolade abgetaucht, das in Leanders Augen geschmolzen schien. Gott, es war viel zu lange her, dass sie mit einem Mann aus gewesen war. Und dass dieses Exemplar so verdammt gutaussehend und charmant daherkam, machte die Sache für sie nicht einfacher. Aber sie hatte sich den ganzen Abend so wohl in seiner Nähe gefühlt und ginge es nach ihr, würde sie noch viel mehr Zeit mit ihm verbringen. Am liebsten von jetzt an.

Wie in Zeitlupe sah sie, wie er seine Finger hob, um zärtlich eine verirrte Haarsträhne hinter ihr Ohr zu streichen. Sie spürte seine Haut an ihrer Schläfe, und ein heißkalter Schauer rieselte über ihre Wirbelsäule. *Mehr. Bitte mehr davon*, dachte sie, bevor sie seinen Blick erneut auffing.

Langsam schüttelte er den Kopf und beugte sich noch näher zu ihr, bis sie das Gefühl hatte, ihre Nasenspitzen würden einander berühren. »Glaub mir«, raunte er und der Klang seiner Stimme ließ sie kurz aufseufzen. »Ich würde den Abend mit dir liebend gern verlängern. Unter anderen Umständen wären wir vermutlich längst in deinem Schlafzimmer. Oder in meinem. Aber irgendetwas sagt mir, dass du weit mehr bist als ein …« Nun legte er die andere Hand an ihre Wange und Wärme flutete sie dort, wo seine Finger auf ihre Haut trafen. »… One-Night-Stand, von dem man am nächsten Tag gerade noch so den Namen weiß. Ich möchte dich wahnsinnig gern wiedersehen. Am liebsten jeden Tag. Aber ich will nichts überstürzen. Okay?«

Sie wollte etwas sagen, fand jedoch nicht die richtigen Worte. Stattdessen verließ ein undefinierbarer Laut ihre Kehle. Peinlich. Es erstaunte und beeindruckte sie gleichermaßen, dass er nicht mit ihr ins Bett wollte, also nicht gleich. Dennoch fragte sie sich, ob es nicht die ganze Zeit eigentlich darauf hätte hinauslaufen sollen? Der ganze Charme, den er in den letzten Stunden üppig versprüht hatte? War es nicht genau das, worauf Männer aus waren? Ein paar nette Stunden, völlig frei von jeglichen Verpflichtungen?

Hitze schoss ihr ins Gesicht, und plötzlich kam sie sich ziemlich dämlich vor, diese Einladung überhaupt ausgesprochen zu haben. Seit dem Fiasko mit Tom hatte sie wohl ein völlig falsches Männerbild entwickelt. Verdammt, sie machte sich hier gerade zum Idioten und konnte nur hoffen, dass er es mit Humor nahm. Sie jedenfalls würde versuchen, den Abend damit zu retten.

»Einen Two-Night-Stand vielleicht? Und meinen Namen kann ich dir mit Edding auf den Unterarm schreiben, damit du ihn gar nicht erst vergisst«, neckte sie ihn und war erleichtert, als er ihren Kommentar mit einem herzlichen Lachen quittierte. Die Tatsache, dass sie für ihn mehr als ein Betthäschen sein könnte, machte sie ängstlich und glücklich zugleich.

Seine Hände umrahmten ihr Gesicht. Nur noch wenige Millimeter trennten seine Nasenspitze von ihrer und es wurden immer weniger, bis kein Blatt Papier mehr zwischen sie passte. Die Landung seiner weichen Lippen auf ihren sorgte für ein furioses Feuerwerk. Seufzend gab sie sich diesem Kuss hin und schlang ihre Arme um seine Taille, um ihn ganz fest an sich zu drücken, und damit er gar nicht erst auf die Idee kam, sie wieder loszulassen. Sanft strich er mit seiner Zunge über ihre Unterlippe, nagte und zupfte geduldig daran, bis sie ihre Lippen für ihn öffnete.

Ein frustriertes Keuchen entwich ihrer Kehle, weil er sich – für ihre Begriffe viel zu schnell – wieder von ihr löste und ein Stück abrückte.

»Wow«, seufzte sie und schmiegte sich an seine Brust. »Wenn das bei dir *langsam angehen* bedeutet, wüsste ich zu gern, wie es sich anfühlt, wenn du richtig loslegst.«

Seine Arme waren auf ihre Schultern gerutscht, er hielt sie ganz fest und küsste sie aufs Haar. »Ich gebe zu, dass es mir sehr schwerfällt, es langsam angehen zu lassen. Aber ich würde es gern versuchen. Daher nein, es wird auch keinen Two-Night-Stand geben. Auch nicht drei, bevor du fragst.« Dann packte er sie sanft an den Schultern und schob sie etwas zurück, um sie gleich darauf auf die Nasenspitze zu küssen. »Vier auch nicht.« Noch ein Kuss auf ihre Lippen, die der nächsten Berührung bereits entgegengefiebert hatten. »Ich will alles von dir«, raunte er.

In diesem Moment wurde Linda klar, dass es für sie kein Entrinnen gab. Ihr Herz rastete schier aus und vollführte akrobatische Überschläge in Rekordgeschwindigkeit. In diesem Moment gab es keinerlei Zweifel daran, dass sie auf dem besten Weg war, sich in Dr. Seeberger zu verlieben.

***

Ich will alles. Auch am nächsten Morgen noch, als Linda längst wieder an ihrem Schreibtisch in der Agentur saß, hallten seine Worte in ihr nach und sorgten für ein schwindelerregendes Gefühl in ihrer Magengegend.

Dieser Abend hatte sie ernsthaft durcheinandergebracht. Sie hatte kaum geschlafen und war völlig aufgedreht zur Arbeit erschienen.
Wieder und wieder spielte sich die Abschiedsszene vor ihrem geistigen Auge ab. Sein Blick. Die Wärme seiner Hände, die auf ihren Wangen regelrecht gebrannt hatte. Die Berührung seiner Lippen auf ihren. Automatisch fuhr sie mit den Fingern über ihren Mund.

Das energische Klopfen an ihrer Bürotür, die ohnehin offen stand, riss sie aus ihrem Tagtraum. Marc erschien auf der Bildfläche.

Mit dem neuen Projekt hatte sie alle Hände voll zu tun und ihre Aufmerksamkeit pendelte permanent zwischen Telefon und Computerbildschirm hin und her. Insgeheim war sie allerdings froh über diese Ablenkung, ansonsten liefe sie Gefahr, dass ihr grenzdebiles Dauergrinsen in ihrem Gesicht festfror und auch der letzte Kollege mitbekam, dass sie heillos verloren und verknallt war.

»Hey, wie kommst du voran?«, wollte Marc wissen und blieb direkt vor ihrem Schreibtisch stehen.

»Wirklich gut. Die ersten Entwürfe sind fertig. Die können wir heute Nachmittag schon besprechen.«

»Super.« Er nickte anerkennend, und bevor er ihr Büro wieder verließ, drehte er sich erneut zu ihr um. Leise fragte er: »Warum grinst du eigentlich wie so ein

Honigpferd... Wie sagt ihr dazu?«

»Honigkuchenpferd. Aber ich weiß nicht, was du meinst.«

»Ah, wie ein Honigkuchenpferd, merke ich mir. Aber im Ernst, du strahlst wie eine Glühbirne. Was ist passiert?«

Sie spürte, wie Hitze in ihre Wangen schoss und vermutete, dass Marc sie gleich mit einer roten Ampel verglich. War es so augenscheinlich, dass sie heute besonders gute Laune hatte? Sie hatte noch nie zu den Mitarbeitern gehört, die mit grimmiger Miene durch die Agentur schlurften. Eigentlich war sie immer recht fröhlich.

Marc schloss die Tür und setzte sich auf das kleine Sofa, das rechts von Lindas Schreibtisch an der Wand stand. Ihr kreativer Platz, auf dem sie immer die besten Ideen hatte. »Lass mich raten. Steckt ein Mann dahinter?«

Sie hatte ein wirklich gutes Verhältnis zu ihrem Boss, aber über private Dinge redete sie bevorzugt mit ihrer Freundin und nicht mit ihm. In der Hoffnung, ihn schnell wieder loszuwerden, um weiterarbeiten zu können, gab sie ihm jedoch ein Häppchen. Eine Verabredung zu haben, war schließlich kein Verbrechen.

»Ist ja schon gut. Du hast mich enttarnt, Marc. Ich hatte gestern ein Date.« Versonnen lächelte sie, als sie an

Leander dachte.

»Oh, wow. Und es sieht aus, als wäre es verdammt gut gewesen«, sagte Marc lachend. »Das freut mich sehr für dich.«

»Hm.« Sie nickte und sparte sich weitere Einzelheiten.

»Wer ist denn der Glückspilz?«

Marc war die personifizierte Neugier, aber gerade war Linda ein wenig genervt davon. Sie neigte nicht dazu, ihr Privatleben auf der Arbeit breitzutreten. Allerdings vertraute sie ihrem Chef, dass er diese Informationen für sich behalten würde, da er stets loyal und integer gewesen war.

Seufzend gab sie nach. »Na gut, aber behalt's für dich, okay?«

»Natürlich.« Zur Bestätigung nickte er und führte seine Hand an die Brust. »Ich schwöre.«

»Ich war mit Dr. Seeberger aus. Meinem Zahnarzt. Ich meine, ist das zu fassen?« Ihr Herz machte einen Satz, als sie die Worte aussprach, weil es sich dadurch noch viel realer anfühlte. »Und es war wirklich schön. Er ist toll. Echt toll.« Versonnen sog sie ihre Unterlippe zwischen die Zähne.

Marcs Gesichtsausdruck veränderte sich. Die weichen Züge waren plötzlich verschwunden. Aus zusammengekniffenen Augen sah er sie an und wiederholte langsam:

»Mit diesem Seeberger also? Aha.«

»Kennst du ihn etwa?« Dass Marc schon wieder so merkwürdig reagierte, als sie Leanders Namen erwähnte, wunderte sie nun noch mehr. Inzwischen kannte sie ihn gut genug, um zu wissen, dass er nur so reagierte, wenn ihm wirklich etwas gegen den Strich ging. Aber ihr Privatleben hatte ihn gar nicht zu interessieren. Sie hätte einfach ihren Mund halten sollen.

»Nicht wirklich«, wiegelte er jegliche Diskussion ab und beugte sich nach vorn, die Unterarme auf den Oberschenkeln abgestützt. »Versprich mir, dass du auf dich aufpasst. Ich brauche dich voll und ganz hier.«

Linda nickte mechanisch.

Was zur Hölle sollte das hier werden?

»Ja, natürlich tue ich das. Meine privaten Belange ändern nichts an meiner Arbeit, das weißt du doch«, versicherte sie ihm und blieb völlig irritiert zurück, als sich Marc erhob und gleich darauf die Tür öffnete, um ihr Büro zu verlassen.

Was war denn auf einmal in ihn gefahren?

KAPITEL 11

Leander

Das abrupte Ende seiner letzten Beziehung hatte Leander zu einem emotionslosen Eisklotz mutieren lassen. Noch immer gab es Momente, in denen er nicht fassen konnte, dass die Frau, der er die Welt zu Füßen gelegt hatte, die so warmherzig und feinfühlig gewesen war, abenteuerlustig und mutig, ihn so eiskalt abserviert hatte. Von einer Sekunde zur anderen. Entgegen allen gemeinsamen Plänen hatte sie ihn stehen lassen.

Und nun war Linda auf der Bildfläche erschienen.

Schon vor ihrem kleinen Unfall hatte er sie einige Male im Fitnessstudio gesehen. Da er zu dem Zeitpunkt aber noch auf schnelle Beute aus gewesen war und sie nicht den Eindruck erweckt hatte, in dieses Schema zu passen, hatte er sich nie die Zeit genommen, genauer hinzuschauen. Erst als sie gestolpert war und sich den Knöchel verstaucht hatte, war er endgültig auf sie aufmerksam geworden. Anfangs hatte er nur vorgehabt, ihr zu helfen. Doch dann hatte er in ihre Augen gesehen.

Froh darüber, dass er das erste Date mit ihr nicht versemmelt hatte und immer noch den süßen Geschmack ihrer Lippen schmecken konnte, war sein Jagdinstinkt nun endgültig geweckt. Mit dem Unterschied, dass es ihm inzwischen um weit mehr als nur schnelle Beute ging.

Er mochte Linda. Sobald er an sie dachte, überkam ihn dieses wohlige Gefühl. Mit ihrem Humor und ihrer erfrischenden, natürlichen Art hatte sie es in kürzester Zeit geschafft, dass er sein Herz wieder spürte. Langsam nahm es wieder seinen regulären Betrieb auf. Im Gegensatz zu den letzten Monaten, als es eher träge vor sich hingeschlagen hatte.

Die Gedanken an sie waren es, die ihn morgens nach dem Aufstehen in den Spiegel lächeln ließen. Seit er sie kannte, war der Himmel ein bisschen blauer, die Sonne schien heller.

***

»Alter, wenn ich es nicht besser wüsste, würde ich sagen, du bist verknallt.«

Er liebte seinen kleinen Bruder, aber von Zeit zu Zeit ging er ihm mit seiner Angewohnheit, alles zu analysieren, auf die Nerven.

»Wohl kaum«, brummte Leander, während er gedankenversunken in seinem Eiweißshake rührte, den er immer nach dem Sport trank.

Er wusste, dass Julian ihn genau beobachtete und jede seiner Regungen in den nächsten Minuten minutiös scannen und unnötigerweise auch kommentieren würde. Kleine Brüder waren eigentlich ganz cool, manchmal aber auch extrem lästig.

»Wohl kaum? Also ich denke, sie hat dich schön um ihre zarten Finger gewickelt, als sie dich hier neulich so angehimmelt hat.« Argwöhnisch schnalzte sein Bruder mit der Zunge. »Hast du was von ihr gehört? Ist ihr Knöchel wieder in Ordnung?«, fragte er dann umso ernster.

Leander versuchte, so desinteressiert wie möglich zu wirken. Er wollte das mit Linda nicht versauen, bevor es überhaupt angefangen hatte. »Ja, sie war neulich in der Praxis. Knöchel ist okay«, sagte er also knapp.

»Ach, na das ist ja ein Zufall. Beehrt sie mich auch mal wieder mit ihrer Anwesenheit?« Seine Stimme triefte nur so vor lauter Neid, weil Leander sie gesehen hatte und Julian nicht.

Kindisch.

»Keine Ahnung.« Leander überlegte kurz, wann Julian jemals eine ernsthafte Beziehung zu einer Frau gepflegt hatte. Eine Frage, auf die er auf Anhieb keine Antwort wusste. Mit einunddreißig kostete sein kleiner Bruder das Leben in vollen Zügen aus und genoss, was immer sich ihm bot. Beziehungsweise wer immer sich ihm bot.

»Ich bleib dabei«, fuhr Julian unbeirrt fort. »Sie hat dich um ihre Finger gewickelt. Ich sehe es dir an.«

»Und wenn schon? Was wäre so schlimm daran?«, wollte Leander wissen.

»Nichts. Ich find's gut. Vielleicht schafft sie es, dich aus deinem verdammten Schneckenhaus zu locken.« Schulterzuckend drehte er sich weg, um wild auf die Tastatur seines Laptops, der auf dem Tresen stand, einzuhämmern. Vermutlich musste er mal wieder an seiner Homepage arbeiten und Kontakte pflegen.

»Ich weiß nicht, was du meinst.«

Ein bekanntes und inzwischen sehr vertrautes Lachen hinter Leander erregte seine Aufmerksamkeit und ließ sein Herz ein paar Takte schneller schlagen. Langsam drehte er sich um, und als er sah, zu wem das Lachen gehörte – wobei er sich vorher schon sicher gewesen war –, huschte automatisch ein Strahlen über sein Gesicht.

»Du hier? Ich dachte …«, murmelte er erstaunt und

versuchte, das dreckige Feixen seines Bruders, das laut aus dem Hintergrund ertönte, zu ignorieren.

»Ich weiß, ich hab gesagt, ich komm nach meinem jämmerlichen Flugversuch nicht mehr her. Aber mein Chef hat für nächstes Wochenende zu einem Partyabend eingeladen und ich muss versuchen zu retten, was noch zu retten ist.« Sie blies die Wangen auf, was ihn schmunzeln ließ.

Kurz war er versucht, sie einfach in seine Arme zu ziehen und leidenschaftlich zu küssen. *Was hindert dich daran?*, dachte er. Aber anstatt genau das zu tun, landeten seine Lippen lediglich auf ihrer Wange.

Verlegen sah sie ihn an. Vermutlich hatte sie genauso überlegt, wie sie ihn begrüßen sollte.

»Hi«, raunte er und inhalierte beim Zurücklehnen ihren Duft.

Er registrierte, wie Julian hinter seinem Tresen hervorkam, um Linda direkt vor seinen Augen in die Arme zu schließen und ihr überschwänglich einen Kuss auf die andere Wange zu drücken. Klar, er musste es ja auch unbedingt darauf anlegen.

Das Studio war familiär und klein, Julian kannte nahezu alle Kunden persönlich und pflegte besonders zum weiblichen Anteil ein sehr freundschaftliches Verhältnis. Wobei nicht außer Acht zu lassen war, dass

Leanders kleiner Bruder einfach ein Weiberheld war, wie er im Buche stand. Einer, der so gut wie keine Gelegenheit ausließ, um sich eine schöne Frau zu angeln. Na gut, genau genommen waren sie sich da in den letzten Monaten recht ähnlich gewesen.

Doch das mit Linda gerade eben hatte lediglich dazu gedient, Leander eins auszuwischen. Julians schelmisches Grinsen sprach eindeutig dafür.

»Hey, Kleines, schön, dass du doch noch herkommst. Glaub mir, deinen Auftritt haben hier alle inzwischen vergessen.« Lachend winkte er ab und ahmte die Bewegung nach, die Linda vor Kurzem zu Fall gebracht hatte.

»Außer du, oder wie? Doofkopf.« Sie knuffte Julian in den Oberarm, während dieser sich schon wieder abwandte.

Dass die beiden so vertraut miteinander umgingen, raubte Leander nahezu den Verstand. Auch wenn er natürlich wusste, welches Ziel sein kleiner Bruder damit verfolgte, fand er es mehr als mies und bedachte ihn mit einem stechenden Blick.

»Aufpassen, großer Bruder, du erdolchst mich noch mit deinen Augen«, frotzelte Julian und kopierte seine grimmige Miene.

»Finger weg von meinem Mädchen, klar?«, knurrte er

wie ein Löwe, der seine Beute beschützte, während er sich vor Linda schob. Erst jetzt hörte er ihr Kichern und vermutete, dass sie sich königlich über das Balzgehabe amüsierte. Gott, peinlicher ging es ja wohl nicht.

»Jungs«, sagte sie, und man sah ihr an, wie sehr sie sich bemühte, ernst zu bleiben. »Also ehrlich, ich komme ja jetzt schon eine ganze Weile her. Bis auf einen kleinen Schwatz am Tresen hat hier bisher niemand von mir Notiz genommen. Und jetzt prügelt ihr euch fast um mich? Ich fühle mich geehrt. Aber das ist nicht euer Ernst, oder?« Sie rollte mit den Augen und schüttelte den Kopf, während Leanders Kinnlade nach unten klappte.

Hatte er es versaut, bevor es richtig angefangen hatte?

»Ich geh jetzt trainieren und ihr kriegt euch mal schön wieder ein, ja? Und du …« Sie wandte sich wieder ihm zu und pikte mit der Spitze ihres Zeigefingers in seine Brust. »Wir reden später.« Dann zwinkerte sie ihm zu und marschierte mit einem triumphierenden Grinsen davon.

Leander konnte nicht anders, als ihr nachzustarren. Ihre enge Sportkleidung ließ ihre Kurven erst richtig zur Geltung kommen. Er hatte eben schon Mühe gehabt, sich auf ihr Gesicht zu konzentrieren, denn ihre perfekten Rundungen hatten seinen Blick magisch angezogen. Versonnen stellte er sich vor, was er alles mit ihr anstellen könnte, würde sie diese vermaledeiten Klamotten einfach ausziehen. Dummerweise war es seine Idee, nichts zu überstürzen. Und daran würde er festhalten. Allerdings fiel es ihm immer schwerer, standhaft zu bleiben.

»Gib mir ein Wasser, bitte«, bat er Julian in der Hoffnung, dass ihm das Getränk die gewünschte Abkühlung verschaffen würde. In einem Zug leerte er das Glas und sein Puls normalisierte sich langsam wieder.

Auch wenn er seine Trainingseinheit beendet hatte, würde er hier auf Linda warten. Das Piken ihres Fingers spürte er nach wie vor auf seiner Brust. Also drehte er sich so, dass er mit dem Rücken zum Tresen saß und sie beobachten konnte.

Mit einer geschmeidigen Bewegung stieg sie gerade auf den Crosstrainer, steckte sich Kopfhörer in die Ohren und tippte auf ihrem Handy herum, ehe es in der dafür vorgesehenen Halterung landete.

»Hör auf, ihr auf die Möpse zu glotzen. Das fällt auf«, hörte er Julian im Hintergrund meckern.

Der war doch nur neidisch. Diesmal würde er keinen Treffer landen können. Linda war eine Nummer zu groß für ihn. Sein kleiner Bruder war ein kluger Kopf und nicht auf den Mund gefallen, doch was Charakter und Zwischenmenschliches betraf, war Linda ihm weit überlegen. Für Leander hingegen war sie genau das richtige Kaliber.

»Ach komm, Kleiner, du findest auch noch den richtigen Deckel.« Nun war es an Leander, dreckig zu grinsen. »Du musst nur endlich mal erwachsen werden.«

»Boah, halt die Klappe. Was will ich mit einem Deckel? Will ich kochen oder …?«

Er sprach es nicht aus, aber Leander wusste genau, was Julian meinte. »Das ist der Punkt. Irgendwann wirst du jemanden finden, der dich dermaßen aus den Latschen haut, dass du genau weißt, dass die Zeit der schnellen Abenteuer vorbei ist. Und dass du eigentlich lieber kochen möchtest.«

»Alter, wer bist du und was hast du mit meinem großen Bruder gemacht, der in den letzten Monaten alles vögelte, was bei drei nicht die Beine zusammengemacht hat?«

»Ich bin immer noch derselbe«, erwiderte Leander, den Blick weiterhin auf Linda gerichtet, die auf dem Crosstrainer alles gab. »Ich glaube nur, dass ich genau so jemanden gefunden habe.«

Mit einem angewiderten Gesichtsausdruck drehte sich Julian weg. »Nee, du bist mir gerade fremder als der Verkäufer in der Dönerbude am anderen Ende der Stadt. Was zur Hölle redest du für eine Scheiße? Liebe und so? Hallo? Deine letzte Liebe hat dich sitzen gelassen, schon vergessen?«

Das saß. Und traf Leander an seinem wundesten Punkt. Seine Vergangenheit, die er bis heute recht erfolgreich verdrängt hatte. Julian hatte das große Talent, ihm vor Augen zu führen, wo er eigentlich stand. Leander war demnach nicht in der Position, große Töne über die Liebe zu spucken, das musste er widerwillig einsehen. Dennoch glaubte er daran, dass er mit Linda einen besonderen Menschen gefunden hatte. Natürlich konnte er nicht wissen, ob es funktionieren würde, ob sie ihn heilen könnte. Diese Bürde wollte er ihr auch gar nicht auferlegen. Er wollte sie kennen- und vielleicht auch lieben lernen. Und wenn es nicht funktionierte, würde er einfach weitermachen wie bisher.

Dennoch nagten Julians Worte gewaltig an seinem Ego. »Es reicht. Hör einfach auf, mir immer wieder unter die Nase zu reiben, was ich für ein Vollidiot war. Ich hab es verstanden, okay? Also tu mir den Gefallen und kümmere dich um deinen eigenen Kram.«

Julian hob abwehrend die Hände und sagte kleinlaut: »Ich mein ja nur.« Dann verschwand er hinter Kartons und Papierkram und gab keinen Mucks mehr von sich. Anstatt Leander weiter zu belagern, sortierte er die neu gelieferten Getränkedosen ins Regal ein.

Es waren Momente wie dieser, die Leander deutlich machten, dass er längst nicht über die Sache mit Melissa hinweg war. Zwar tat er nach außen hin immer so, aber sobald er damit konfrontiert wurde, spürte er diesen Schmerz in seiner Brust, den sie verursacht hatte. Doch bevor er sich innerlich in seinem Leid suhlen konnte, lenkte er seinen Blick auf Linda, die ihm sofort ein hohes Maß an Ablenkung bescherte.

Nach wie vor war sie auf dem Crosstrainer. Ihr Gesicht war rosig und selbst aus etwas Entfernung sah man den Schweiß, der ihre Schultern bedeckte, die unter dem Sporttop hervorschauten. Kein ungewöhnlicher Anblick in einem Fitnessstudio und doch hatte sie etwas an sich, was sie besonders machte. Leander konnte noch nicht benennen, was das war, dafür kannte er sie nicht gut genug. Aber er würde es herausfinden.

Dass sie auf einmal langsamer wurde und sich ihre Mimik schlagartig änderte, ließ ihn stutzig werden. Ihr Blick fiel auf das Handy in der Halterung und sie runzelte die Stirn, wurde noch langsamer. Selbst von Weitem sah er, dass sie die Griffe des Crosstrainers so fest umklammerte, dass die Knöchel weiß hervortraten. So viel Halt sollte man im Normalfall nicht brauchen, außer man hatte ein motorisches Problem oder konnte das Gleichgewicht nicht halten. Aber das war anscheinend nicht der Auslöser. Irgendwas beschäftigte sie, denn ihr Gesichtsausdruck sprach Bände. Er würde sie keine

Sekunde aus den Augen lassen, um sicherzugehen, dass ihr auf dem Trainingsgerät nichts passierte.

Sie holte ein paar Mal tief Luft und erhöhte dann das Tempo wieder. Nachdem ihre Trainingszeit vorbei war, sprang sie vom Gerät. Ihr Blick war immer noch seltsam und irgendwie verängstigt. Eine tiefe Sorgenfalte grub sich zwischen ihre Augenbrauen. In großen Zügen trank sie aus ihrer Wasserflasche und Leander leckte sich unweigerlich über die Lippen, als er ihren Hals sah, den sie dabei streckte. Zu gern würde er abertausende kleine Küsse darauf verteilen, sanft an der dünnen Haut über ihrem Puls saugen.

Er schüttelte sich. Fantasien dieser Art waren unangebracht und passten so gar nicht zu seinem Plan, nichts zu überstürzen.

Als hätte sie seine Gedanken gelesen, kam sie schnurstracks auf ihn zu. Sie sah abgekämpft aus, nachdem sie sich auf dem Trainingsgerät ganz schön verausgabt hatte.

»Shake? Wasser?«, fragte Julian aus dem Hintergrund. Doch Linda hielt ihm ihre Flasche entgegen, die noch halb voll war.

»Hab noch«, murmelte sie abwesend.

»Ist alles in Ordnung?« Leander griff nach ihrem Handgelenk, woraufhin sie sich zu ihm drehte. Ihre starre Miene ließ ihm keine Ruhe. »Du guckst, als hättest du ein

Gespenst gesehen. Oder einen Drachen? Ist hier ein Drache?« Lachend drehte er sich um und suchte den Raum nach einem solchen imaginären Ungetüm ab. »Soll ich ihn töten?«

Linda rang sich ein Schmunzeln ab, das ihre Augen nicht erreichte. Ihr Blick glitt zu seiner Hand, die ihre immer noch festhielt. »Nein, lass mal. Ich glaube, hier gibt's keine Drachen oder andere Unwesen.«

»Was ist dann mit dir los?« Beruhigend fuhr er mit dem Daumen über ihre Haut.

Sie stieß geräuschvoll die Luft aus. »Kann ich heute vielleicht bei dir übernachten?«, fragte sie mit zitternder Stimme, während Tränen in ihre Augen stiegen.

KAPITEL 12

Linda

Pure Angst kroch Lindas Wirbelsäule empor und ließ sie schier erstarren. Ihr Herz donnerte panisch in ihrer Brust und war der Grund dafür, dass sie kaum sprechen konnte.

Aber dass sie Leander gerade gefragt hatte, ob sie bei ihm übernachten könnte, war … absurd hoch drei. War sie noch klar bei Verstand? Sie hätte genauso gut Anna fragen können. Der würde sie nicht alles haarklein erklären müssen, sie würde es einfach verstehen. Aber nein. Als würde sie nicht schon tief genug im Schlamassel stecken, hatte sie Leander gefragt, was ihre Panik nur befeuerte.

Sie versuchte, ruhig zu werden, und nahm einige tiefe Atemzüge hintereinander, während sie sich die Hände vors Gesicht schlug und zwischen den Fingern hindurch lugte, um seine Reaktion zu sehen.

»Ähm …« Die Überraschung stand ihm ins Gesicht geschrieben. Mit hochgezogenen Augenbrauen starrte er sie an und suchte anscheinend nach Worten. Vermutlich, um ihr gleich zu sagen, was das für eine seltsame Idee war. Schließlich kannten sie sich im Grunde genommen gar nicht. Außerdem hatte er ihr zu verstehen gegeben, dass er es langsam angehen wollte.

Dabei konnte ihr es nicht weniger darum gehen, Leander körperlich nahezukommen. Nach der Nachricht von Tom, die sie eben erhalten und vollkommen aus dem Konzept gebracht hatte, wollte sie sich lediglich sicher fühlen und war der Meinung, dass sie das bei Leander konnte. Und er, der Mann ihrer schlaflosen Nächte, der gerade vor ihr stand und sie noch immer argwöhnisch betrachtete, schien ihr im ersten Augenblick die Lösung gewesen zu sein.

»Ich dachte, wir … lassen es langsam angehen?« Geräuschvoll sog er die Luft ein und kratzte sich mit den Fingern am Kopf. »Aber gut, wenn du unbedingt …«

Als wäre sie nicht schon durcheinander genug, machte ihr dämliches Herz einen riesigen Satz, dass sie für den Moment fast vergaß zu atmen. Dann hob sie die Hände und schüttelte den Kopf. »Ach, lass. Das war eine blöde

Idee. Ich frag einfach Anna.« Mit zitternden Fingern nahm sie ihr Telefon und gab bereits den Code zum Entsperren des Displays ein, als sie seine Hand auf ihrem Arm spürte. Angstvoll zuckte sie zusammen und zog ihren Arm weg. Im Moment war ihr nicht nach Berührungen. Die Angst, die sie beim Lesen von Toms Nachricht beschlichen hatte, lähmte ihren Verstand.

»Nein«, sagte er beruhigend, nachdem er seine Hand wieder zurückgezogen hatte. »Das ist keine blöde Idee. Natürlich kannst du bei mir übernachten. Ich wüsste nur gern, was dich dazu bringt, mich danach zu fragen.«

Erleichtert seufzte sie. Noch immer saß ihr die Panik förmlich im Nacken. »Kann ich dir das nachher erzählen?«, flüsterte sie. Sie würde es ihm sagen müssen, das war sie ihm schuldig. Im Augenblick jedoch war sie einfach nur froh, dass er ihr Zuflucht gewähren würde.

»Klar. Wir haben ja den ganzen Abend Zeit.«

»Danke«, wisperte sie kaum hörbar und schluckte, weil ihr Hals ganz trocken war.

»Willst du es wirklich? Also, bei mir übernachten?« Leander sprach so leise, dass nur sie beide verstanden, was er sagte. »Nicht, dass du denkst, ich nutze das aus oder so. Das habe ich nicht vor.«

Kurz kreuzten sich ihre Blicke und verhakten sich ineinander, bis sie glaubte, die Welt bliebe für eine

Sekunde stehen. Die Warmherzigkeit, mit der er sie ansah, traf sie mitten ins Herz. Es fiel ihr schwer, die Fassung zu wahren. Hin- und hergerissen zwischen blanker Panik und Aufregung nickte sie mechanisch.

»Ja. Ich kann nicht in meine Wohnung. Nur, um vielleicht ein paar Sachen zu holen.«

Leander nickte. »Okay, dann lass uns starten.«

Innerlich fiel ihr ein Stein vom Herzen, weil er so viel Rücksicht auf sie nahm und sie nicht an Ort und Stelle mit Fragen löcherte, wenngleich sie ihm ansah, dass sie ihm auf der Zunge brannten.

Auf dem Weg zu den Umkleideräumen verabschiedeten sie sich von Julian, der gerade mit einer Brünetten flirtete. Aus dem Augenwinkel sah Linda, wie Leander die Augen verdrehte und den Kopf schüttelte.

»Am besten fahren wir bis zu dir getrennt und lassen dein Auto dann bei dir zu Hause stehen. Ich kann dich morgen früh hinfahren, wenn du möchtest«, bot er ihr an, bevor sie in den Umkleideraum gehen wollte.

Völlig verunsichert kaute sie auf ihrer Lippe. »Okay. Gute Idee, danke.«

Nur wenig später hatte sie ihre Sporttasche bei sich zu Hause im Flur abgeladen und ein paar Klamotten in einen Rucksack gepackt. Sie fühlte sich so unwohl, dass sie Leander gebeten hatte mitzukommen. Nun stand er abwartend an der Wohnungstür.

»Kann ich dir helfen?«, fragte er und Linda wollte gar nicht wissen, was genau in seinem Kopf vorging. Wobei, eigentlich wollte sie es ganz genau wissen.

»Nein, nein. Ich bin gleich fertig. Moment«, rief sie aus dem Bad und packte noch die Mascara in das kleine Kosmetiktäschchen, ehe sie auch dieses in den Rucksack stopfte. Dann stand sie etwas atemlos, weil sie sich so beeilt hatte, wieder vor ihm. »So, ich glaube, ich hab alles. Wir können los.«

Im Auto herrschte Stille. Sie war nicht beklemmend, aber auch nicht unbedingt belebend. Es war einfach nur still. Dankbar, dass Leander sie noch immer nicht mit Fragen bombardierte, hing Linda ihren Gedanken nach. Was zur Hölle bezweckte Tom mit seinen Nachrichten? Warum musste er sie so ängstigen? Seit Monaten hatte sie nichts von ihm gehört und war gerade dabei gewesen, ihn endlich zu vergessen und ihr Seelenleben wieder geradezurücken.

»Es tut mir wirklich leid«, brach Linda das Schweigen, als Leander in die Einfahrt einer Tiefgarage bog. Sie hatte nicht einmal mitbekommen, wo sie langgefahren waren. In der Dunkelheit sah gefühlt alles gleich aus. »Das sollte nicht so … plump rüberkommen.«

»Was meinst du?«

»Dass ich dich so mir nichts, dir nichts gefragt habe, ob ich bei dir schlafen kann. Ich hoffe, du verstehst das nicht falsch.«

Leander war in eine Parklücke gefahren. Sie registrierte das rechteckige Schild an der Wand, auf dem sein Name stand. Er machte den Motor aus und verharrte für einen Moment.

Verstohlen beobachtete Linda ihn derweil. Ein Lächeln zupfte an seinen Mundwinkeln und ließ seine markanten Gesichtszüge weicher aussehen. Seine Gegenwart beruhigte sie auf seltsame Art und Weise. Er war wie eine Sicherheitszone, in der sie sich geborgen und wohl fühlte. Linda spürte, wie sich ihr Herzschlag rasant beschleunigte, und gleichzeitig tobte ein Sturm in ihrem Kopf. War es richtig, was sie hier tat? Sollte sie Tom nicht einfach die Stirn bieten, anstatt Leander da mit reinzuziehen? Jetzt war jedoch nicht der richtige Zeitpunkt, um darüber nachzudenken.

»Hab ich nicht, mach dir keinen Kopf.«

War es normal, dass sie sich am liebsten sofort in seine Arme werfen wollte? Von ihm beschützt und nie wieder losgelassen werden wollte? Wie ferngesteuert rutschte ihre Hand über die Mittelkonsole und blieb auf seinem Oberschenkel liegen. Seine Muskeln versteiften sich augenblicklich unter ihren Fingern. Zärtlich strich sie mit ihrem Daumen über den weichen Stoff seiner Jogginghose.

»Danke«, hauchte sie, weil sie wirklich zu schätzen wusste, was er für sie tat.

Leander zog scharf die Luft ein und drehte seinen Kopf zur Seite, um sie mit einem breiten Lächeln anzusehen, das sie mit voller Wucht traf. »Kein Ding, wirklich. Sei unbesorgt.« Seine Stimme klang kratzig und arbeitete sich Ton für Ton unter Lindas Haut, während seine Finger ihre umschlossen und sie mit Wärme fluteten, bis sie glaubte, jeden Moment in Ohnmacht zu fallen.

Blinzelnd schluckte sie, bevor sie ihm ihre Finger entzog und sich dann räusperte.

Das alles war so unwirklich – wie in einem Film. Einem Film mit absurder Handlung und offenem Ende.

»Lass uns raufgehen«, schlug er schließlich vor, stieg aus und Linda tat es ihm gleich. Als sie sich vor dem Kofferraum wiedertrafen und zeitgleich nach ihren Taschen griffen, berührten sich erneut ihre Finger, und es fühlte sich an, als würden tausend Blitze durch sie hindurch jagen.

Leander war ein Gentleman durch und durch und ließ es sich nicht nehmen, ihr kleines Gepäck zu tragen.

Mit dem Fahrstuhl fuhren sie in die vierte Etage eines

Mehrfamilienwohnhauses und plötzlich überkam Linda erneut Angst. Was zur Hölle tat sie hier eigentlich? Das beklemmende Gefühl war zurück und setzte sich in ihren Adern fest, lähmte sie und ihre Gedanken förmlich.

In Leanders Wohnung zog sie ihren Mantel und ihre Schuhe aus. Auch er streifte seine Turnschuhe von den Füßen, stellte die Taschen ab, und für einen Moment glaubte sie, so etwas wie Verlegenheit in seinem Blick zu sehen. Er rieb die Hände aneinander, sah sie kurz an und gleich wieder weg, bevor er sich umdrehte und ins Wohnzimmer lief.

Mit dem rechten Arm beschrieb er eine ausladende Geste. »Fühl dich wie zu Hause«, brummte er und verschwand.

Sie hatte ihn völlig überrumpelt und das war ihr unangenehm. Kein Wunder, dass er gerade … überfordert war?

Ihr Blick glitt durch das großzügig geschnittene Wohnzimmer, dessen Mittelpunkt eine riesige dunkelblaue Couch war. Seine Wohnung war durchweg sehr stylish eingerichtet, er hatte Geschmack, was Möbel betraf. Geradlinig und schnörkellos waren wohl die richtigen Worte. Vor der riesigen Sitzgelegenheit stand ein passender Tisch, auf dem mehrere Fernbedienungen lagen. Ein Esstisch mit sechs Stühlen und zwei größere

Sideboards komplettierten den Raum. Ob er sich selbst um die Einrichtung gekümmert hatte? Oder war es das Werk einer Frau gewesen? Bei dem Gedanken spürte sie einen Stich im Herzen.

Mit einem leisen Seufzen ließ sich Linda auf das Sofa fallen und hing ihren Gedanken nach. Sie war froh, dass er während der Fahrt hierher nicht weiter nachgefragt hatte, nachdem sie ihn vorhin im Fitnessstudio vertröstet hatte. Obwohl sie wusste, dass sie um die Erklärung nicht herumkam. Eisige Schauer liefen über ihren Rücken, als sie sich die Nachricht von Tom ins Gedächtnis rief.

Im Hintergrund hörte sie das Rauschen des Wasserkochers. »Magst du lieber Kräuter- oder Früchtetee?«, rief Leander aus der Küche und riss sie damit aus ihren Gedanken.

»Ähm, Kräutertee bitte. Danke.« Fröstelnd schlang sie die Arme um ihren Oberkörper.

»Okay. Wenn dir kalt ist, nimm dir eine Decke. Ich bin gleich bei dir.« Das Klirren von Gläsern und ein dumpfes *Plopp* waren aus der Küche zu hören. Beides verband sie nicht unbedingt mit Teetrinken. Nur wenige Augenblicke später balancierte Leander ein Tablett ins Wohnzimmer, auf dem sich zwei Tassen mit dampfend heißem Tee befanden sowie eine Weinflasche und zwei Gläser. Behutsam stellte er es auf dem Couchtisch ab und hob seinen Blick, um ihren auf direktem Weg einzufangen und festzuhalten.

»Ich dachte, bis der Tee die richtige Temperatur zum Trinken hat, gibt es ein Glas Wein? Wärmt genauso gut.«

»Ähm … O-kay. Wein geht immer.« Blinzelnd versuchte sie, seinem eindringlichen Blick auszuweichen, aber es gelang ihr nicht. Stattdessen rutschten ihre Pupillen kurz aus und registrierten, dass er seinen Hoodie ausgezogen hatte und nur noch seine Jogginghose und ein Shirt trug, das eng genug an seinem Oberkörper anlag, dass man sehr deutlich seine Muskeln erkennen konnte. Sie schaffte es schließlich, sich aus dem Bann seines Blickes zu lösen, und sofort wanderten ihrer zu seinen Händen, mit denen er gerade die Weinflasche hielt, um ihnen einzuschenken. Seine Finger waren lang, schlank und sehnig, auf dem Handrücken traten die Adern hervor und sie fragte sich, wie es sich wohl anfühlte, wenn diese starken Hände sie berührten.

»Du hast Gänsehaut«, stellte Leander schmunzelnd fest. Etwas perplex nahm sie zur Kenntnis, dass er inzwischen neben ihr saß und sich bequem zurückgelehnt hatte. Er hielt ihr ein Weinglas hin, das sie dankend ergriff und aus dem sie sofort einen großen Schluck trank, um sich zu beruhigen. Noch während die kalte Flüssigkeit ihre Kehle hinabrann, atmete sie ein und verschluckte sich dermaßen, dass ihr fast das Glas aus der Hand rutschte. In letzter Sekunde rettete Leander es und stellte es auf dem Tisch ab. Hochrot und damit beschäftigt, ihre Atmung wieder unter Kontrolle zu kriegen, hielt sie sich die Hände vor den Mund und hustete, was das Zeug hielt. Leander war zu ihr aufgerückt und seine sanften Schläge auf ihren Rücken gingen in ein Streicheln über, was sie ruhiger werden ließ.

Linda wäre am liebsten vor Scham im Boden versunken. Peinliche Momente waren voll ihr Ding.

Sie gab gurgelnde Geräusche von sich, die sich anhörten wie ein erkälteter Waschbär. Tränen traten ihr unweigerlich in die Augen und vermischten sich mit der Wimperntusche, was schrecklich brannte.

Und dann war da seine Hand auf ihrem Rücken, die sanft auf und ab fuhr und alles noch viel schlimmer machte, als es ohnehin schon war. Er setzte sie regelrecht in Brand, obwohl noch mindestens ein Sport-BH sowie ein Top seine Haut von ihrer trennten. Sie wollte gar nicht wissen, was seine Berührungen auslösen würden, wäre sie nackt.

Okay. Vielleicht wollte sie es doch wissen.

Ihr Husten verebbte und sie beruhigte sich endlich. Kurz schloss sie die Augen und verlor sich in dem Moment, während Leander noch immer über ihren

Rücken strich.

»Alles okay? Geht's wieder?« Mit liebevollem Blick beugte er sich näher zu ihr.

»Ja. Ja, alles gut. Gott, entschuldige. Ich wollte dir nicht deine Wohnung vollspucken.« Verlegen strich sie ihre feuchten Handflächen an den Oberschenkeln ab.

»Du hättest mir auch einfach sagen können, dass zwischen uns nichts läuft. Nein, im Ernst, meiner Wohnung ist nichts passiert. Hauptsache dir geht es gut.«

»Na danke«, gab sie etwas schnippisch zurück. Spaßvogel. Er schien das wohl lustig zu finden. Jetzt fühlte sie sich noch schlechter. *Das hast du ja prima hinbekommen*, dachte sie, während sein tiefes Lachen bis in ihr Innerstes vordrang.

»Hey.« Behutsam legte er seine Hand auf ihre Wange und wischte die Tränen fort.

Die Wärme, die von ihm ausging, flutete ihren Körper, und als sein Gesicht ihrem immer näher kam, setzte ihr Verstand auf einmal aus. Alle Systeme fuhren herunter, nicht einmal der Autopilot funktionierte noch. Und so saß sie einfach da und spürte seinen Atem, der sie an ihrer Nasenspitze kitzelte. Bis nur noch wenige Millimeter sie trennten.

Leander leckte sich über die Lippen. »Das kann passieren. Man sollte halt nicht in einem Zug trinken und atmen.« Sanft landete sein Mund auf ihrem. »Mit dem Küssen ist das anders, da ist das mit dem Atmen kein Problem«, raunte er, an ihrer Unterlippe knabbernd. Seine andere Hand fuhr von ihrer Wange in den Nacken und zog sie eng an sich heran. Prickelnde Schauer setzten ihren gesamten Körper unter Strom und sie spürte das Kribbeln in ihrem Schoß.

»Da kann man sich …«, schnappte sie nach Luft, »… die Zunge abbeißen … oder so.«

Amüsiert sah Leander in ihre Augen, ohne ihre Lippen freizugeben. »Ich pass auf«, murmelte er, noch bevor Linda etwas darauf entgegnen konnte.

Ihre Arme schlangen sich wie von allein um seinen Oberkörper, ihre Hände krallten sich in seinen Rücken und ließen ihn kurz aufkeuchen. Nur widerwillig erlaubte sie, dass er sich von ihr löste und sie dafür in eine enge Umarmung zog. Zärtlich küsste er sie auf die Schläfe.

»Möchtest du mir jetzt erzählen, warum du nicht in deine Wohnung willst?«

Echt jetzt? War sie eben noch bereit, sich ihm voll und ganz hinzugeben, prangte diese Frage nun über ihr wie ein Leuchtreklameschild und machte den Moment zunichte. Bevor seine Neugier die Stimmung endgültig zerstören konnte, probierte sie sich an einem Rettungsversuch. Da sie nichts zu Abend gegessen hatte, waren ihr die wenigen Schlucke Wein in den Kopf gestiegen. Das Hirn war ohnehin nicht funktionsfähig, dafür hatte ihr Gegenüber soeben nachdrücklich gesorgt. Beherzt senkte sie ihre Lippen auf seine und hob die Hand. Mit den Fingern fuhr sie über seine Haut, spürte, wie er unter ihrer Berührung erschauderte, bis er … sanft nach ihrem Handgelenk griff. Mit den Fingern der anderen Hand umfasste er ihr Kinn und zwang sie so, ihn anzusehen. Mist, er hatte sie durchschaut.

»Netter Ablenkungsversuch. Aber als ich sagte, ich will nichts überstürzen, meinte ich das tatsächlich so.« Abwartend brachte er etwas Abstand zwischen sie beide und sah Linda mit hochgezogenen Augenbrauen an.

Und auf einmal war da wieder diese Angst in ihr, die sich Wirbel für Wirbel ihren Rücken emporarbeitete und sie vereinnahmte, ihr das Atmen erschwerte. Blut rauschte in ihren Ohren, sodass sie Mühe hatte, ihn zu verstehen. Mit großen Augen erwiderte sie seinen Blick, bevor sie die Zähne in ihre Unterlippe grub und auf ihre Finger sah.

Sie wusste praktisch nichts über diesen Mann, der seit ein paar Tagen ihre komplette Gefühlswelt durcheinanderwirbelte. Sollte sie ihm wirklich erzählen, was passiert war? Oder was passieren könnte, wenn ihr Ex den Verstand verlor?

»Okay«, flüsterte sie schließlich, rückte ein Stück zur Seite und zog die Knie unters Kinn, umschlang ihre Beine mit den Armen.

Leander hielt ihr das Weinglas erneut hin und trank selbst einen großen Schluck.

»Vielleicht geht es damit leichter. Was ist in deiner Wohnung, dass du da heute nicht schlafen kannst?«

Natürlich hatte er das Recht zu erfahren, warum sie ihn für diese eine Nacht belagerte. Trotzdem hatte sie Angst. Angst davor, dass es sich realer anfühlte, wenn sie es laut ausspräche. Dass Wunden in ihr aufrissen, von denen sie geglaubt hatte, sie wären längst verheilt. Zwar vernarbt und manchmal noch schmerzvoll, aber bei Weitem nicht so wie damals.

Sie nippte mehrmals hintereinander an dem Wein, dann stellte sie das Glas wieder ab und lauschte der bedrückenden Stille, die nach Leanders erneuter Frage im Raum herrschte, wo eben noch die Luft geknistert hatte.

»Ist das so wichtig?«, fragte sie schließlich, ohne ihm in die Augen zu sehen. Sie wusste, wie überflüssig dieser Versuch war, eine Erklärung zu umgehen. Hatte sie ihm doch vorhin im Fitnessstudio schon versprochen, reinen Wein einzuschenken. Und doch verließen diese Worte ihre Lippen. Weil sie sich am liebsten verkriechen und nie mehr auftauchen wollte.

»Für mich ist es das schon«, raunte er und hielt ihr seine Hand entgegen, nach der Linda nur zögerlich griff. Doch schließlich legte sie ihre Finger in seine und spürte die kleinen Kreise, die er mit dem Daumen auf ihrer Haut beschrieb. Das beruhigte sie wieder. »Wir kennen uns gerade mal ein paar Tage und vorhin im Studio war das Erstbeste, was du mich gefragt hast, ob du bei mir übernachten kannst. Du sahst aus, als hättest du den Leibhaftigen gesehen und würdest Hilfe brauchen. Sag mir warum, damit ich dir helfen kann.«

Für den Bruchteil einer Sekunde erwog sie zu gehen. Die Idee, hier zu übernachten, war nicht sonderlich klug gewesen, das war ihr klar. Doch Leander hatte sie nicht abgewiesen. Stattdessen hatte er sie mitgenommen, ohne die Gründe für ihr Verhalten zu kennen.

Sie nickte und hatte Mühe, die aufkommenden Tränen zurückzuhalten. »Ja, ich versteh dich. Ist dein gutes Recht nachzufragen, so wie ich dich überrumpelt hab.« Unsicher knetete sie ihre Finger und wich seinem Blick aus. Erst sein Zeigefinger an ihrem Kinn, der ihren Kopf langsam in seine Richtung drehte, zwang sie, ihn wieder anzusehen.

»Ich mag dich. Und du kannst mir vertrauen.« Für einen Moment hielt er inne, schenkte ihr einen warmen und liebevollen Blick.

Sie wehrte sich nicht, als er ihr Gesicht in seine Hände nahm, um einen sanften Kuss auf ihre Lippen zu hauchen.

»Und deswegen möchte ich gern wissen, wer oder was dafür verantwortlich ist, dass du Angst hast, in deine Wohnung zu gehen.«

Linda schmolz dahin. In ihrem tiefsten Inneren wusste sie seit der ersten Begegnung, dass er der Richtige war. Langsam löste sie sich aus seiner Umarmung und erhob sich, um ihre Handtasche aus dem Flur zu holen.

»Linda?«, rief er ihr nach und sie hörte den Anflug von Panik in seiner Stimme. Dachte er etwa, sie würde jetzt abhauen?

»Bin gleich wieder da.« Sie hörte Leanders erleichtertes Seufzen, als sie ins Wohnzimmer zurückkehrte und sich wieder neben ihn auf die Couch setzte.

»Ich dachte, du gehst.« Seine Lippen verzogen sich zu einem schiefen Grinsen, das beinahe unsicher wirkte. Dass er das dachte, traf Linda, und sie ahnte, dass sie beide mehr Schmerz verband, als sie es je vermutet hätte. Liebevoll streichelte sie über seine Wange.

»Hättest du mich denn gehen lassen?«, flüsterte sie.

Leander schüttelte den Kopf. »Natürlich nicht. Ich hätte versucht, dich aufzuhalten, und mich notfalls vor die Tür geworfen wie ein T-Rex.«

Okay, selbst wenn er ernst war, war er albern. Ein tiefes Gefühl von Zuneigung breitete sich in Linda aus. Sie mochte diesen Mann, der ihr Schutz bot, obwohl sie sich gerade erst kennenlernten. Sein Geständnis eben hatte dafür gesorgt, dass sie ihm vertrauen würde.

»Das hätte ich zu gern gesehen. Soll ich noch mal gehen?«, neckte sie ihn und tat so, als würde sie aufstehen wollen. Doch Leander war schneller und zog sie zurück aufs Sofa, direkt in seine Arme.

»Untersteh dich«, knurrte er dicht an ihrem Ohr, dass Linda Gänsehaut bekam.

»Ich bleibe, keine Sorge. Ich hab nur etwas geholt, was ich dir zeigen möchte.« Mit zittrigen Fingern entsperrte sie das Display ihres Handys, um gleich darauf die Nachrichten-App zu öffnen. Sie musste nicht lange suchen und rief den Chatverlauf mit Tom auf. Das Lächeln auf ihren Lippen gefror. Erneut spürte sie das beklemmende Gefühl, das ihre Brust einschnürte, während sie seine Worte las. Es dauerte ein paar Sekunden, bis sie so weit war, Leander die Nachricht zu zeigen.

Tom: Du hast also beschlossen, mich zu ignorieren? Du kleines Miststück. Du schuldest mir was, vergessen? Und egal, ob du mir hier antwortest oder nicht. Ich weiß, wo du wohnst, und ich werde auf dich warten. In ewiger Liebe, Tom

In ewiger Liebe, Tom. Auch nach dem vierten Lesen hatte Linda das Gefühl, ihr Magen müsste sich jeden Moment umdrehen. Übelkeit stieg ihre Speiseröhre hinauf. Hastig versuchte sie, mit dem restlichen Wein gegen den bitteren Geschmack auf der Zunge anzukämpfen. Es hatte keinen Zweck, die Tränen, die in ihren Augenwinkeln lauerten, zurückzuhalten.

»Deswegen wollte ich heute nicht nach Hause«, schniefte sie und beobachtete, wie Leander die Nachricht las. Seine Gesichtszüge hatten sich merklich angespannt, seine Kiefer mahlten aufeinander und seine Lippen presste er fest zu einem Strich zusammen, bevor er ihr das Telefon zurückgab.

»Dein Ex?« Zähneknirschend brachte er die Worte hervor.

Linda nickte lediglich.

»Ist er … Hat er schon mal … Also, macht er Ernst mit so was?«

Von Schluchzern geschüttelt, zuckte sie mit den Schultern. »Ich … Keine Ahnung, ich weiß es nicht. Aber ich traue es ihm zu. Und er macht mir damit eine Scheißangst.« Bereitwillig ließ sie sich von Leander in seine Arme ziehen und weinte an seiner Halsbeuge.

Beruhigend strich er mit seinen Händen über ihren Rücken. »Was meint er mit *ignorieren?*«

»Wenn ich das wüsste.« Sie zuckte mit den Schultern. »Ich habe seit Ewigkeiten nichts von ihm gehört. Ich weiß gar nicht, was er von mir will.«

»Und was schuldest du ihm?«

»Ich habe nicht die leiseste Ahnung«, krächzte sie mit zitternder Stimme. »Ich habe ihm nichts getan.«

Aus dem Augenwinkel sah Linda, wie sich Leanders Hand zur Faust ballte.

»Dieses Arschloch«, grollte er aufgebracht und zog sie fester an sich. »Der soll mir über den Weg laufen.«

KAPITEL 13

Leander

Leander schätzte es sehr, dass sich Linda ihm anvertraut hatte. Er merkte ihr an, wie schwer es ihr fiel, mit der Sprache herauszurücken, weil sie im Grunde genommen Fremde waren und noch nichts übereinander wussten. Umso höher rechnete er es ihr an, dass sie ihm diese Nachricht gezeigt hatte.

Diese Worte zu lesen, machte ihn wütend. Er spürte dieses unangenehme Gefühl im Magen, das man bekam, wenn man sich aufregte. Und es regte ihn mächtig auf, dass es da jemanden gab, der Linda so zusetzte.

Sie war völlig durch den Wind. Lag noch immer schluchzend in seinem Arm.

Sie so verängstigt und verletzt zu sehen, brach ihm das Herz. Fast schon meditativ strich er über ihren Rücken, um sie zu beruhigen.

Diese Nähe zu ihr und das Vertrauen, das sie ihm in diesem Moment schenkte, ließen gleichzeitig etwas in ihm aufflammen, von dem er längst vergessen hatte, dass es überhaupt existierte. Bisher hatte er geglaubt, Melissa hätte ihm die Fähigkeit zu lieben restlos genommen. Aber jetzt und hier spürte er, dass es allem Anschein nach noch Hoffnung für ihn und sein Gefühlsleben gab.

Doch jetzt war nicht der richtige Zeitpunkt, um über seine abgestumpften Emotionen nachzudenken. Er wollte sich Linda widmen und hoffte, sie würde den Mut und die Kraft finden, ihm zu erzählen, was damals mit ihrem Ex passiert war. Bis auf diese Nachricht wusste er noch nichts darüber, aber schon jetzt spürte er Aggression Tom gegenüber. Leander war weiß Gott keiner dieser Typen, die ihre Diskussionen per Faust austrugen, aber würde dieser Mistkerl ihm über den Weg laufen, er würde ihn sich vorknöpfen.

»Hey, ich bin da. Du bist hier sicher«, versuchte er weiter, sie zu beruhigen. »Willst du darüber reden, was damals vorgefallen ist?«

Sie schniefte laut, woraufhin sie nach einem Taschentuch suchte. Mit der linken Hand griff er zur Seite, wo neben der Couch ein Beistelltisch stand, und nahm die Großpackung, um sie ihr zu reichen. Dankbar zupfte sie ein Papiertuch heraus, wischte sich die Tränen aus dem Gesicht und putzte sich die Nase. Dann holte sie tief Luft und rückte ein Stück von ihm ab, um sich aufrecht hinzusetzen. Die Hände in den Schoß gelegt, starrte sie für einige Augenblicke ins Leere, bevor sie erneut tief einatmete und sich dann ganz langsam, wie in Zeitlupe, zu ihm drehte. Sie sah fertig aus. Ihr Gesicht war fleckig vom Weinen, schwarze Ränder zeichneten sich unter den Augen ab, die Nase war gerötet. Es imponierte ihm, dass ihr das anscheinend egal war.

»Entschuldige meinen Ausbruch«, sagte sie schließlich, nachdem sie geräuschvoll die Luft aus ihren Lungen gepresst hatte.

»Du musst dich nicht entschuldigen. Möchtest du darüber reden?«, fragte er sie abermals. Doch alles, was er zur Antwort bekam, war ein müdes, halbherziges Lächeln samt einem Kopfschütteln.

»Nein. Also nicht jetzt. Irgendwann bestimmt, aber mich hat das etwas durcheinandergebracht und nun muss ich das für mich erst einmal sortieren. Weißt du, ich hab mich … Also, ich mag dich auch.« Sie sprach so leise, dass er sich ihr entgegenbeugte, um sie besser verstehen zu können. Wie selbstverständlich nahm er ihre Hände und umschloss ihre kalten Finger. »Könnten wir vielleicht etwas essen? Ich hab Hunger.« Wie auf Kommando meldete sich ihr Magen mit einem lauten Knurren, woraufhin sie sich verlegen eine Hand auf den Bauch legte. Als könnte sie das Geräusch damit unterdrücken.

Auch Leander merkte, dass er hungrig war. Essen war ihm noch gar nicht in den Sinn gekommen. In ihrer Gegenwart würde er noch seinen Namen vergessen, so sehr war er von ihr angetan und fasziniert.

»Na klar.« Er sprang auf und begab sich direkt in die Küche, die offen ins Wohnzimmer integriert war. Vor sich hinmurmelnd, durchforstete er den Kühlschrank nach etwas Essbarem und rief wenige Augenblicke später: »Wie wäre es mit Tiefkühlpizza? Ich fürchte, mit etwas anderem kann ich nicht dienen.« Entschuldigend lächelte er sie an und zuckte mit den Schultern.

Linda nickte nur und war vermutlich dankbar, dass er überhaupt etwas anbieten konnte.

Ganz froh über diese Ablenkung machte sich Leander sofort daran, die Pizza in den Ofen zu schieben und Teller bereitzustellen. Er wusste nicht so recht, wie er sich verhalten sollte. Einerseits wollte er sie am liebsten in seine Arme nehmen, nie wieder loslassen und unan-ständige Dinge mit ihr anstellen. Andererseits saß sie gerade wie ein Häufchen Elend in seinem Wohnzimmer, so fragil und verletzlich, dass er sich nicht traute, sich ihr anzunähern.

Nur wenig später hockte er wieder bei Linda auf der Couch und reichte ihr einen Teller mit Pizza.

»Es duftet himmlisch.« Sie beugte sich über das belegte Teigstück und atmete tief ein.

»Klar«, erwiderte Leander mit einem schiefen Grinsen. »Wir reden hier über TK-Pizza, oder nicht?«

»Ja, ich weiß. Und die darf nicht himmlisch riechen, oder was? Ich finde, mit diesem Vorurteil sollte man endlich mal aufräumen und der TK-Pizza die Lobby bieten, die sie verdient hat: Geht schnell und schmeckt gut.«

Mit ihrer leidenschaftlichen Rede für Tiefkühlware entlockte sie ihm ein breites Lächeln. Dass sie für den Moment ihre Traurigkeit beiseitegeschoben hatte, genoss er sehr.

Beherzt biss sie in das Pizzastück und verdrehte genüsslich die Augen. »Himmlisch, sag ich doch«, nuschelte sie mit vollem Mund.

»Aber nur, weil ich sie gepimpt habe. Mit extra Schinken und Käse.« Leander zog eine triumphierende Grimasse.

»Oh. Das hättest du mir doch gleich sagen können.«

»Und was ist mit der Lobby für Tiefkühlpizza?«, wollte er wissen.

Sie legte den Zeigefinger an ihre Lippen, an denen

etwas von der Tomatensoße hängen geblieben war, und überlegte ein paar Sekunden. Mit zusammengekniffenen Augen antwortete sie schließlich: »Aus der machen wir eine Lobby für Tiefkühlpizza à la Leander Seeberger. Einverstanden?«

Mit einem breiten Grinsen gab er sich geschlagen und nickte. Dann verspeisten sie den Rest der Pizza.

»Mh, das war lecker. Wirklich.« Zufrieden lächelnd strich sich Linda mit der flachen Hand über ihren Bauch, was Leander innerlich aufstöhnen ließ. Vielleicht sollte er das übernehmen? Ihren Bauch streicheln und all die Sorgen vertreiben?

Gerade rechtzeitig kam er zur Vernunft und schüttelte den Gedanken ab. Das wäre im Moment völlig unangebracht.

»Du siehst mich an, als wärst du noch hungrig.« Aus ihren graublauen Augen funkelte sie ihn so herausfordernd an, dass ihm regelrecht der Atem stockte. Sie hatte ihn ertappt. Und sie hatte noch dazu verdammt recht.

»Und wie hungrig ich bin«, raunte er heiser.

»Sollen wir noch etwas bestellen? Ich liebe Sushi«, schlug sie ahnungslos vor.

»Oh, gegessen habe ich genug.« Leander spürte dem Kribbeln in seinen Lenden nach und beobachtete sie aufmerksam. Die Gänsehaut, die sie erschaudern ließ, blieb ihm nicht verborgen.

Okay. Er hatte sich fest vorgenommen, es langsam angehen zu lassen. Weil er sich sicher war, dass Linda es wert war und weil er sie nicht überrumpeln wollte. Erst recht nicht nach der Sache mit der Nachricht von ihrem Ex. Nervös strich sie sich eine Haarsträhne hinters Ohr, während sie sich langsam auf der Couch zurücklehnte und den Blick wieder von ihm abwendete.

Er ahnte, was gleich passieren würde, und nach ein paar tiefen Atemzügen, während derer eine bedrückende Stille um sie herum herrschte, begann sie zu erzählen.

»Ich habe ihn wirklich geliebt. Er mich allerdings nie. Ich weiß, in dieser Nachricht hört sich das anders an. Aber ich habe jahrelang um seine Zuneigung gekämpft und nach seiner Pfeife getanzt. Irgendwann hatte ich keine Kraft mehr. Es war wie ein Kampf, bei dem man von vornherein weiß, dass man ihn sowieso verlieren wird.«

»Hör mal, Linda, du musst nicht …«, unterbrach er sie, verwundert darüber, dass sie ihre Meinung so schnell geändert hatte. Bitterkeit huschte über ihr Gesicht. Ihr war förmlich anzusehen, wie sehr die Zerrissenheit und der Schmerz darüber, so behandelt worden zu sein, an ihrer Seele zerrten.

»Weißt du«, fuhr sie nach einer kurzen Pause fort und musterte während des Sprechens ihre Finger, »wenn man sich einmal verloren hat, ist es gar nicht so einfach, sich wiederzufinden.« Ein verächtliches Geräusch verließ ihre Kehle, gefolgt von einem Schulterzucken.

Sie so zu sehen, die Vorahnung, dass dies nur die Spitze des Eisbergs gewesen war, versetzte Leander einen Stich ins Herz. Auch wenn er in den letzten Monaten weiß Gott kein Heiliger gewesen war, hatte er keine der Frauen so mies behandelt oder unter Vorspiegelung falscher Tatsachen für sich gewonnen. Er hatte immer mit offenen Karten gespielt, nur war das etwas, womit einige der Damen nicht hatten umgehen können.

Im Grunde genommen wusste er nämlich ziemlich genau, wie man die Frau, die man liebte, zu behandeln hatte. Ohne Wenn und Aber.

»Hast du wirklich keine Ahnung, was er damit meinen könnte, dass du ihm etwas schuldest?«, fragte er leise und merkte, wie sie sich augenblicklich anspannte und den Tränen nahe nach Worten rang.

»Das ist es ja. Ich weiß es nicht.« Ihre Stimme war merklich lauter geworden. »Gar nichts schulde ich ihm. Im Gegenteil. Eigentlich müsste er … Er hat mir so viel genommen … Meine Selbstachtung. Meine Würde. Er hat …« Sie warf die Hände in die Luft, um gleich darauf wieder zusammenzusacken.

»Was hat er?« Zorn wallte in ihm auf, sein Herz raste. Was zur Hölle hatte dieser Typ mit ihr gemacht? Außer sein pissiges Ego an ihr gestärkt. Sein Instinkt sagte ihm, dass etwas mit ihr passiert sein musste, was sie für immer verändert hatte. »Hat er …?« Leander hoffte inständig, dass er mit seiner Vermutung danebenlag und andere Ereignisse für Lindas Zustand verantwortlich waren. Mit seinem Zeigefinger hob er ihr Kinn an und zwang sie erneut, ihn anzusehen. »Hat er dir wehgetan?«, sprach er nun doch aus, was er dachte.

Mit glasigem Blick sah sie ihn an und sein Magen zog sich schmerzhaft zusammen. Er kannte die Antwort bereits, sie lag in ihren Augen. Doch bevor er in ihre Seele schauen konnte, drehte sie den Kopf zur Seite und starrte auf ihre Hände.

Ein Beben ruckte durch ihren Körper. »Nicht körperlich. Und er ist es nicht wert, dass wir den ganzen Abend über ihn reden. Ehrlich. Mir geht es gut und ich danke dir, dass ich heute bei dir übernachten darf. Ich schlafe übrigens auf der Couch.«

Leander war sprachlos und fest davon überzeugt, dass zumindest die Stelle, an der sie meinte, es gehe ihr gut, gelogen war.

»Nichts da. Du schläfst im Bett und ich auf der

Couch. Keine Diskussion.«

Jetzt zupfte ein Lächeln an ihren Mundwinkeln, was sie so hübsch aussehen ließ. Als wäre all der Groll der letzten Stunden vergessen, blinzelte sie ihn verführerisch an.

»Nur mal angenommen, du würdest auch in deinem Bett schlafen … Also, ich meine, es ist ja dein Bett und … Ähm, ich meine … Also, würden wir?« Sie zog eine Grimasse und runzelte fragend die Stirn. Leander wusste genau, worauf sie hinauswollte. Ihr Sinneswandel verwunderte und beglückte ihn gleichermaßen.

»Du meinst, ob wir dann über das *wir wollen nichts überstürzen* hinaus sind?«

Sie nickte kräftig und wischte sich die letzten Tränen aus den Augenwinkeln. »Hm, genau das meine ich.«

Dann überwand sie die Distanz zwischen ihnen, rutschte zu ihm auf und wandte sich ihm zu.

»Danke. Für die Pizza. Fürs Zuhören. Und überhaupt für alles.«

Eine üppige Welle an gemischten Emotionen flutete ihn. Glücksgefühle, weil sie hier war. Zorn auf ihren Ex. Aufregung, weil sie wollte, dass sie gemeinsam in seinem Bett schliefen.

Er konnte nicht anders, als einen Arm um ihre Schultern zu schlingen und sie ganz nah an sich zu ziehen, bis ihre Gesichter nur noch wenige Millimeter voneinander getrennt waren.

»Du bist mir ein Rätsel«, knurrte er dicht an ihren Lippen, bevor seine auf ihre sanken und sie beide in einem leidenschaftlichen Kuss ertranken.

»Und magst du Rätsel?« Ihr Murmeln vibrierte an seinem Mund, bescherte ihm eine Gänsehaut. Er war gerade so dazu imstande, ein »Hm« zu nuscheln, bevor er sich erhob und Linda mit sich zog.

KAPITEL 14

Linda

~ Ein Jahr zuvor ~

»Passt.« Linda stieß die angehaltene Luft durch ihre aufeinandergepressten Zähne aus. Es klang ein wenig wie das Pfeifen eines Teekessels und sie musste lachen. Obwohl die Situation, in der sie sich befand, alles andere als amüsant war. Ein letztes Mal strich sie mit ihren Händen, die vor Nervosität kalt und doch verschwitzt waren, die übrigen Fältchen aus der Tischdecke. Noch einmal das Besteck geraderücken, fertig.

Diesen Abend hatte sie von langer Hand vorbereitet, weil sie schon seit geraumer Zeit ein seltsames Gefühl hatte, was Tom betraf. Minutiös war jeder Handgriff und jedes Wort, das sie ihm entgegenschmettern würde, geplant worden. Sie war frisch geduscht, hatte sich in den heißesten Fummel geworfen, den ihr Kleiderschrank je ausgespuckt hatte, und roch verführerisch nach Maiglöckchen. Das braune Haar fiel in lockeren Wellen über ihre Schultern, sie war dezent geschminkt und sah zufrieden an sich herab. Das schwarze Minikleid saß wie angegossen. Linda wusste genau, dass Tom es nicht mochte. Er befand es für viel zu kurz, hörte es doch mittig ihrer Oberschenkel auf und entblößte ihre knubbeligen Knie. An dem zu tiefen Ausschnitt hingegen hatte er nie etwas auszusetzen gehabt.

Der Tisch war gedeckt, ihre Tasche gepackt. Erst einmal hatte sie nur das Nötigste hineingeworfen, um ein paar Tage über die Runden zu kommen. Den Rest würde sie irgendwann abholen.

Es würde nicht mehr lange dauern, bis Tom nach Hause kommen und sich wundern würde, warum sie so einen Aufriss wegen des Abendessens gemacht hatte. Wie immer würde er, noch die Türklinke in der Hand, rufen: »Und, Pummelchen, was gibt's heute zum Abendbrot?« Er sollte denken, dass sie stundenlang in der Küche gestanden und für ihn gekocht hatte. Bis er feststellen würde, dass kein pompöses Festmahl auf ihn wartete. Dass kein Bratenduft durch den Raum waberte und sie ihn nicht freudig, mit umgebundener Schürze und Servierplatte in der Hand, begrüßte. Wobei Letzteres gar keine schlechte Idee wäre. Immerhin könnte man sie auch zur Verteidigung einsetzen, sollte es hart auf hart kommen.

Tom kam immer erst abends nach Hause, um neun oder später war keine Seltenheit. Sie war immer diejenige, die brav wartete und sich nach seinen Befindlichkeiten richtete, sobald er da war. Um ihn heute in Sicherheit zu wiegen, hatte sie ihm erzählt, dass sie mit ihrer Freundin Anna, die Tom ohnehin nie gemocht hatte, etwas trinken gehen würde. Tom hatte nicht weiter nachgefragt, das tat er nie, wenn es um sie ging. Er hatte es einfach abgenickt und gemeint, dass er nicht vorhätte, heute eher als sonst nach Hause zu kommen.

»Lasst euch Zeit, Pummelchen«, hatte er ihr am Morgen hinterhergerufen. Wie sehr sie es hasste, wenn er sie so nannte. Erst recht seinen verächtlichen Blick dazu. Ja, sie war keines dieser Size-Zero-Models, deren Knochen hervorstachen wie die Äste an Bäumen. Sie war weiblich geformt, hatte hier und da etwas zu viel von allem, aber im Großen und Ganzen war sie gut proportioniert. Schenkte man allerdings Tom Glauben, so müsste sie sich von einem Diätwahn in den nächsten stürzen und sich ausschließlich von Algen ernähren. Nichtsdestotrotz ließ er es sich nicht nehmen, sich in der Öffentlichkeit mit ihr zu zeigen. Schließlich war Linda so etwas wie Everybody's Darling – umgänglich sowie offen und von allen gemocht.

Die Stille im Raum, die lediglich durch das laute Ticken der Wanduhr gestört wurde, war erdrückend. Es war kurz vor acht. Auch wenn sie wusste, dass es noch dauern würde, bis Tom heimkäme, war Linda nervös, strich immer wieder prüfend über die Tischdecke, zupfte an ihrer Nagelhaut. Als ihr bewusst wurde, dass sie damit in alte Muster aus ihrer Kindheit verfiel, schlug sie sich selbst auf die Finger. Sicheren Schrittes ging sie durch die Wohnung und ließ ihren Blick ein letztes Mal durch die Räume schweifen. Hatte sie auch alles eingesammelt? Alle persönlichen Dinge? Sämtliche Unterlagen hatte sie schon in die Tasche gepackt.

Sonst gab es nicht viel, was sie hätte verstauen müssen. Tom konnte diesen Klimbim, den sie nur allzu gern überall aufgestellt hätte, nicht leiden. »Alles Staubfänger«, hatte er immer gesagt. Wobei ihn das nicht zu kümmern gehabt hätte, schließlich überließ er das Beseitigen des Staubes und auch andere Haushaltstätigkeiten der Putzfrau, die einmal in der Woche für Ordnung sorgte.

Ihr Blick fiel auf das letzte Bild, was noch geblieben war. Ein Urlaubsfoto von ihr und Tom, das alle Klischees erfüllte – sie beide am Strand während des obligatorischen Sonnenuntergangs. Mit dem bedruckten Papier, das sie an vermeintlich glücklicheren Tagen zeigte, ließ sie sich auf die Couch fallen. Vorsichtig und ganz langsam begann sie, das Bild in der Mitte auseinanderzureißen und das Schicksal ihrer Beziehung damit zu besiegeln. Dieses Mal endgültig. Sie würde gehen. Ihr Entschluss stand fest. Zu sehr hatte er sie all die Jahre eingeengt und sie ihrer Stärke beraubt. Neben Tom, erfolgreicher Unternehmensberater, der sich gern im Rampenlicht suhlte, war sie zu einem Schatten ihrer selbst geworden, den sie gar nicht mehr kannte.

Viel zu lange hatte sie als schmückendes Beiwerk sein Ego gestärkt. Aber damit war jetzt Schluss. Dieses Mal zog sie es durch und würde ihn verlassen. Ein Zurück gab es nicht. In Gedanken sprach sie sich immer wieder Mut zu, den sie bitternötig haben würde, denn öfter schon hatte sie versucht, seinen Fängen zu entkommen. Tom hatte es immer wieder geschafft, ihr verletzliches Ich mit leeren Versprechungen, die sie für bare Münze genommen hatte, um den Finger zu wickeln. Mit Phrasen wie: Was soll ich nur ohne dich tun? Du bist mein Leben. Ohne dich bin ich doch nichts … und Ähnlichem hatte er sie umgarnt. Mit Erfolg. Damit hatte er all ihre Trennungsversuche, insgesamt drei an der Zahl, vereitelt. Nur um sie gleich darauf noch mehr niederzumachen und sie in einen noch engeren goldenen Käfig zu stecken. Nie hatte sie die Kraft gehabt, eine Trennung durchzuziehen. Nach jeder Diskussion war ihr Selbstwertgefühl am Boden gewesen, und wenn er sie dann mit seinen Worten geschickt eingelullt hatte, hatte es funktioniert. Ein ums andere Mal war sie versucht gewesen, ihm zu glauben. Wenn er ihr *Wir kriegen das wieder hin* ins Ohr geflüstert hatte, war das tatsächlich so gewesen. Vorübergehend. Bis der Alltag sie erneut eingeholt hatte. *Gott, wie lange habe ich gebraucht, um endlich klar sehen zu können?*

Lindas Herzschlag beschleunigte sich bei dem Gedanken daran, dass er heute genau dasselbe versuchen würde. Er würde sie in den Arm nehmen, sie küssen und ihr weismachen, sie wären füreinander geschaffen wie Romeo und Julia oder Bonnie und Clyde. Aber heute würde sie stark bleiben. Um ihretwillen. Ihr Entschluss stand fest.

Das Klingeln an der Tür zerriss ihre Gedanken. Erschrocken darüber, dass die Stille so jäh unterbrochen worden war, riss sie die letzten Millimeter des Fotos auseinander. Es verwunderte sie, dass Tom anscheinend keinen Schlüssel bei sich hatte. Sie sprang auf, nachdem sie die Bildhälften auf den Couchtisch geworfen hatte, und eilte in den Flur. Ihr allerschönstes Lächeln aufgesetzt, riss sie die Wohnungstür auf.

Eine Frau stand davor, auch sie hatte ihr wohl strahlendstes Lächeln ausgepackt und offensichtlich nicht erwartet, Linda hier anzutreffen. Das Zahnpastagrinsen beider Frauen gefror beim Anblick des jeweiligen Gegenübers.

Mit zusammengekniffenen Augen scannten sie einander, wobei ihre Blicke denen zweier Löwinnen glichen, die um ihre Beute schlichen, die jeweils andere nicht aus den Augen lassend. Diese Frau schien gnadenlos perfekt zu sein, zumindest rein äußerlich stimmte alles an ihr. Figur perfekt. Haare perfekt. Gesicht faltenfrei. Perfekt.

Linda verschlug es die Sprache. Wer war diese Modellerscheinung, die hier ohne Vorwarnung aufschlug und deren filigrane, fein manikürte Hand ihr gerade entgegengestreckt wurde?

»Hi. Ich bin Corinna. Ist Tom schon da?«, säuselte sie.

»Nope.« Linda schüttelte langsam den Kopf und strich sich automatisch über ihre Hüften. Bis eben hatte sie sich in ihrem Kleid noch überaus sexy gefühlt. Doch jetzt, wo Miss Lichtgestalt im Treppenhaus vor ihr stand, war es mit ihrem Selbstwertgefühl dahin.

»Kann ich reinkommen? Ich würde dann gern drinnen auf ihn warten, wenn das geht.«

Auf Tom warten? In der Wohnung? Wenn das geht?

»Und Sie sind?«, fragte Linda mit hochgezogenen Augenbrauen nach.

»Corinna, das sagte ich doch schon«, flötete die Dame im Treppenhaus, wobei sich ihre dunkelrot geschminkten Lippen ein wenig kräuselten.

»Ja, das ist Ihr Name, das habe ich vernommen«, gab sich Linda forsch. »Aber was wollen Sie von Tom?«

»Ach so, ja«, kicherte die andere nun leise. »Er hat … also … Wir arbeiten zusammen und er hat … Na ja …«

»Was hat er denn?«

Was zur Hölle wollte diese Frau von Tom?

»Er hat etwas vergessen«, kam es aus ihr heraus wie Luft aus einem Luftballon, dessen Inhalt leise zischend entwich.

Linda prustete los vor Lachen. »Vergessen? Ist er nicht selbst noch im Büro?« Auch wenn diese Situation etwas durchaus Belustigendes hatte, so wurde sie langsam argwöhnisch.

»Ja, ist er«, gab die Frau zu. »Aber ich nicht. Und ich hatte vergessen, ihm etwas zu … geben.«

»Und was genau ist sooo wichtig, dass es nicht bis morgen warten kann?«

»Herrgott.« Die Fremde wurde langsam ungeduldig. »Was ist das hier? Eine Inquisition? Es sind wichtige Unterlagen, die er morgen früh für einen Termin braucht.« Ihre Gesichtszüge verfinsterten sich, sofern sie zu einer solchen Regung fähig war. Denn wo andere Leute eine Stirnfalte hatten, hatte sie nichts außer aalglatter Haut vorzuweisen.

»Gut«, sagte Linda und straffte sich innerlich. »Dann geben Sie die Unterlagen her, ich reiche es nachher weiter.«

»Nein, das geht nicht, tut mir leid«, tat die Dame nun wieder wichtig. »Das ist hoch geheim und ich muss ihm noch etwas dazu sagen. Es wäre also sehr nett, wenn ich hier einfach auf ihn warten könnte. Ginge das, ja?« Die letzten Worte flötete sie wieder durch den Treppenflur, woraufhin Linda innerlich nachgab.

»Hm, okay«, sagte sie tonlos und wies der Dame mit einer Armbewegung den Weg ins Innere der Wohnung. Wie selbstverständlich entledigte sich Corinna – so hieß sie doch? – ihres Mantels, der natürlich einen Echtpelzkragen hatte. *Frettchen vermutlich*, sinnierte Linda zynisch. Und natürlich behielt sie ihre Stilettos an. Tat man schließlich so, sonst kämen der Bleistiftrock und die endlos langen, perfekt geformten Beine, die aus diesem herauslugten, nicht mehr so schön zur Geltung. Linda beobachtete sie mit entgeisterten Blicken und verstand immer noch nicht ganz, wie man sich so dreist zu Hause fühlen konnte. In einer fremden Wohnung.

»Oh, der Tisch ist ja schön gedeckt. Da wird sich Tom aber freuen.« Anerkennend fuhr die Frau mit ihren Händen über das weiße Tischtuch. »Ich wusste gar nicht, dass er ein Abendessen geplant hat. Haben wir das Ihnen zu verdanken?«

Okay. Langsam wurde alles klarer.

Wir?

Linda nickte mechanisch. Sie fühlte sich wie einer dieser alten Kaugummiautomaten, bei denen der Groschen hängen geblieben war, weshalb der lang ersehnte Kaugummi nicht zum Vorschein kam. Die Antwort auf ihre Frage lag direkt auf der Hand und doch konnte sie diese nicht gleich erkennen. Außerdem war da noch die Verwirrung darüber, warum diese Corinna von einem geplanten Essen sprach, wo sie doch gerade spontan etwas hatte vorbeibringen müssen.

Die Frau mit den langen brünetten Haaren, die sich in einem perfekt gestylten Knoten über ihren Hinterkopf schlangen – wie sollte es auch anders sein? –, schaute sich in der Wohnung um. »Überhaupt sieht es hier sehr ordentlich und sauber aus. Sie leisten ganze Arbeit, meine Liebe. Und dabei sehen Sie noch so attraktiv aus. Ich wusste gar nicht, dass mein Tommy eine so engagierte und gut aussehende Putzfrau hat«, lobte sie weiter, während sie tatsächlich mit dem Zeigefinger über das

Highboard fuhr, das an der Wand hinter dem Esstisch stand.

Mein Tommy?

Der Groschen war endgültig gefallen und mit ihm auch Lindas Beherrschung. Die ganze Zeit über hatte sie es geahnt. Aber die Wahrheit auf so bittere Weise zu erfahren, war viel schmerzhafter, als sie es sich je hätte vorstellen können.

»Wie bitte?« Ihre Augen zu schmalen Schlitzen zusammengezogen, funkelte sie ihr Gegenüber bedrohlich an. »Eben wollten Sie Tom nur etwas bringen und jetzt auf einmal gehört er Ihnen sogar?«

Corinna rang um Fassung, war doch ihre Tarnung offensichtlich aufgeflogen. Blinde Wut benebelte Lindas Hirn und sorgte dafür, dass sich auch ihr Magen krampfend zusammenzog.

»Ja, also … nein«, versuchte sich diese Frau zu rechtfertigen.

»Und überhaupt! Putzfrau? Ist das Ihr Ernst?«, fiel sie ihr barsch ins Wort. Ihr Puls stieg im Nullkommanichts in einen sehr ungesunden Bereich, aber das war ihr im Moment egal. Obwohl sie vor Wut hätte überschäumen können, rief sie sich innerlich zur Räson. *Dieser Mistkerl ist es nicht wert, dass ich mich so aufrege*, sagte sie sich.

Sie holte tief Luft. Schließlich war ihre Entscheidung,

Tom zu verlassen, längst getroffen worden und unumkehrbar. Die Tatsache, dass er ein Techtelmechtel mit dieser Corinna hatte, bestärkte sie nur darin, das Richtige zu tun.

Ein paar Atemzüge später wurde sie ruhiger. Sollte ihr werter Herr Ex-Freund doch sehen, wo er blieb. Er hatte es nicht anders verdient. Instinktiv griff sie nach dem zerrissenen Foto, das immer noch genauso auf dem Couchtisch lag, wie sie es zurückgelassen hatte. Zwei Hälften, fein säuberlich geteilt.

Ein trauriges Lächeln machte sich auf Lindas Gesicht breit, während sie die Teile des Fotos auf den Esstisch legte.

»Wissen Sie, Corinna … Ich darf doch Corinna sagen, oder?« Wenn sie in all den Jahren, die sie an Toms Seite vergeudet hatte, eins gelernt hatte, dann Höflichkeitsfloskeln wie diese. Und immer schön dabei lächeln, ja, das beherrschte sie aus dem Effeff.

»Natürlich.« Die Frau nickte begeistert und erwartete jetzt wohl, dass sie gleich mit einem Glas Champagner ihre neue Freundschaft besiegeln würden.

»Also, Corinna, weißt du, ich bin keineswegs Toms Putzfrau. Auch wenn ich ihm sieben Jahre lang jeden Scheiß hinterhergeräumt habe, weil er einfach zu faul war, seinen Arsch zu bewegen. Aber ich bin nicht seine

Putzfrau.« Die letzten Worte zischte Linda regelrecht. Sie spürte, wie sich Tränen den Weg in ihre Augen bahnten. Aber die mussten warten. Sie war hier noch nicht fertig und schon gar nicht bereit zu weinen.

Mit Genugtuung registrierte sie, wie es in Corinnas schönem Köpfchen zu arbeiten begann. »Nicht die Putzfrau?«, wiederholte sie leise.

»Nope.«

»Aber wer … wer sind Sie, also bist du dann?« Corinnas Stimme stockte. Ihre Augen wurden wässrig, wofür Linda nur wenig Mitleid hatte. Tom würde das wieder geradebiegen, da war sie sich sicher. Das war seine größte Stärke.

»Wer ich bin?« Demonstrativ zeigte sie auf das zerrissene Foto. Wochenlang hatte sie auf diesen Moment regelrecht hingefiebert und sich auf Toms Gesicht gefreut, wenn sie ihm eröffnen würde, dass sie ihn verließ. Aber im Leben lief eben nicht immer alles wie geplant. Es war voller Überraschungen und Aufgaben. Keine, die Linda nicht meistern könnte.

»Du und Tom …« Lindas Zeigefinger bewegte sich zwischen dem Bild auf dem Tisch und der Frau hin und her. »… ihr beiden habt bestimmt einiges zu bereden, wenn er nach Hause kommt. Sag ihm doch bitte liebe Grüße von seiner Freun… halt, nein, von seiner

Ex-Freundin.«

Corinnas Fassade bröckelte und Linda sah, wie die Tränen nun hemmungslos über ihr makelloses Gesicht liefen.

»Er hat eine … eine Freundin?«, schluchzte sie und schien völlig erstaunt.

»Hatte, meine Liebe. Er hatte eine Freundin«, korrigierte Linda sie höflich. »Sei nicht traurig, in spätestens einer Stunde wird er da sein und in zwei hat er dich eingelullt. Dann ist alles wieder gut und ihr könnt euer Schäferstündchen genießen. So ist das immer. Ich wünsche dir viel Spaß mit Mr Oberarschloch. Ach, und übrigens, er ist oberflächlich, arrogant und überaus egoistisch. Kinder findet er abscheulich. Aber das wusstest du sicher schon. Also sag später nicht, ich hätte dich nicht gewarnt.«

Aus den Augenwinkeln sah Linda, wie Corinna auf den Stuhl sank und ihr Gesicht in den Händen vergrub, um den Tränen freien Lauf zu lassen.

Zwar hatte sie nie gewollt, dass jemand anderes als sie und Tom in diese Sache involviert wurde, aber nun war es eben geschehen. Ein Gefühl zwischen Mitleid und Gleichgültigkeit legte sich über Lindas Gemüt. Für einen Augenblick überlegte sie, Corinna noch einen guten Rat mitzugeben. Aber vielleicht waren sie und Tom füreinander geschaffen, wer wusste das schon.

»Ich wünsche dir viel Glück«, sagte sie stattdessen und griff beherzt nach ihren Sachen, verließ die Wohnung und damit auch ihr altes Leben.

Das Gefühl, als sie die Wohnungstür ein letztes Mal hinter sich zuzog, glich einem Befreiungsschlag.

KAPITEL 15

Linda

Puh, das war knapp. Fast hätte sie ihm die ganze Geschichte erzählt. Fast hätte sie vergessen, ihre mühsam errichtete Fassade zu schützen und aufrechtzuerhalten. Sie vertraute Leander zwar, war aber dennoch froh, dass er sich mit dem, was sie ihm anvertraut hatte, zufriedengab.

Müde rieb sie sich die Augen, während sie sich daran erinnerte, dass sie in Leanders Bett lag. Es war mitten in der Nacht und seine gleichmäßigen Atemgeräusche drangen an ihre Ohren.

Der gestrige Abend war für sie sehr emotional und anstrengend gewesen. Und an Schlaf kaum zu denken. Ihre Gedanken drehten Kreise und sie war froh darüber, dass Leander ihr reichlich Ablenkung geschenkt hatte.

Leise seufzend drehte sie sich auf die Seite und der inzwischen vertraute Geruch nach Zedern und Bergamotte drang in ihre Nase. Leanders Parfüm. Linda betrachtete ihn ausgiebig und spürte, wie ihr Herzschlag dabei ordentlich an Tempo gewann. Es war wirklich nicht vorgesehen, dass sie sich verliebte. Aber wenn sie nicht alles täuschte, war sie gerade auf dem besten Weg, ihr polterndes Herz endgültig an Leander zu verlieren.

Friedlich schlummerte er neben ihr, seine Gesichtszüge waren entspannt. Zum ersten Mal fielen ihr die langen Wimpern auf, mit denen er gesegnet war. Zaghaft streckte sie ihre Hand aus und fuhr mit ihren Fingern über seine markanten Wangenknochen und seine Lippen, streichelte über seinen Hals, an dem sich der Adamsapfel deutlich abzeichnete. Dann berührte sie seine Ohrläppchen und ließ ihre Hand schließlich in seine vom Schlaf ganz verstrubbelten Haare gleiten.

Letzte Nacht hatte er ihr, vermutlich ohne es zu wissen, eines der größten Geschenke gemacht, denn mit ihm hatte sie zweifelsohne den besten Sex ihres bisherigen Lebens gehabt. Sie konnte sich beim besten Willen nicht daran erinnern, jemals mit so viel Leidenschaft verführt worden zu sein.

Leanders plötzliche Regung ließ sie innehalten. »Wie spät ist es? Guten Morgen?« Mit einem geöffneten Auge blinzelte er sie an, rümpfte die Nase und sah einfach göttlich aus. Ihr Herz machte einen großen Satz und sie glaubte, in ihrem Magen tobte ein ganzes Bataillon Schmetterlinge. Ein Flügelschlag nach dem anderen war spürbar. Immer mehr. Immer öfter.

»Keine Ahnung. Aber es ist noch dunkel. Wie lange bist du schon wach?«

Stöhnend drehte er sich auf den Rücken und öffnete auch das andere Auge. Dann drehte er den Kopf zur Seite und schenkte ihr ein schiefes Grinsen. »Lange genug, um deine Streicheleinheiten zu genießen. Schade, dass du aufgehört hast.«

Hitze schoss augenblicklich in ihre Wangen und sie fühlte sich ertappt.

Leander hingegen schien es zu genießen, sie in Verlegenheit zu bringen. Schmunzelnd streckte er einen Arm aus und gleich darauf kuschelte sich Linda an seine nackte, warme Brust.

Es war wohl an der Zeit, dass sie sich eingestand, seine Gegenwart mehr zu genießen, als sie das ursprünglich geplant hatte. Allein die Art und Weise, wie er sie umsorgte, ließ ihre Knie weich werden. Zudem waren seine Komplimente Balsam für ihre Seele.

»Du Schuft, du hättest dich bemerkbar machen können«, lachte sie leise und gab ihm einen Klaps auf die

Brust. Er hatte sie hinters Licht geführt und sie hatte es nicht einmal bemerkt.

»O nein, holde Maid, Ihr habt mich getroffen. Mitten in mein unschuldiges Herz. Außerdem hab ich mich doch bemerkbar gemacht, nur eben nicht sofort. Weil ich deine Berührungen sehr genossen habe.« Das dunkle Timbre seiner Stimme fuhr ihr direkt unter die Haut und löste ein wohliges Kribbeln in ihrem ganzen Körper aus.

»Pf. Unschuldiges Herz«, schmollte sie gespielt und freute sich über seine gute Laune, die ihr den Tag extrem versüßen würde. »Ich geb dir gleich ein unschuldiges Herz, du Unhold.«

Linda hatte kaum Zeit, den Schurken, in dessen Armen sie lag, abzuwehren, da hatte er sich bereits mit ihr gedreht und lag mit seinem durchtrainierten Körper auch schon auf ihr. Seine Finger fuhren sanft über ihr Gesicht und hinterließen brennende Spuren. Mit jeder Berührung setzte er sie in Brand, bis am Ende ihr gesamtes Ich in Flammen stand. Seine Hände waren überall und seine Zunge eroberte forsch und leidenschaftlich ihren Mund, womit er ihr buchstäblich den Atem raubte.

»Den Unhold kannst du gern haben, Prinzessin«, knurrte er leise und machte da weiter, wo er vor wenigen Stunden aufgehört hatte.

***

Irgendwann in den späten Morgenstunden hatten sie es aus dem Bett geschafft und beschlossen, frühstücken zu gehen.

»Hier gibt es so ziemlich das beste Frühstück der Stadt«, frohlockte Linda, als Leander seinen Wagen direkt vor Annas Café in eine Parklücke manövrierte.

Ihre Haut kribbelte angenehm und in ihrem Magen breitete sich dieses Gefühl aus, das man verspürte, wenn man verknallt war. Trotzdem hatte sie einen Mordshunger und konnte es kaum erwarten, ihr Lieblingsessen vor sich zu haben.

»Du bist also öfter hier? *Süße Anna.*« Er lugte durch die Windschutzscheibe Richtung Café.

»Ja, das kann man so sagen. Es gehört meiner besten Freundin. Anna. Und auf dem Nachhauseweg bleibe ich öfter mal hier hängen«, gab sie zu. »Sie macht die leckersten Cupcakes überhaupt.« Das Wasser lief ihr im Mund zusammen, wenn sie nur an die köstlichen Kreationen dachte, die Anna zauberte.

»Na, da bin ich doppelt gespannt. Auf deine Freundin ebenso. Sicher unterzieht sie mich erst mal einer Musterung«, sagte er mit hochgezogenen Augenbrauen. »Die ich hoffentlich bestehe.«

»Darauf kannst du wetten.« Es bestand kein Zweifel daran, dass Anna Leander genau unter die Lupe nähme. »Aber mach dir keine Sorgen. Sie wird dich mögen. Weil … ich dich mag.« Verlegen biss sie sich auf die Unterlippe und blinzelte ihn an.

Leander erwiderte ihren Blick, allerdings so feurig, dass ihr ganz schwindelig wurde und ein heißkalter Schauer ihren Rücken hinabrieselte. Im nächsten Moment spürte sie seine Fingerkuppen auf ihrem Oberschenkel, die sie sanft wegschob.

»Meinst du, du kannst dich dadrin benehmen und einen guten Eindruck machen?«, neckte sie ihn und deutete mit dem Kopf Richtung Café.

Sofort zog er seine Hand zurück und räusperte sich. »Natürlich«, hustete er hinter vorgehaltener Hand. »Aber falls du möchtest, kann ich dir gern auch im Restaurant den Unhold mimen.« Ein dunkles, verschmitztes Lachen kam aus seiner Kehle.

»Lass mich kurz überlegen … Ähm, nein, lieber nicht«, wehrte sie seinen Versuch, sie über die Mittelkonsole in seine Arme zu ziehen, kichernd ab. Obwohl allein die Vorstellung, dass er auf unanständige Ideen käme, ein kräftiges Ziehen in ihrem Unterleib verursachte. Dass er dabei die Fahrertür öffnete und seinen knackigen Hintern geschmeidig aus dem Wagen gleiten ließ, trug nicht unbedingt dazu bei, dass sich ihr erhitztes Gemüt beruhigte.

Nur einen Wimpernschlag später öffnete er die Beifahrertür, und Linda ergriff seine Hand, die er ihr entgegenstreckte. Bereitwillig ließ sie sich aus dem Auto ziehen und landete direkt an seiner Brust. Leanders Aftershave stieg ihr in die Nase und sie hatte das Bedürfnis, alles von ihm aufzusaugen. Seine weichen Lippen legten sich für einen sanften und doch fordernden Kuss auf ihre. Linda konnte ein Stöhnen nicht verhindern, als seine Zunge voller Leidenschaft in ihren Mund glitt. Leise seufzte sie an seinem Mund und registrierte, wie verräterisch ihr Körper auf seine Berührungen reagierte.

»Wenn wir frühstücken möchten, sollten wir genau jetzt reingehen. Andernfalls bin ich versucht, dich wieder ins Auto zu setzen und mit dir nach Hause zu fahren.« Sein Raunen versetzte ihr Innerstes in Schwingungen.

»Hunger?«, piepste sie und räusperte sich.

»In jeder Hinsicht.« Langsam glitt seine Hand an ihren Armen hinab, bis er nach ihrer Hand griff. »Na los, rein da jetzt, bevor ich es mir wirklich noch anders überlege. Aber ich freu mich schon auf die Nachspeise.«

Im Café empfing sie eine wohlige Wärme. Und eine quirlige Freundin, die sofort auf sie zugerannt kam.

»Linda«, wurde sie überschwänglich von Anna begrüßt, die ihr stürmisch um den Hals fiel. »Schön, dich zu sehen.« Nachdem sie Linda wieder losgelassen hatte, musterte sie ihre Begleitung mit argwöhnischem Blick. Ein Körperscanner war gar nichts dagegen, doch wer ihre Prüfung bestand, der war sich ihrer Loyalität sicher.

Schließlich nickte Anna zufrieden. »Gut gemacht, Süße.«

Innerlich fiel ihr ein Stein vom Herzen. Auch wenn es immer noch ihre Entscheidung war, wen sie in ihr Leben ließ, Annas Meinung war ihr wichtig. An den Gefühlen für Leander würde es wenig ändern, aber der Gedanke, Anna könnte ihn nicht leiden, war schmerzhaft für sie.

»Hallo?«, zischte Linda leise. »Geht's noch?« Aus dem Augenwinkel sah sie Leander, der das Gespräch der beiden Freundinnen mit einem breiten Grinsen verfolgt hatte und Anna nun seine Hand entgegenstreckte.

»Hi, ich bin Leander. Schön, dich kennenzulernen. Linda hat schon viel von dir –«

Weiter kam er nicht, weil Anna zwar seine Begrüßung erwiderte, mit ihrer Musterung aber keineswegs aufhörte.

»Du bist also der Zahnarzt, hm? Lass mich raten, kein Süßkram zum Frühstück?«

Leander wirkte entspannt. Anscheinend machte ihm Annas Inquisition gar nichts aus.

»Stattdessen Rührei? Mit Schinkenspeck, schön kross angebraten, Zwiebeln, Tomaten und Champignons? Käse drüber?«

»Fast. Lass den Käse weg, ansonsten ja, die Küche kann direkt loslegen. Ach, und Kaffee wäre nicht verkehrt.« Sein Lachen hallte durch den großen Raum.

Anna gab sich zufrieden und zwinkerte Linda zu. »Der Turteltauben-Tisch ist noch frei.« Anna zeigte mit ausgestrecktem Arm in die hintere Ecke des Cafés.

»Turteltauben-Ti…«, echoten Linda und Leander gleichzeitig.

»Ja, da hinten in der Ecke. Da seid ihr für euch, könnt Händchen halten, knutschen. Und all den ganzen Pärchenkram. Außer … ihr wisst schon.« Sie verzog ihr Gesicht zu einem schiefen Grinsen und zwinkerte.

Gleich darauf wurde Linda von Leanders Hand, die er knapp über ihrem Po platziert hatte, vorwärtsgeschoben. Er dirigierte sie in diese Ecke zu einer gemütlichen Sitzgruppe, wo sich Linda auf das alte Sofa fallen ließ. Sie spürte jeden ihrer Muskeln, was wohl nicht nur an der gestrigen Trainingseinheit lag. Die Verbindung aus Sport und Sex würde sie noch umbringen, wenn das so weiterginge.

Leander verstaute die Jacken an einem Garderobenboard, bevor er sich zu Linda gesellte und sich neben sie setzte.

Anna servierte inzwischen den Kaffee und frisch gepressten Orangensaft.

»Wie lange kennt ihr euch schon?«, wollte Leander wissen und nahm einen Schluck Kaffee.

Linda tat es ihm gleich, verbrannte sich aber höllisch die Zunge an dem heißen Getränk. Hechelnd schnappte sie nach Luft, bevor sie antwortete. »Wir haben zusammen Abitur gemacht und während des Studiums in einer WG gewohnt.«

»Das war sicher witzig. Was habt ihr studiert?«

»Wie man es nimmt. Anna ist ziemlich quirlig und ich eher … nicht. Da sind manchmal schon Welten zusammengeprallt. Wir haben beide BWL studiert, aber sie hat nach dem dritten – oder war es das vierte? – Semester abgebrochen und das Café eröffnet. Ich hab brav meinen Bachelor gemacht und dann lernte ich Tom kennen und bin zu ihm gezogen.«

Während sie in alten Zeiten schwelgte, wurde schon das Frühstück serviert. Allerlei Köstlichkeiten tummelten sich auf dem Tisch vor ihnen und verströmten ihren verführerischen Duft.

Mit einem breiten Grinsen servierte Anna noch einen Teller, der nur für Linda bestimmt war. Das Essen darauf sah aus wie aus einem Food-Magazin. Viel zu schade, um überhaupt davon zu kosten. »Bei dir dachte ich, ich bring dir das Übliche? Pancakes mit Honig und Schokocreme?«

Linda wusste genau, was ihre Freundin damit zum Ausdruck bringen wollte, und funkelte sie kurz an.

»Super, danke. Warum von meinen Ernährungsgewohnheiten abweichen, nur weil ich mit meinem Zahnarzt hier bin?«, frotzelte sie und Anna kicherte.

»Na ja, Eindruck schinden und so.« Anna spielte das Spiel mit. Aus dem Augenwinkel sah Linda, dass Leander ihnen mit seinem Blick folgte wie einem Pingpong-Spiel.

Abwehrend hob er die Hände. »Hey, Linda kann essen, was immer sie will. Ich bin ja nicht die Zucker-Polizei.«

Bei dem Begriff war es um Lindas Beherrschung geschehen und sie prustete los. »Na Gott sei Dank.«

»Ich lass euch Turteltäubchen mal in Ruhe frühstücken. Guten Appetit euch beiden«, sagte Anna schließlich und verschwand so schnell, dass die Schleife ihrer Schürze fröhlich wippte.

Der köstliche Duft von Kaffee und gebratenem Speck mischte sich mit dem süßen Geruch der Pancakes, sodass Linda das Wasser im Munde zusammenlief.

Mit zusammengekniffenen Augen beobachtete sie Leander, dessen Blick nun auf ihrem Teller ruhte. »Du hältst mir jetzt nicht doch einen Vortrag darüber, wie ungesund das hier ist?«, ermahnte sie ihn mit gerunzelter Stirn und blickte zwischen ihm und den Pancakes hin und her, war dann aber froh, als er erneut auflachte.

»Denk an die Tiefkühlpizza gestern Abend. Sieht das nach jemandem aus, der anderen Vorträge über gesunde Ernährung hält?«, erinnerte er sie an den gestrigen Festschmaus und ließ sich gleich darauf das Rührei schmecken. »Guten Appetit«, murmelte er mit vollem Mund.

Beherzt führte Linda ihre Gabel zum Mund. Pancakes mit Honig und Schokocreme, ihr absolutes Lieblingsfrühstück. Dazu hatte Anna noch Heidelbeeren, Himbeeren und Weintrauben ansehnlich drumherum drapiert und mit etwas Puderzucker bestäubt. Es roch himmlisch und schmeckte noch köstlicher. Mit geschlossenen Augen genoss sie die Geschmacksexplosion.

»Wie lange bist du eigentlich schon Single?« Seine Frage kam völlig unvermittelt und sie hatte Mühe, sich nicht an dem Bissen, den sie eben in den Mund gesteckt hatte, zu verschlucken.

»Wer sagt, dass ich Single bin?« Ihn ein wenig aufs Glatteis zu führen, war sicher ganz witzig, und sein entgeisterter Blick sprach Bände. »Hey, alles gut.

Natürlich bin ich Single, sonst säßen wir nicht hier. Etwas über ein Jahr ist es inzwischen her.« Eigentlich wollte sie das Thema im Moment lieber vermeiden. Aber gut, diese Art von Informationsaustausch war noch recht harmlos. Dennoch hoffte sie, er würde nicht wieder den Bohrhammer ansetzen, sie hatte gestern Abend schon viel zu viel preisgegeben. Vielleicht sollte sie den Spieß einfach mal umdrehen? Schließlich wusste sie so gut wie nichts über ihn. Außer vielleicht, dass er sehr geschickt mit seinen Händen war, wahnsinnig gut küssen konnte und ihr mit seiner überaus attraktiven und lässigen Erscheinung den Atem raubte.

»Keine Männer zwischendurch? Affären? One-Night-Stands?« Eigentlich war sie doch diejenige, die ab jetzt die Fragen hatte stellen wollen. Den Einsatz hatte sie wohl gerade verpasst.

Sie tat, als würde sie kurz überlegen müssen, nur um dann den Kopf zu schütteln. »Nein, das ist nicht so mein Ding«, wiegelte sie seine Frage ab.

»Ganz sicher?«, hakte Leander ungläubig nach, während er sein Rührei verspeiste. »Irgendwie kann ich das nicht glauben.«

Linda fühlte sich ertappt. Eigentlich war sie nicht der Typ für einmalige Abenteuer, das stimmte. Doch hin und wieder hatte sie Gelegenheiten, die sich ihr in den letzten

Monaten geboten hatten, genutzt. »Hier und da gab es vielleicht mal jemanden.«

»Hier und da?«

»Du weißt schon. Man geht aus, trinkt was, unterhält sich nett …«

»Und landet im Bett, schon klar«, komplettierte Leander ihren Satz schmunzelnd.

Gekonnt wich sie seinem Blick aus und biss sich auf die Unterlippe, bevor sie konterte. »Und du so? Scheinst dich ja auszukennen«, zog sie ihn auf.

Langsam vertilgte er die letzten Reste vom Teller und fischte im Brotkorb nach einem Brötchen. Vollkorn. Klar. Leander schien sehr auf seine Gesundheit bedacht zu sein.

Mit schlechtem Gewissen schielte Linda auf die letzten Bissen ihrer Pancakes, die in der inzwischen flüssigen Schokocreme schwammen.

»Na jaaa«, begann er zögerlich mit seiner Antwort. Ihre Frage behagte ihm offenbar nicht ganz. »Sagen wir mal so, ich war in den letzten Monaten kein Kostverächter.« Mit einem schiefen Grinsen und einer hochgezogenen Augenbraue zwinkerte er sie entschuldigend an. »Hätte ich allerdings gewusst, dass du auf mich wartest, wäre ich gar nicht erst in Versuchung gekommen. Aber ich bin auch nur ein Mann.« Nachdem er sich für eine Sorte Aufschnitt entschieden hatte, belegte er sein Brötchen und biss hinein. Gut möglich, dass er dachte, sie würde ihn mit weiteren Fragen verschonen, nur weil er kaute.

»Ein Mann? Du bist ein Mann! Sag bloß.« Ihr glockenklares Lachen flutete die Ecke, in der sie saßen. »Das erklärt einiges. Mit anderen Worten, du hast es so richtig krachen lassen. Hätte ich mir ja denken können.«

»Hey, was soll das heißen?« Er legte das Brötchen auf dem Teller ab und wischte sich die Krümel von den Fingern, bevor er sie in seine Arme zog und einen Kuss auf ihren Haaransatz drückte.

Wenn das seine Gegenwehr war, konnte er ruhig damit weitermachen. Sie war ihm ohnehin längst verfallen.

Dann setzte er zu einer Erklärung an. »Sagen wir so, ich war zwar nicht direkt auf der Suche, habe aber dennoch viel probiert«, sinnierte er mit Unschuldsmiene, bevor sie seine Nasenspitze spürte, die sich in ihrem Haar vergrub.

»Und? Hast du gefunden, wonach du gesucht hast?«

»Lange konnte ich das nicht so genau sagen. Dafür sieht es aber jetzt ganz gut aus. Glaube ich.«

Das Vibrieren von Lindas Handy riss die beiden unsanft aus diesem intimen Moment. »Das ist sicher mein

Chef. Er hat schon angekündigt, dass wir wegen des neuen Auftrages mehr Arbeitspensum haben werden als je zuvor und uns ausnahmsweise auch am Wochenende auf Abruf bereithalten sollen.« Entschuldigend zuckte sie mit den Schultern und griff nach dem kleinen Zeiträuber, um den Bildschirm zu entsperren. Eine eingehende Nachricht hatte das Vibrieren ausgelöst, aber sie war nicht von Marc.

Erschrocken starrte sie auf das Display. Ein mulmiges Gefühl überkam sie und bescherte ihr eine Gänsehaut. Unsicher sah sie sich im Raum um, als würde sie jemand beobachten. Ihr wurde speiübel und sie fürchtete, sich übergeben zu müssen. Schnell presste sie die Hand vor den Mund und erinnerte sich an die Situation von gestern Abend im Fitnessstudio. Diese spielte sich nun erneut ab, nur war Leander dieses Mal live dabei. Sie schloss die App, nur um diese gleich darauf erneut zu öffnen. Die Nachricht war immer noch da. Ungläubig schüttelte sie den Kopf. Das durfte alles nicht wahr sein.

»Prinzessin, was ist denn?«, hörte sie Leander fragen, als wäre er kilometerweit von ihr entfernt und dazu in einer Seifenblase eingeschlossen. »Linda!«

Ein sanftes Rütteln riss sie aus ihrer Schockstarre. Gegen die aufsteigenden Tränen konnte sie sich kaum wehren. Innerlich verfluchte sie es, dass sie sich davon die Laune verderben ließ. Aber sosehr sie auch kämpfte, sie kam nicht dagegen an.

»Linda«, rief Leander abermals. »Nun sag schon, was los ist. Bitte.« Er klang fast flehentlich, und so langsam kam seine Stimme wieder näher.

Wie in Trance drehte sie sich zu ihm. »Tom … Er …«, stotterte sie. »Ich glaube, er bedroht mich schon wieder.«

»Was sagst du da?« Die Leute drehten sich zu ihnen, weil er lauter geworden war, als er vermutlich gewollt hatte.

Linda griff nach seinem Arm, dabei war sie diejenige, deren Herz raste und die Beruhigung brauchte. Stumm legte sie das Handy auf den Tisch, sodass Leander die Nachricht lesen konnte.

Tom: Ich finde dich, du miese Bitch. Dann bist du fällig.

Ein Knurren entwich ihrem Gegenüber. »Dieses … miese Arschloch. Wenn ich mit dem fertig bin, wird er sich wünschen, dir nie begegnet zu sein«, stieß er zähne-knirschend aus.

»Ich weiß nicht, was ich tun soll. Was, wenn er mich findet? Ich habe keine Ahnung, wozu er fähig ist. Was mache ich nur?« Mit den Fingern wischte sie die Tränen fort, während sie nach einem Taschentuch kramte.

Mitfühlend zog Leander sie an sich und hielt ihr eine Serviette hin, die sie dankbar ergriff. Wenn sie nur wüsste, was das Ganze zu bedeuten hatte. All die Monate hatte sie Ruhe vor ihm gehabt und jetzt bedrohte er sie auf einmal. Aus dem Nichts heraus und ohne Grund. »Vielleicht sollte ich mir eine neue Telefonnummer zulegen. Und umziehen«, überlegte sie schniefend.

»Vor allem solltest du zur Polizei gehen.«

Ein verächtlicher Laut verließ ihre Kehle. »Als ob die da was unternehmen könnten.«

»Da hast du auch wieder recht. Aber weißt du was, lass dich von dem Mistkerl nicht unterkriegen. Ich bin für dich da und helfe dir, wo ich nur kann, okay?« Leanders Worte hüllten sie ein wie ein geschmeidiger Mantel. Sie kuschelte sich noch enger in seine Umarmung, die sie mehr denn je genoss.

»Danke«, hauchte sie.

»Alex, mein bester Freund, ist Anwalt. Zwar für Wirtschaftsrecht, aber vielleicht kann er uns raten, was zu tun ist?«

»Noch hat sich Tom nichts zuschulden kommen lassen.«

»Das stimmt und darüber bin ich sehr froh. Trotzdem müssen wir dafür sorgen, dass es gar nicht erst so weit kommt, verstehst du? Ich werde Alex fragen, ob er eine richterliche Verfügung erwirken kann.«

Okay, damit hatte sie jetzt nicht gerechnet. »Richterliche Verfügung? Ist das nicht ein wenig übertrieben?«

»Vielleicht. Aber wenn es dafür sorgt, dass er dich in Ruhe lässt, ist mir jedes Mittel recht. Und er soll ruhig wissen, dass er mit dem Feuer spielt. Dabei verbrennt man sich nun einmal die Finger.«

»Okay. Dann frag deinen Freund, ob er etwas tun kann.« Linda war aufgewühlt. Der Appetit war ihr gründlich vergangen, und obwohl sich immer noch Reste des wirklich köstlichen Frühstücks auf dem Teller befanden, schob sie ihn von sich. An Essen konnte sie gerade am allerwenigsten denken. Ihre Kehle war trocken und sie schluckte schwer. Nicht einmal der Orangensaft, den sie hastig trank, konnte daran etwas ändern.

»Das mache ich nachher. Darauf kannst du dich verlassen. Zudem ist eine neue Telefonnummer eine hervorragende Idee. Und …« Er hielt sie im Arm, während er sprach. Sein Essen hatte er ebenfalls nicht mehr angerührt.

Doch auch wenn Lindas Welt gerade zusammen-stürzte, fühlte sie sich so geborgen wie nie zuvor. Dieser große, unglaublich schöne und kluge Mann beschützte sie, ohne zu wissen, wovor. Oder vor wem … Lindas

Gefühle für Leander wurden in diesem Moment, in dem er so ritterlich für sie da war und kämpfte, tiefer und tiefer. Sie spürte, wie die Wärme seines Körpers auf ihren überging. Mit ihm gemeinsam könnte sie es schaffen, das unbeschadet zu überstehen. Zuversicht keimte in ihr auf, während die Tränen allmählich trockneten.

»Und ich hätte da noch eine Idee«, sagte er bedeutungsschwanger und schob sie ein Stück von sich weg, um ihr tief in die Augen zu sehen.

»Ja?« Sie war so durcheinander, dass sie nicht wusste, ob sie ihm noch folgen konnte.

»Versprich mir, dass du mich erst ausreden lässt und mich nicht gleich steinigen wirst, wenn ich dir meinen Vorschlag unterbreite.«

Mit hochgezogenen Augenbrauen blickte sie ihn an. Was hatte er vor? Ihr Magen grummelte unangenehm. Heute war einer dieser Tage, die man getrost schon vor dem Mittag entsorgen konnte.

»Okay. Nun sag schon.« Leise seufzend nickte sie und war gespannt, was er zu sagen hatte.

»Was hältst du davon, wenn du erst mal ein paar Tage bei mir wohnst? Wenigstens so lange, bis wir herausgefunden haben, was der Kerl von dir will. Was meinst du?« Seine Augen leuchteten und sein Gesicht hatte wieder eine gesunde Farbe angenommen.

Was bitte hatte er da eben gesagt? Sie sollte bei ihm wohnen? Aber sie kannten sich doch gar nicht. Sie konnte doch nicht … Unmerklich lehnte sie sich ein wenig zurück, um zu überlegen. Ihn für eine Nacht um Zuflucht zu bitten, war eine Sache. Aber es war etwas völlig anderes, für eine unbestimmbar längere Zeit bei ihm zu wohnen.

»Leander«, wisperte sie. »Ich weiß nicht. Ich kann doch nicht …«

»Es ist nur eine Idee und du entscheidest. Dass du es kannst, steht außer Frage, Prinzessin.« Sanft legte er seine Hände an ihr Gesicht, küsste sie innig. »Die Alternative wäre, dass ich in der Zeit bei dir wohne. So oder so werde ich auf dich aufpassen. Ob du das willst oder nicht.«

Von wegen ihre Entscheidung. Ein verhaltenes Schmunzeln huschte über ihre Lippen.

Sie hatte Angst vor Tom.

Und sie war bereit, Maßnahmen zu ergreifen, die sie vor ihm schützten.

Aber sie hatte auch Angst, mehr Zeit mit Leander zu verbringen. Angst, sich noch mehr in ihm zu verlieren und ihr Herz zu riskieren.

KAPITEL 16

Leander

Auch wenn eine knappe Woche vergangen war, wurde ihm noch immer mulmig in der Magengegend, wenn er an das vergangene Wochenende dachte. Eigentlich hatte er mit Linda entspannt frühstücken wollen. Das Café ihrer Freundin war die perfekte Location dafür gewesen – kuschelig, gemütlich, Flirtatmosphäre garantiert.

Aber ihr Ex hatte sie unbedingt wieder bedrohen müssen. Als hätte einmal nicht gereicht.

Völlig aufgelöst und wie ein scheues Reh vor der Schrotflinte hatte Linda in dem Moment neben ihm gesessen, als die Nachricht gekommen war. Mann, am liebsten hätte Leander diesen Mistkerl direkt vermöbelt. Er war weiß Gott kein Schlägertyp, aber dieser Schweinehund hatte nichts anderes verdient.

Gedankenverloren schwenkte er sein Glas und beobachtete, wie die Flüssigkeit schwerfällig am Rand hinablief, bevor er den letzten Schluck trank.

Er konnte nur hoffen, dass die Drohungen so leer waren wie sein Whiskeyglas, das er in der Hand hielt, und Linda bald wieder beruhigt in ihr Leben zurückkehren konnte.

Wobei – wenn er es recht überlegte, wollte er das überhaupt? Seit dem letzten Wochenende gastierte sie in seiner Wohnung. In seinem Bett. In seinem Leben. Und gerade fing er an, sich daran zu gewöhnen, sie um sich zu haben. Linda war ruhig, eigentlich fiel es gar nicht auf, dass sie da war. Und in den meisten Momenten war sie lebensfroh und das bekam ihm äußerst gut. Er musste sich eingestehen, dass es ihm schwerfallen würde, sie wieder gehen zu lassen.

Ihre beste Freundin Anna kam ihm in den Sinn. Würde sie Linda beschützen können? Können Freundinnen einander beschützen? Leander war sich nicht sicher. War das nicht eher ein Männerding? Obwohl, als er zurückdachte und ihre gebleckten Zähne vor sich sah, stellte er fest: *Ja, sie kann auf mein Mädchen aufpassen.*

Nach der erschütternden Nachricht war Linda aufgelöst zur Toilette verschwunden, um sich frisch zu machen. Sie hatte sich furchtbar für ihren Ausbruch geschämt. Kaum hatte sie die Tür zu den sanitären Anlagen hinter sich geschlossen, war Anna auch schon an den Tisch gerauscht, einer Furie gleich. »Was hast du mit ihr gemacht?«, hatte sie ihn angezischt. In ruhigem Ton hatte Leander versucht, ihr zu erklären, dass nicht er verantwortlich für Lindas Zusammenbruch gewesen sei. Details hatte er jedoch ausgelassen, weil er nicht wusste, ob Linda ihr bereits von dem ersten Drohversuch erzählt hatte. Und er fand, es stand ihm nicht zu, im Detail mit Anna darüber zu reden.

»Den Rest wird sie dir bestimmt selbst erzählen«, hatte er Anna beruhigen wollen, die ihn weiterhin böse angefunkelt hatte.

»Wenn du ihr das Herz brichst, lernst du mich kennen.« Mit hervorgerecktem Kinn und erhobenem Zeigefinger sah sie aus wie eine strenge Lehrerin. Doch dann wich ihre ernste Miene einem süffisanten Grinsen und sie widmete sich wieder ihrer Arbeit. Sein »Das habe ich nicht vor« hatte sie gar nicht mehr gehört.

Also ja, Leander war der Ansicht, dass Anna durchaus imstande wäre, ihre beste Freundin zu beschützen. Vermutlich würde sie dafür sogar über Leichen gehen. Sprichwörtlich zumindest.

Verdammt, konnte das Leben nicht einfach mal leicht

sein? Jetzt saß er hier und wartete darauf, dass sich der Schlüssel, den er Linda übergangsweise geliehen hatte, im Schloss drehte und sie nach Hause kam. Ausnahmsweise war er heute eher daheim gewesen als sie. Er hatte nicht vor, seine Komfortzone noch einmal zu verlassen, und hatte es sich schon auf dem Sofa gemütlich gemacht. Einen kleinen Schluck würde er sich noch gönnen, während er auf sie wartete, also schenkte er sich noch mal nach.

Überall in der Wohnung hatte sich ihr Duft verteilt. Auch hier auf dem Sofa sitzend spürte er ihre Präsenz, atmete tief ein, um die Nuancen der Sommerwiese, nach der sie stets roch, in sich aufzunehmen.

Zurückgelehnt und mit geschlossenen Augen stellte er sich vor, wie sie zur Tür hereinkam. Diese kurvige Schönheit, die ihm den Kopf verdreht hatte. Ihren Mantel halb geöffnet, stellte sie sich vor ihn. Kein Wort kam über ihre vollen Lippen, die sie knallrot geschminkt zu einem Kussmund verzog. Lasziv und mit spitzen Fingern öffnete sie die letzten drei Knöpfe ihres Mantels, der bereits eine Schulter freigab. Eine nackte Schulter, die nicht einmal von einem BH-Träger bedeckt wurde. Was zur Hölle …? Mit unvergleichlicher Eleganz ließ sie den Mantel auf den Boden gleiten. Leander schnappte nach Luft, denn darunter trug sie lediglich eine schwarze, schulterfreie Corsage sowie halterlose Strümpfe, deren Abschluss aus schwarzer Spitze ihre Oberschenkel zierten.

Sein Blick wanderte hinab bis zu ihren Füßen, die in signalroten Pumps steckten. Grazil hob sie einen Fuß und stellte ihn neben seinem Bein auf der Couch ab, wobei er einen Blick auf ihre unverhüllte Mitte erhaschen konnte. So willig. So einladend. Er musste nur zugreifen.

Er spürte ihre Lippen auf seinen, und als dieser Vamp seinen Mund zu einem Grinsen verzog und mit amüsiertem Unterton »Guten Morgen, Dr. Seeberger. Schön geträumt?«, hauchte, erwachte er aus seinem Tagtraum und räusperte sich. Noch angeheizt von seinen Vorstellungen, fuhr er mit seiner Hand in ihren Nacken und zog ihren Kopf nah zu sich heran, um ihre Lippen mit seinen zu verschließen. Sie schmeckte nach Kaffee und Schokolade, so verheißungsvoll. Süß und sündig zugleich.

»Es hätte nicht schöner sein können, Prinzessin«, murmelte er an ihrem Mund und entlockte ihr damit ein leises Stöhnen. Für einen Moment war er versucht, das eben geträumte Szenario mit ihr nachzustellen, besann sich jedoch rechtzeitig darauf, dass es eben nur eine Illusion gewesen war. Schwer seufzend erhob er sich, um Linda zu helfen, die Einkäufe zu verstauen. Sie hatten sich ganz gut aneinander gewöhnt, und wenn man es nicht besser wüsste, könnte man denken, sie wären schon seit Jahren ein glückliches Paar.

Leander genoss ihre Nähe. Es fühlte sich an, als wäre es schon immer so gewesen, was ihn in manchen Momenten ängstigte. Auch wenn er es noch so sehr wollte – mit ihr wollte –, wusste er nicht, ob er schon wieder dazu bereit war, eine tiefergehende Beziehung zu führen.

Andererseits hatte Linda große Mühe, diese Scheiße mit ihrem Ex zu verarbeiten, und brauchte seinen Beistand dringend, sodass ihm wenig Zeit blieb, sein eigenes Gedankenkarussell zu drehen. Alexander hatte ihm wenig Hoffnung wegen der richterlichen Verfügung gemacht, was nicht ungewöhnlich war. Schließlich war es noch zu keiner handgreiflichen Auseinandersetzung gekommen. Er hoffte einfach, dass es so blieb. Immerhin hatte sie bereits eine neue Telefonnummer und die alte war abgestellt worden.

Trotzdem hatte er stets ein ungutes Gefühl, sie allein vor die Tür zu lassen. Aber er konnte sie nicht rund um die Uhr beschützen, auch wenn er es gern gewollt hätte.

Auf dem Weg in die Küche stolperte er im Flur beinahe über zig Tüten in sämtlichen Farben, Formen und Größen. Eine davon stach ihm besonders ins Auge, eine große knallrote. Genau das Rot, das die Pumps in seinem Traum gehabt hatten. Und ihre Lippen. Sein Blick glitt erneut zu der Einkaufsausbeute und er fragte sich, was Frau mit all dem wollte.

Linda war schon dabei, den Inhalt der Boxen vom Chinesen, die sie auf dem Heimweg mitgebracht hatte, auf zwei Teller zu drapieren, als er fast lautlos zu ihr stieß und seine Arme von hinten um ihre Taille schlang. Tief vergrub er seine Nase in ihrem Haar, bevor er damit begann, in kurzen Abständen federleichte Küsse auf ihren Nacken zu hauchen und ihr zärtlich in den Hals zu beißen. Das wohlige Seufzen gemischt mit einem leisen Kichern, mit dem sie seinen Annäherungsversuch quittierte, ließ ihn aufstöhnen.

»Sag mal, haben ab morgen für immer die Geschäfte geschlossen?«, fragte er betont ahnungslos.

»Nicht, dass ich wüsste. Wieso?« Sie drehte ihren Kopf ein Stück und schaute ihn irritiert an.

»Weil in meinem Flur ein Großeinkauf steht, der vorhin noch nicht da war. Oder bist du auf den Geschmack gekommen und willst doch gänzlich hier einziehen?« Mit einer hochgezogenen Augenbraue und einem schiefen Grinsen erwiderte er ihren Blick.

»O nein, *Bärchen*«, lachte sie und knuffte ihn in die Seite, wobei sie das Wort Bärchen auf irgendwie spöttische Weise betonte. »Den Gefallen tue ich dir nicht.«

Es gefiel ihm, wie sie miteinander umgingen, dass sie hier war – bei ihm. Sie tat ihm gut, auch wenn er noch herausfinden musste, was genau es mit diesem Tom-Arsch auf sich hatte. Aber er würde ihr die Zeit geben, die sie benötigte, um sich ihm zu öffnen. Schließlich ging er mit seinen emotionalen Baustellen auch nicht hausieren.

Einzig und allein die Tatsache, dass Linda bei *Friedman & Friends* arbeitete, bereitete ihm Magenschmerzen. Dieser Friedman … Leander war ihm in der Vergangenheit bereits begegnet und hatte dies in mehr als unschöner Erinnerung behalten. Er würde Linda erzählen müssen, wieso. Aber das musste warten, bis das mit Tom geklärt war. Eins nach dem anderen.

»Essen ist fertig, ich hab gekocht.« Linda war inzwischen ins Wohnzimmer gegangen und hatte die Teller auf den Tisch gestellt. Der Versuch, mit Stäbchen zu essen, würde ihn die Beherrschung kosten und ihn einen entsetzlichen Hungertod sterben lassen. Er liebte die asiatische Küche, nur die Sache mit dem *Besteck* war ihm nicht geheuer. Vorsichtshalber entnahm er der Küchenschublade eine Gabel und begab sich zum Esstisch.

»Mh«, sagte er ein paar Minuten später mit vollem Mund, »deine Kochkünste sind wirklich nicht zu verachten. Verrätst du mir jetzt, was du eingekauft hast?«

Linda nippte an ihrem Wasser, bevor sie antwortete. »Morgen ist doch diese Party, zu der Marc eingeladen hat. Also mein Chef. Weil wir den großen Auftrag bekommen haben. Und na ja, ich hab mir dafür was Neues zum Anziehen gegönnt.« Eine leichte Röte überzog ihr Gesicht.

Er liebte es, wenn sie verlegen wurde und ein wenig beschämt zur Seite sah. Ihrer Reaktion nach zu urteilen, tippte er auf etwas Heißes, ein kleines Schwarzes vielleicht, rote High Heels …

»Also, da draußen stehen ungefähr zehn Millionen Tüten. Was zur Hölle ziehst du an? Zwiebellook mit hundertfünfzig Schichten?«

Ihr amüsiertes Lachen erfüllte den Raum. Es klang wie Musik in seinen Ohren und ging ihm direkt ins Herz. »Nein, ich konnte mich nur nicht entscheiden.«

»Und da hast du direkt das ganze Sortiment gekauft?« Dass Frauen ein und denselben Fummel in achtzehn verschiedenen Farben kaufen mussten, verstand er bis heute nicht.

»So ungefähr«, schmunzelte sie und warf beherzt ihre Serviette nach ihm. Mit zusammengekniffenen Augen funkelte er sie an und registrierte zufrieden, wie sie sich unter seinem Blick wand.

»Ich hätte gern eine exklusive Modenschau«, raunte er, während er sich über den Tisch beugte und ihr Kinn mit Daumen und Zeigefinger umfasste, damit sie ihn ansah. »Und danach, Prinzessin, darfst du das mit dem *Bärchen* wiedergutmachen.«

Kaum hatte er sich wieder zurückgelehnt, erhob sie sich und schlich behände wie eine Raubkatze um den Tisch, um sich auf Leanders Schoß niederzulassen.

»Eine Modenschau also? Kein Problem, das kriege ich hin. Gib mir fünf Minuten. Aber lass uns erst das Chaos hier aufräumen.« Ihr Blick glitt wieder zum Tisch, bevor sie sich von ihm erhob und das Geschirr zur Spüle trug.

Leander atmete geräuschvoll aus. Diese Frau brachte ihn um den Verstand, in jeder Hinsicht. Schließlich räumte er die Pappschachteln zusammen, in denen das Essen gewesen war, und ging zu ihr in die Küche, wo er erst den Müll entsorgte und sich die Hände wusch.

Dann umgarnte er sie und strich um sie herum wie ein hungriger Löwe um seine Beute. Immer wieder versuchte er, sie in seine Arme zu ziehen, doch jedes Mal wand sie sich aus seinen Armen und grinste ihn verschmitzt an.

»Du kannst es wohl gar nicht abwarten, mich in meinen neuen Klamotten zu sehen?«, kokettierte sie mit einem aufreizenden Augenaufschlag, was er mit einem unterdrückten Stöhnen quittierte.

»Japp. Du spannst mich ganz schön auf die Folter.«

Kurz darauf hatte er es sich auf dem Sofa gemütlich gemacht und wartete ungeduldig darauf, dass Linda endlich aus dem Bad kam. Aber sie ließ sich alle Zeit der Welt.

»Ich komme gleich«, rief sie in diesem Moment trällernd. »Mach die Augen zu, bitte.«

Täuschte er sich oder war ihre Fröhlichkeit einem gewissen Maß an Aufregung gewichen? Er meinte, Nervosität aus ihrer Stimme herauszuhören. Was hatte sie vor? Je länger sie ihn warten ließ, desto ungeduldiger wurde er.

»Jahaaa«, brummte er und schloss brav die Augen. Leises Klackern drang in seine Ohren. Was war das? High Heels?

»Augen auf. Tadaaa«, hörte er sie sagen, und der Anblick, der sich ihm gleich darauf bot, verschlug ihm den Atem. Sie trug ein dunkelblaues, eng anliegendes Kleid, das bis zur Mitte ihrer Oberschenkel ging. Es war am Hals weit ausgeschnitten und hatte halblange Ärmel. Es war schlicht, wirkte an ihr aber edel. Dazu trug sie … für einen Moment hielt er die Luft an … knallrote Pumps.

»Sexy. Ich weiß ehrlich gesagt nicht, ob ich dich allein auf diese Party gehen lassen möchte.« Mit verlangendem Blick streckte er die Hand nach ihr aus, die sie ergriff und sich bereitwillig auf seinen Schoß ziehen ließ.

»Wirst du. Weil du keine andere Wahl hast. Wie findest du das Outfit? Ist es too much?« Ein Anflug von Unsicherheit erfüllte ihren Blick.

Doch Leander schüttelte den Kopf. »Es ist perfekt. Du bist perfekt. Und ganz ehrlich? Ich liebe diese Schuhe«, raunte er, umrahmte ihr Gesicht mit seinen Händen und nahm sie mit einem leidenschaftlichen Kuss gefangen.

KAPITEL 17

Linda

Es war ungewohnt, mit derart hohen Absätzen zu laufen. So leichtfüßig, wie es in diesen Pumps möglich war, durchquerte sie am Samstagabend *Maggys Bar*, vor der Leander sie vorhin abgesetzt hatte. In ein paar Stunden würde sie mit dem Taxi wieder zu ihm fahren, aber bis dahin war sie fest entschlossen, den Abend und die Party, zu der Marc geladen hatte, zu genießen. Doch sie freute sich schon jetzt darauf, sich später wieder in Leanders Arme zu kuscheln. Sie fand es nämlich von Tag zu Tag schöner, mit ihm gemeinsam einzuschlafen und am nächsten Morgen aufzuwachen. Wobei sie nicht wirklich viel schliefen.

Die Bar war heillos überfüllt, die Luft darin zum Schneiden dick. Laute Beats und Stimmengewirr, das versuchte, die Musik zu übertönen, erfüllten die Räumlichkeiten. Dazwischen erklangen immer wieder Gläserklirren und Gekreische von der Tanzfläche. Ihre Kollegen von der Agentur hatte Linda schnell ausmachen können. In einer der Ecken hatten sie es sich gemütlich gemacht. Sie war etwas spät dran, weil es ewig gedauert hatte, bis sie fertig gestylt war. Immer wenn sie den Reißverschluss des Kleides geschlossen hatte, war Leander gekommen und hatte ihn wieder geöffnet.

Ein Raunen ging durchs Team, als sie zu ihnen stieß. Marc schnappte sichtlich nach Luft und schlug sich gleich darauf die Hände vor den Mund. In gewohnt englisch-theatralischer Manier.

»Oh! My! Goodness!«, rief er voller Verzückung und holte abgehackt Luft. »Du siehst fantastisch aus!« Anscheinend hatte er schon etwas Alkohol intus und vergessen, dass er verheiratet war.

Auch die anderen stießen anerkennende Pfiffe oder Laute aus, was man aufgrund des Lärms eben erhaschen konnte.

»Was hast du vor, du Vamp?«, rief einer der Kollegen und brachte sie damit zum Lachen. Sie schätzte den lockeren Umgang, den sie untereinander pflegten. Wenn es darum ging, in der Agentur Perfektion abzuliefern, funktionierte das bei allen reibungslos. Aber es waren zwanglose Momente wie dieser, in denen sie sich nicht zu ernst nahmen und sich lockere Sprüche zuwarfen, die sie so mochte.

»Ich schätze, ich muss erst mal aufholen.« Lachend deutete Linda auf die Gläser, die die meisten Kollegen in den Händen hielten, bevor sie sich ins Getümmel stürzte. Am Tresen bestellte sie sich auf Rechnung der Agentur einen Gin Tonic und kehrte gleich darauf an den Tisch zurück, wo Marc entgeistert auf ihr Glas stierte.

»Gurkenwater? Hey, wir machen hier eine großartige Party und du kommst mit diesem Zeug an? Wasser, pah!«, stieß er aus, und Linda schmunzelte schelmisch in sich hinein, während sie an ihrem Getränk nippte.

»Keine Sorge, ich komme schon in Feierlaune. Das hier ist ein Gin Tonic.« Wissend hob sie ihr Glas direkt vor sein Gesicht. Dass es ihr einziges alkoholisches Getränk an diesem Abend bleiben würde, band sie ihm nicht auf die Nase. Sie behielt gern den Überblick und hasste es, die Kontrolle zu verlieren. Und das würde passieren, sobald sie zu viel getrunken hatte.

»Oookay«, sagte Marc gedehnt und fixierte sie mit einem Blick, der nach dem – sie wusste nicht wievielten – Prosecco schon leicht glasig war. »Kann ich dich etwas fragen, Linda?«

Für ihre Begriffe befand sich ihr Boss etwas zu nahe

an ihrem Gesicht, aber in Anbetracht der Lautstärke würde sie sonst nichts verstehen. Also war es doch irgendwie okay, dass er ihr so nahe kam. Sie nickte. »Ja, klar.«

»Der Zahnarzt. Also, du und er … seid ihr … befreundet?«

Argwöhnisch machte sie einen Schritt zurück und sah ihren Chef aus zusammengekniffenen Augen an. Was hatte er denn nur damit, dass sie einen Zahnarzt datete?

»Ich wüsste nicht, was dich das angeht, Marc. Warum fragst du?«, schrie sie in sein Ohr. Die Musik wurde immer lauter, sodass es notwendig war, sich rabiater zu verständigen.

»Seid ihr … zusammen?« Mit seinen Fingern formte er ungelenk ein Herz.

Linda trank einen besonders großen Schluck. Noch war unklar, worauf dieses Gespräch hinauslaufen würde. Trotzdem kam sie nicht umhin, sich die gleiche Frage zu stellen – waren sie und Leander zusammen? Ein Paar? Seit wenigen Tagen war sie Teil seines Lebens, und wenn sie ganz ehrlich zu sich selbst war, musste sie zugeben, dass es langsam mehr als nur etwas Zuneigung war, was sie mit ihm verband.

Dennoch beließ sie es gegenüber Marc dabei, mit den Schultern zu zucken, und antwortete: »Ich weiß es nicht.

Ist alles noch ganz frisch. Mal sehen, wie es sich entwickelt.«

Während sich ihre Kollegen schon auf der Tanzfläche verausgabten, musterte Marc sie mit intensivem Blick.

Schnell trank sie noch einen Schluck ihres köstlichen Longdrinks, der ihr langsam zu Kopf stieg.

»Versprich mir, dass du immer auf dich aufpasst, okay?«, riet ihr Marc kryptisch.

Linda verstand nicht so recht, was er damit bezweckte. Zwar fand sie es überaus nett, dass er sich sorgte, und sie überlegte auch für einen Moment, ihn in ein paar weitere Details einzuweihen, die Sache mit Tom zum Beispiel. Aber er war immer noch ihr Chef, nicht ihr bester Freund, sodass sie sich dagegen entschied. Wenn überhaupt, wäre das hier ohnehin nicht der richtige Rahmen. Unabhängig davon beschlich sie ein seltsames Gefühl. Die Art, wie er sie ansah, was er zu ihr sagte und vor allem wie er es sagte, ließ vermuten, dass mehr dahintersteckte.

»Marc, ganz ehrlich. Was soll das eigentlich? Wenn du dir Sorgen darum machst, dass ich unkonzentriert sein könnte oder so, dann sei dir sicher, dass ich das trennen kann. Mein Job geht immer vor. Oder hast du ein Problem mit Leander persönlich? Kennst du ihn? Hast du etwas gegen ihn? Wenn ja, dann sag es einfach, verdammt noch mal. Ich kann diese Anspielungen nicht leiden.« Der schroffe Unterton war nicht gewollt, doch sie musste ihrem Unmut, der in ihr aufwallte, Luft machen.

Marc antwortete nicht direkt, sah sie nur eindringlich an.

Verdrossen schüttelte sie den Kopf und beschloss, sich lieber auf der Tanzfläche auszutoben, bevor sie ihm etwas an den Kopf warf, was sie später bereuen würde. Sie leerte ihr Glas in einem Zug und stellte es auf einem der Stehtische, die in Reichweite waren, ab.

Bevor sie der verfahrenen Situation mit Marc entfliehen konnte, spürte sie seine Finger, die sich fest um ihren Arm schlossen.

»Was ist denn noch?«, rief sie gegen die Musik an und zog ihren Arm zurück.

»Linda«, begann er und hörte nicht auf, sie zu mustern. »Du weißt, ich schätze dich sehr. Als Teammember und als Mensch. Du hast großartige Instinkte. Aber du vertraust dem Falschen.«

Was sollte das jetzt schon wieder bedeuten? Sie wurde aus ihm nicht schlau. Versuchte er gerade, ihr Leander auszureden? Na, so weit käme es ja noch.

»Geh tanzen, hab Spaß, aber sag hinterher nicht, dass ich dich nicht gewarnt habe.«

Sie hatte absolut keine Ahnung, was das alles sollte.

Benommen taumelte sie auf die Tanzfläche, auf der sie erst einmal Mühe hatte, sich zu orientieren.

Marcs Worte hallten in ihrem Kopf nach, sodass sich alles drehte. Noch ehe sie sich zur lauten Musik zu bewegen begann, trat sie den Rückzug an. Entschlossen, aus Marc herauszubekommen, was eigentlich sein Problem war. Unter Einsatz ihrer Ellenbogen kämpfte sie sich zurück in die Ecke, in der sich die Agenturmitarbeiter befanden. Viele waren es nicht. Die meisten waren tanzen oder an der Bar. Nur Marc stand da, im Takt wippend, und unterhielt sich mit ein paar Kollegen aus der Buchhaltung.

Linda straffte ihre Schultern, wild entschlossen, Marc jetzt sofort zur Rede zu stellen. Dass sie den Gin Tonic viel zu schnell getrunken hatte, kam ihr nun zugute. Der Alkohol machte sie mutig.

Mit forschem Blick baute sie sich vor ihm auf. »Marc, du bist mein Chef und ich muss wahrscheinlich aufpassen, was ich sage, wenn ich meinen Job behalten will …« Sie unterbrach sich, um kurz Luft zu holen. »Aber du scheinst Leander zu kennen und ich werde irgendwie das Gefühl nicht los, dass da etwas ist, das du mir sagen solltest.«

Stumm rührte Marc in einem Cocktail herum, den ein buntes Schirmchen und ein Stück Ananas zierten, bevor er demonstrativ am Strohhalm saugte.

»Warum warnst du mich ständig vor ihm?«, hakte sie genervt nach und registrierte, wie er langsam den Kopf hob und ihr direkt ins Gesicht blickte.

»Ich warne dich nicht vor ihm. Ich warne dich nur davor, einen Fehler zu machen.«

»Einen Fehler? Welchen Fehler sollte ich denn machen? Was hat das mit Leander zu tun? Oder mit mir? Woher kennt ihr euch?« Ein ungutes Gefühl kroch ihren Nacken hinauf und sorgte dafür, dass sich ihre Schultern verspannten.

»Linda«, begann er, legte den Kopf etwas schräg und holte tief Luft, »ich möchte einfach nicht, dass du verletzt wirst. Mir liegt viel an deinem Wohlbefinden. Ich brauche dich und deinen hübschen Kopf ganz bei der Sache, wenn du verstehst.«

Nein, sie verstand nicht. Ging es ihm nur darum, dass sie nicht wegen Liebeskummer ausfiel, falls die Sache schiefgehen sollte? Warum die Geheimniskrämerei?

»O komm schon, Marc, das kann doch nicht dein Ernst sein«, sagte sie argwöhnisch. »Da steckt doch etwas anderes dahinter, oder?« Langsam wurde sie ungeduldig.

Marc stellte sein Glas ab und schürzte die Lippen. »Na gut. Du willst es also wirklich wissen?«

Das dumpfe Gefühl breitete sich vom Nacken in

ihrem gesamten Körper aus. Etwas stimmte nicht und es machte sie schier verrückt, dass sie keine Ahnung hatte, was es war. Ihr Kopf bewegte sich automatisch auf und ab, woraufhin Marc einen Arm um ihre Schultern legte und sie zur Seite zog. Haltsuchend lehnte sie sich gegen die Wand. Das Herz schlug ihr bis zum Hals. Was auch immer so schlimm war, dass sich ihr Chef so schwer damit tat, es ihr zu sagen, sie wollte es wissen. Ihr Magen grummelte und der Gin Tonic stieß ihr bitter auf.

»Okay.« Sein mitleidiger Blick, mit dem er sie betrachtete, traf sie völlig unvermittelt. Was stimmte mit Leander nicht? War er nicht der, der er vorgab zu sein? Hatte er vielleicht irgendwo Frau und Kinder, von denen sie nichts wusste? War er ein weltweit gesuchter Schwerverbrecher? Das Atmen fiel ihr schwer. Mit aufgerissenen Augen wartete sie auf Marcs Erklärung. Der allerdings ließ sich reichlich Zeit damit.

»Nun sag schon«, herrschte sie ihn an und vergaß für einen Moment, dass sie mit ihrem Vorgesetzten sprach. Dabei beobachtete sie sein vom Alkohol und der Hitze gerötetes Gesicht, das sich ihrem näherte. Vermutlich war es keine so gute Idee, in dieser Atmosphäre über etwas so enorm Wichtiges zu sprechen, das ihm nicht über die Lippen kommen wollte. »Oder lass es halt«, schalt sie ihn ungewollt barsch.

»Linda«, begann Marc erneut, während sich Linda auf das Schlimmste einstellte. »Dein Mr Seeberger hat … Er hat … Mann, Linda, ich …«

»Bist du etwa eifersüchtig? Verdammt, Marc. Du bist mein Boss!«, schimpfte sie. Was bildete er sich ein, sie hier anzugraben? Das wurde immer haarsträubender. Sie würde einfach gehen und hoffen, dass diese Sache bis Montag vergessen wäre.

»O Gott, nein. Das verstehst du falsch, sorry. Also ich finde dich wirklich attraktiv, aber das ist es nicht«, erwiderte er betreten.

»Du bist verheiratet!«, fauchte sie und gab sich große Mühe, ihren Groll gegen ihn im Zaum zu halten. Noch dazu begannen ihre Schuhe, unangenehm zu drücken. Die schmale Form engte ihre Zehen ein, die sich in Sneakers wesentlich wohler fühlten.

»Ja, noch.« Marcs Blick wurde traurig und leer. Auf einmal wirkte er müde, kraftlos. Instinktiv schaltete Linda einen Gang zurück und hob besänftigend die Hände.

»Was soll das heißen, noch?«

»Das soll bedeuten, dass Jen, also meine Jen, einen Lover hat. Und zwar schon ziemlich lange, wie sich herausgestellt hat.«

Ihre Augen wurden groß. Nun verstand sie gar nichts mehr. Erst recht nicht, was das mit ihr und Leander zu tun haben sollte.

Es war furchtbar, das zu hören. Sie kannte Jennifer und hatte immer den Eindruck gehabt, dass die beiden in einer glücklichen Ehe leben würden.

»Marc, es tut mir unfassbar leid.« Die Musik war wieder lauter geworden und sie musste ihre Stimme um einiges anheben, damit er sie verstehen konnte. »Aber ich verstehe immer noch nicht …«

»Sorry, Linda … Ich will nicht …« Wieder kamen nur zusammenhanglose Wortfetzen aus seinem Mund.

Es fiel ihr schwer, ihm zu folgen. Wenn er etwas zu sagen hatte, sollte er das tun, anstatt hier eine Art Scharade zu veranstalten.

»Oh my God«, entfuhr es ihm, »ich glaube nicht, dass ich das hier wirklich tue. Aber es geht nicht anders.« Zum x-ten Mal holte er tief Luft.

Linda wurde derweil immer ungehaltener, trat nervös von einem Bein auf das andere. »Mann, Marc. Wenn du nicht willst, dass ich auf der Stelle gehe, dann raus mit der Sprache. Das ist doch nicht zum Aushalten.«

»Hör zu, dein lieber Freund ist anscheinend ziemlich gut darin, Frauen zu verführen.«

Was für ein Bullshit!

Genervt verdrehte Linda die Augen. »Marc, er hat mir davon erzählt, dass er in den letzten Monaten kein Kind von Traurigkeit war. Aber er ist erwachsen und war zu der Zeit in keiner Beziehung. Was ist also dein Problem?« Noch wusste sie nicht, wer oder was dafür verantwortlich war, dass Leander so abgestumpft war. Sie hatte ihn als warmherzig kennengelernt. Wenn es also nur das war, was Marc ihr hatte sagen wollen, verstand sie dieses Schauspiel noch weniger. »Wir haben alle unsere Vergangenheit«, winkte sie ab.

»Absolut. Aber es ist ein Unterschied, ob ich mit jemandem rummache, der Single ist oder verheiratet. Dein lieber Zahnarzt hat meine Jen um den Finger gewickelt und ihr das Blaue vom Himmel versprochen, bis er sich verpisst hat!«

»Was?« Lindas Kinnlade klappte nach unten. Ihre Stimme war nur ein Flüstern und ging in der Musik unter. Die Scharade hatte soeben ihr Ende gefunden und ihr einen derben Stich ins Herz versetzt. Mit aufgerissenen Augen starrte sie ihren Chef an. In der Hoffnung, sich verhört zu haben, fragte sie nach, woraufhin Marc einfach nur das Gesagte wiederholte.

Leander hatte mit Jennifer, Marcs Frau, geschlafen.

An sich ging es sie nichts an. Es war Vergangenheit, wie sie selbst vor wenigen Augenblicken noch gesagt hatte. Doch Leander hätte davon erzählen können. Er wusste genau, für wen sie arbeitete, wer ihr Chef war, und hätte ihr verdammt noch mal davon erzählen *müssen*.

Unsägliche Wut wallte in ihr auf und trieb Tränen in ihre Augen, die sie schnell wegwischte. Das mulmige Gefühl ballte sich zu einem Knoten, der schmerzhaft in ihrem Magen drückte. »Es tut mir leid, Marc«, entschuldigte sie sich, ohne zu wissen, wofür, und verließ die Veranstaltung.

Sie war sich bewusst, dass Leander ihr gegenüber nicht zur Rechenschaft verpflichtet war. Und doch bohrte sich das Gefühl des Verrats tief in ihr Herz.

KAPITEL 18

Leander

Sein bester Freund Alexander hatte gerade erst die Wohnung verlassen, als schon das vertraute Geräusch des Schlüssels im Türschloss erklang. Irritiert schaute Leander zur Uhr. Es war gerade einmal zwei Stunden her, dass er Linda an der Bar abgesetzt hatte. Entweder war die Party langweilig gewesen oder es war etwas vorgefallen. Einfach so würde sie vermutlich nicht so früh von einer Feier heimkehren, für die sie sich stundenlang hübsch gemacht hatte.

Sobald sie den Flur betreten und sich ihrer Jacke entledigt hatte, ohne ein Wort zu sagen, glaubte er, den Grund für ihre frühe Rückkehr zu kennen. Zumindest vermutete er, dass es nichts mit der Qualität der Party zu tun hatte, denn er ging davon aus, dass sie dann gesprächiger gewesen wäre.

Stumm betrat sie das Wohnzimmer und sah ihn einfach nur an. Tränen schwammen in ihren Augen. Als er aufsprang und zu ihr eilte, hob sie abwehrend die Hände und bedeutete ihm, sich wieder hinzusetzen. Mit ausdrucksloser Miene nahm sie auf dem Sessel gegenüber der Couch Platz.

Leander räusperte sich. »Kannst du mir bitte sagen, warum du hier so reinschleichst und mich anschaust, als würde ich Kinder aufessen? Was ist passiert?«

Sie schluckte schwer und kaute auf ihrer Unterlippe herum.

»Verdammt noch mal, Linda, rede mit mir!«, rief er fast schon panisch. Vielleicht lag er falsch mit seiner Vermutung und es war etwas mit ihrem Ex, das ihr so zusetzte?

»Marc hat mir etwas erzählt.« Ihre Stimme bebte.

Leander atmete tief ein. Insgeheim ahnte er, was nun kommen würde. Plötzlich ging ein Ruck durch ihren Körper. Ihr Blick wurde klarer und sie fixierte ihn. »Wann genau wolltest du mir eigentlich sagen, dass du eine Affäre mit der Frau meines Chefs hast?«

Verdammt. Schon als sie ihm erzählt hatte, dass sie bei *Friedman & Friends* arbeitete, hätte er sie einweihen müssen. Er hatte gewusst, dass es ein Fehler gewesen war, das nicht zu tun. Aber das, was zwischen ihnen beiden war, hatte gerade erst begonnen und er hatte sie schützen wollen. Daher hatte er es dabei belassen, ihr lediglich zu beichten, dass er in der Vergangenheit kein Heiliger gewesen sei. Zudem war die Liaison mit Jennifer für ihn längst Geschichte, aus und vorbei, das hatte er ihr deutlich zu verstehen gegeben, nachdem er davon erfahren hatte, dass sie verheiratet war.

Er erhob sich und begann, um die Couch zu tigern. »Linda, hör mir zu –«

»Wann wolltest du es mir erzählen, Leander? Wann?«, brachte sie mühsam zwischen zusammengepressten Zähnen hervor. »Ich arbeite tagtäglich mit diesem Mann zusammen, komme abends hierher, schlafe mit dir und erfahre heute, dass du seine Frau vögelst?«

Leander seufzte und raufte sich die Haare.

»Hör auf, hier herumzulaufen. Das macht mich ganz verrückt«, fauchte sie ihn an.

Also blieb er vor ihr stehen, sank auf die Knie und nahm ihre Hände. Sie zuckte kurz zusammen, und er hatte die Befürchtung, sie würde ihn ganz wegstoßen. Aber sie tat es nicht. Stattdessen sah sie ihn an. Und dieser Schmerz in ihrem Blick war für ihn Strafe genug.

»Weißt du«, schniefte sie, »ich schütte dir mein Herz aus und du meinst, du kannst so winzig kleine, aber enorm wichtige Details für dich behalten? Das ist nicht fair.«

Sein Herz blutete. Wenn er wollte, dass die Sache mit ihr Bestand hatte, musste er sofort alles aufklären.

»Prinzessin, bitte hör mir zu.« Behutsam nahm er ihr Gesicht in seine Hände und zwang sie, ihn anzusehen. »Ich erzähle dir alles, okay? Es war ein Fehler, das nicht längst schon getan zu haben.« Still wartete er, bis sie nickte und einverstanden war.

Geräuschvoll stieß er den Atem aus, überlegend, wie und womit er am besten beginnen sollte. Das, was sie *winzig kleine Details* nannte, musste er nun offen auf den Tisch legen. Ohne den Blick von ihr abzuwenden, setzte er sich auf den Boden vor ihr und verschränkte die Beine im Schneidersitz. Eigentlich hatte er sich wirklich nichts zuschulden kommen lassen, und doch fühlte er sich, als stünde er in einer ernsten Angelegenheit vor Gericht.

»Also«, begann er leise mit noch unsicherer Stimme, jedoch ohne den Augenkontakt zu ihr zu unterbrechen, »es gab da dieses alte Leben, das bis vor einem Jahr existierte. Dieses alte Leben verbrachte ich mit meiner großen Liebe – zumindest glaubte ich, dass sie es wäre …«

Dass sich Lindas Augen zu engen Schlitzen formten, blieb ihm nicht verborgen. Mit seinen Daumen zeichnete er kleine Kreise auf ihren Handrücken, um sie zu beruhigen. Sie entspannte sich und schien ihm wieder ihre Aufmerksamkeit zu widmen. »Damals hatten wir alles, was wir uns immer erträumt hatten, ein Bombenleben. Wir hatten geile Jobs. Ich war Zahnarzt, Melissa PR-Beraterin bei einer großen Textilhandelskette. Wir reisten um die Welt und teilten alles miteinander, Kummer, Leid, Freude … Wir waren füreinander bestimmt. Dachte ich.« Kurz hielt er inne, denn er erinnerte sich genau an den Moment, als er erkannt hatte, dass dem nicht so gewesen war. Dass Melissa nicht für ihn bestimmt gewesen war. Und er nicht für sie. »Ich schenkte ihr einen Ring. Es war eine Art Verlobungsring, den sie zwar annahm, aber nur unter der Bedingung, dass wir uns Zeit lassen würden. Da hätten meine Alarmglocken schon schrillen müssen. Aber ich bedrängte sie nicht. Dennoch hatte sich damit etwas verändert. Plötzlich war sie mehr unterwegs, beruflich enger eingespannt als je zuvor, entzog sich mir. Trotzdem war ich immer noch der Meinung, sie wäre die Eine.«

»Leander, du musst nicht …«, unterbrach Linda ihn.

»Lass mich ausreden. Bitte. Wenn wir schon die Karten auf den Tisch legen, will ich, dass du alles weißt, was es über mich zu wissen gibt, okay?« Linda nickte stumm. »Eines Abends, ich hatte sie zu einem schicken

Essen eingeladen, wollte ich ihr den richtigen Verlobungsring schenken, weil ich dachte, das könnte uns retten. Das Messer, was sie mir daraufhin buchstäblich direkt und ohne Umschweife in die Brust rammte, spüre ich heute noch. Eiskalt hat sie mich abserviert. Sie stand einfach auf und ging ohne eine Erklärung. Ich bin danach die halbe Nacht durch die Stadt getigert, und als ich Stunden später nach Hause kam, hatte sie ihre Habseligkeiten gepackt und war weg. Nichts war mehr da. Nicht nur meine Wohnung war leer, auch ich war es. Für lange Zeit. Ich war so leer, dass ich mir schwor, keine Gefühle mehr zuzulassen. Ich hatte mir wirklich vorgenommen, dass es nie wieder eine Frau schaffen würde, mich derart zu verletzen.« Seufzend zupfte er an den Teppichfransen und hoffte, Linda könnte ihn wenigstens ein bisschen verstehen.

»Das tut mir unendlich leid. Ich kenne das Gefühl nur zu gut«, sagte sie leise, während sie sich zu ihm auf den Boden setzte. »Aber was hat das mit Jen zu tun?«

»Jen lernte ich in einer Bar kennen. Ich ging viel aus und muss zugeben, dass ich in der Zeit wirklich kein Heiliger war. Jen war … Keine Ahnung.« Er schluckte schwer. »Sie war süß. Ihr britischer Akzent hat mich angemacht. Ich fand sie wirklich nett. Dass sie verheiratet war, hat sie zu keinem Zeitpunkt erwähnt, sie trug nicht mal einen Ehering, der mich hätte darauf schließen lassen können. Irgendwann merkte ich, dass sie in mich verknallt war, und wollte den Kontakt abbrechen, denn an einer Beziehung mit ihr war ich nicht interessiert. Zwar wusste sie das, drehte aber total durch, meinte, sie könne ohne mich nicht leben. Sie ist in der Praxis aufgetaucht, hat mir ständig Nachrichten geschickt, und eines Abends stand schließlich Marc vor meiner Tür und verpasste mir einen Einlauf, also verbaler Natur.«

Darüber zu sprechen, wühlte ihn auf. Es war ganz so, als durchlebte er all das noch einmal. Er sah noch genau vor sich, wie wütend Marc gewesen war, sein stechender Blick, der ihn erdolchen sollte. Seine Schuldzuweisungen. Seine Flüche. Dass Jennifer ihre Ehe verschwiegen hatte, hatte Marc hingegen nicht hören wollen. Anscheinend hatte sie ihm eine völlig andere Geschichte aufgetischt. Er hatte daraufhin den Kontakt zu ihr sofort abgebrochen. Ihre Nachricht neulich war das erste Lebenszeichen seit Langem gewesen, was er von ihr bekommen hatte. Und er ahnte, was es damit auf sich haben könnte. Sie schien Stress mit Marc zu haben, doch Leander hatte beschlossen, Jennifer nicht mehr in sein Leben zu lassen und ihre Nachricht zu ignorieren.

Linda saß ihm gegenüber und starrte ihn an, ihre Körperhaltung hatte sich versteift.

»Ich schwöre dir, hätte ich gewusst, dass sie verheiratet ist, hätte ich damals nie etwas mit ihr angefangen. Ich bin niemand, der andere Beziehungen zerstört.« Erstmalig, seit er begonnen hatte zu reden, unterbrach er den Blickkontakt. Er wollte nicht, dass sie die Tränen in seinen Augen sah. Alles, was ihm neben seinem Job lieb und teuer war, saß hier vor ihm, und er hatte nichts Besseres zu tun, als Linda wehzutun. Verdammte Scheiße, warum hatte er sich damals auch auf diese Engländerin eingelassen? Dafür würde er sich ewig verfluchen.

»Aber wenn du nicht wusstest, dass sie verheiratet war, sie dich praktisch belogen hat, warum ist Marc dann so sauer auf dich?«

Er konnte sehen, dass die Details, die er eben offenbart hatte, in ihr arbeiteten und sie versuchte, die Puzzleteile zusammenzufügen.

»Frag ihn das am besten«, lachte er trocken. »Ich hab ihm damals genau das Gleiche gesagt wie dir jetzt. Und ich war der Ansicht, die Sache wäre längst geklärt. Für mich war sie das zumindest. Aber ich verstehe ihn irgendwie. Er wurde sehr verletzt und hat einen Sündenbock gesucht. Das war dann wohl meine Rolle.« Erneut suchte er den Blickkontakt und griff nach ihren Händen, die sie ihm zwischendurch entzogen hatte.

»Glaub mir, wenn ich könnte, würde ich es ungeschehen machen. Ja, ich war eine ganze Weile auf Abenteuer aus. Aber das hat sich geändert, weil …« Für einen Augenblick hielt er inne und fing Lindas Blick auf. Er konnte nur hoffen, dass diese bescheuerte Sache nicht zwischen ihnen stehen würde.

»Weil?«

»Weil du in mein Leben gestolpert bist.« Behutsam nahm er ihr Gesicht in seine Hände, zog sie zaghaft zu sich heran. Sie ließ es geschehen, dass er federleichte Küsse auf ihren Lippen verteilte. Ihr die Tränen von den Wangen küsste. Langsam führte er ihre Hand zu seiner Brust, um sie auf sein Herz zu legen. »Spürst du das?« Linda nickte und er sah, dass sich erneut Tränen in ihren Wimpern sammelten. »Es schlägt nur für dich. Hörst du? Nur für dich.«

Als wären alle Dämme gebrochen, fiel sie ihm um den Hals, während Leander um die zentnerschwere Last, die auf seinen Schultern gelegen hatte, leichter wurde.

»Ich glaube dir. Danke, dass du mir alles erzählt hast«, murmelte sie. »Es wird nie zwischen uns stehen, versprochen. Und mit Marc rede ich noch mal.«

Ihre Finger auf seiner Wange fühlten sich wunderbar weich und warm an. Ein Gefühl, das er von nun an nie mehr missen wollte.

»Nein, lass es ruhen. Ich kann verstehen, dass er wütend auf mich ist. Leider kann ich es nicht ungeschehen machen, aber ich will es auch nicht wieder aufwühlen.«

»Aber Marc hat nicht das Recht, dich für seine anscheinend mies laufende Ehe verantwortlich zu machen. Jennifer wird ja Gründe gehabt haben, sich anderweitig umzuschauen«, schnaufte sie, und er fand es zuckersüß, dass sie ihn verteidigte.

»Möglich. Aber es steht uns nicht zu, das zu beurteilen«, beschwichtigte er sie. »Ich hoffe nur, dass sich unsere Beziehung …« Vorsichtig tippte er erst auf ihre Brust, dann auf seine. »… nicht auf euer berufliches Verhältnis auswirkt. Das könnte ich mir nicht verzeihen.«

Wohlig seufzend und sichtbar froh, alles geklärt zu haben, kuschelten sie sich später ins Bett. Eng umschlungen hielten sie sich fest, um sich nie mehr loslassen zu müssen.

KAPITEL 19

Linda

Nach diesem turbulenten Wochenende in die Agentur zu kommen und so zu tun, als wäre nichts geschehen, war schwer für Linda. Sie war früher da als sonst, um die Guten-Morgen-Runde zu umgehen. Björn vom Empfang war der Erste, dem sie über den Weg lief und der sie argwöhnisch ansah.

»Alles okay, Lin?«, fragte er besorgt nach, als sie sich in der Küche am Kaffeeautomaten trafen.

»Ich heiße Linda. Nicht Lin oder so.« Mit hochgezogenen Augenbrauen erwiderte sie seinen verdatterten Blick. »Aber ja, es geht mir gut.« Schnell verschwand sie mit ihrem Kaffeebecher in ihrem Büro und schloss die Tür. Zu tun hatte sie genug, daher würde sie den Tag schon irgendwie überstehen.

Obwohl sie über ihrem aktuellen Projekt brütete, sausten immer wieder wirre Gedanken durch ihren Kopf, die sie noch um den Verstand bringen würden, wenn es so weiterginge. Was, wenn Leander ihr nicht die Wahrheit gesagt hatte? Vielleicht lief die Sache mit Jen doch noch und Marc war deswegen so sauer?

Zwar hatte sie Leander verziehen, doch konnte sie sich seiner auch sicher sein? Schon einmal war sie einem Mann wieder und wieder auf den Leim gegangen und hatte damals beschlossen, dass ihr das nie mehr passieren würde. Was, wenn sie wieder in so einem Schlamassel steckte?

Wie ferngesteuert glitt ihre Hand in die Schreibtischschublade und tastete nach ihrem Handy, das sich dort befand. Für ein paar Sekunden starrte sie auf das Display und überlegte, ob sie Leander anrufen und einfach fragen sollte. Mehrmals legte sie das Telefon beiseite, nur um es kurze Zeit später wieder aufzunehmen. Er würde nicht rangehen, weil er Sprechstunde hatte, rief sie sich in Erinnerung. Sie würde es also vorerst dabei belassen und sich mit den Informationen, die sie hatte, zufriedengeben. Wie sie jedoch Marc gegenübertreten sollte, wusste sie noch nicht.

Kaum dass sie diesen Gedanken zu Ende gedacht

hatte, steckte dieser schon den Kopf zur Tür herein. Es blieb ihr nicht verborgen, dass er sie schon den ganzen Vormittag gemieden und seine Konversation mit ihr nur auf das Wesentliche beschränkt hatte. Er traute sich nicht einmal, ihr Büro zu betreten.

»Was macht das Projekt? Wenn du Fragen hast, ich bin in meinem Büro.«

Noch bevor sie antworten konnte, hatte er die Tür so lautlos wie möglich geschlossen und war weg. Na wunderbar, rhetorische Fragen konnte sie jetzt nicht gebrauchen. So konnte das nicht weitergehen. Auf keinen Fall war es unter diesen Umständen möglich, gute Arbeit abzuliefern.

Kurz vor Feierabend rauchte Lindas Kopf gewaltig. Sie war den ganzen Nachmittag über durch ihr Büro getigert. Zum einen, weil ihr dabei die besten Ideen kamen. Zum anderen, weil sie fieberhaft überlegt hatte, wie sie das mit Marc am besten klären sollte. Es stand fest, dass sie die Fronten klären mussten.

Was auch immer zwischen Marc, Jen und Leander geschehen war, sie wollte nicht, dass es ihren Job beeinträchtigte. Und das würde es über kurz oder lang, wenn sich Marc weiterhin so benahm.

Mit gestrafften Schultern und zielstrebigen Schritten durchquerte sie schließlich die Agenturräume. Sie holte tief Luft und klopfte, nun doch vor Aufregung zitternd, an die Tür des Chefbüros.

»Ja bitte«, ertönte Marcs Stimme mit dessen typischem Akzent aus dem Inneren des Zimmers.

Zögerlich öffnete Linda die Tür und steckte ihren Kopf durch den Spalt. »Kann ich kurz stören?«, fragte sie.

»Ja«, erwiderte er knapp, die Aufmerksamkeit immer noch auf seine Papiere geheftet. »Komm rein. Setz dich.« Ihrem Blick ausweichend, zeigte er auf einen der Sessel, die vor seinem Schreibtisch standen, auf dem es mehr als chaotisch zuging.

»Wie kann ich dir helfen?« Endlich richtete er sich auf und sah sie an. Wenngleich seine Augen voller Traurigkeit waren, so war sein Ton ihr gegenüber kälter und abweisender als üblich.

»Herrgott, können wir bitte wie erwachsene Menschen darüber sprechen?« Mit ihren Händen gestikulierte sie wild in der Luft, um ihre Frage zu untermauern.

Bedächtig legte er seinen Stift zur Seite und die Fingerspitzen aneinander. »Ich wüsste nicht, was wir zu bereden hätten. Hast du Probleme mit deiner Arbeit?«

»Nein, Marc. Habe ich nicht.« Das konnte ja wohl nicht wahr sein. Tat er nun wirklich so, als hätte es den Vorfall am Wochenende nicht gegeben? Für so abgebrüht hätte sie ihn nicht gehalten. »Verdammt, du weißt genau, was ich meine«, blaffte sie ihren Chef an, der ihr nun endlich seine volle Aufmerksamkeit schenkte.

»Weißt du, du hast völlig recht. Dein Privatleben geht mich nichts an. Das ist dein Ding. Aber ich will nicht, dass dein Job darunter leidet, wenn dieser Typ dich verarscht.«

»Wie kommst du darauf, dass Leander mich verarscht?« Innerlich war sie hin- und hergerissen. Sie kannte Marc wesentlich länger als Leander, aber es stand Aussage gegen Aussage. Wem konnte sie in dieser Sache mehr vertrauen? Es war offensichtlich, dass Marc keine sonderlich gute Meinung von ihrem Freund hatte und sie deswegen ständig warnte. Sie war verunsichert, aber das würde sie sich nicht anmerken lassen.

Marc beugte sich nach vorn und stützte sich mit beiden Ellenbogen auf dem Schreibtisch ab. »Weil er auch Jen das Blaue vom Himmel versprochen hat und weiß der Teufel, was noch alles.«

»Ähm, ganz ehrlich, ich fürchte, Leander kann nichts dafür, dass eure Beziehung zerrüttet ist.« Nicht, dass sie über umfangreiche Psychologiekenntnisse verfügte, aber sie wurde das Gefühl nicht los, dass Marc ihren Freund für etwas verantwortlich machte, wofür er nichts konnte.

Marc lehnte sich schwer atmend zurück. »Was weißt du schon von meinen Problemen mit Jen? Fuck«, entwich es ihm.

»Marc …« Jetzt war sie es, die sich nach vorn beugte, ihm entgegen. »Leander hat mir alles erzählt. Ich weiß, dass er mit Jen …« Die letzten Worte wurden von dem Kloß, der in ihrem Hals steckte, verschluckt. Sie spürte eine unangenehme Hitze in ihrem Gesicht.

»Du hast keine Ahnung, wovon du redest. Sie hatte eine Affäre mit deinem lieben Freund, verstehst du? Und er hat sie bedrängt, als sie nichts mehr mit ihm zu tun haben wollte. Also bitte, du weißt nicht alles.« Marcs Gesicht war blass geworden, während er sich ereiferte. Die Traurigkeit in seinen Augen verstärkte sich, als Tränen darin aufstiegen.

Was Marc ihr berichtete, war so ziemlich das Gegenteil von dem, was Leander ihr erzählt hatte. Sie kannte Jennifer nur oberflächlich und es stand ihr nicht zu, in diesem Fall über sie zu urteilen. Aber das, was sie sowohl mit Leander als auch mit Marc abzog, war wirklich mies. Obwohl sie Marc betrogen hatte und ihn anscheinend verlassen wollte, fühlte er sich immer noch verantwortlich und verteidigte sie.

»Marc«, begann sie, auf ihn einzureden. »Warum bist du so sauer auf Leander? Anstatt auf deine Frau?«

Sein kehliges Lachen, das keines aus Freude war, ließ Galle in Linda aufsteigen. Wohin auch immer dieses

Gespräch führen würde, sie würde sich einen neuen Job suchen müssen, wenn das hier vorbei war. Dessen war sie sich sicher.

»Warum? Weil er Jen nachgestellt hat. Er hat sie beleidigt und beschimpft, weil er sich wohl mehr als eine schnelle Nummer erhofft hatte.«

Es wurde immer absurder. Das durfte doch nicht wahr sein.

»Der Typ hat meine Ehe auf dem Gewissen, verstehst du? Deswegen bin ich sauer auf ihn.«

Sie verstand nicht. Gar nichts verstand sie mehr.

»Aber Leander hat … Warte, Marc, nein, das ist nicht die Wahrheit.« Linda war aufgesprungen, lief einige Runden rastlos durch das geräumige Büro ihres Chefs. Langsam packte sie die Wut, weil Marc so eine festgefahrene Meinung über ihren Freund hatte, die einfach nicht stimmte. »Pass auf. Hör dir Leanders Version an. Er hat mir alles erzählt, aber …« Mit ihrem Zeigefinger zeigte sie auf ihn. »Du solltest mit ihm noch einmal darüber reden. Was auch immer Jen im Schilde führt, sie spielt anscheinend ein falsches Spiel.«

Entgeistert starrte Marc sie an. »Willst du mir gerade ernsthaft sagen, dass Jen lügt?« Tief Luft holend rieb er sich die Nasenwurzel und Mitleid machte sich in Linda breit. Was hatte sie nur heraufbeschworen? Sie hatte gar kein Recht dazu, seine Ehe zu verurteilen. Aber es war auch nicht ihre Aufgabe, diese zu retten. Dennoch nickte sie und schluckte schwer.

»Holy Shit!«, stieß Marc zischend aus, bevor erdrückende Stille durch den Raum waberte, die für Linda kaum auszuhalten war.

»Marc, es tut mir so leid, ich wollte nicht …«, stammelte sie. »Es steht mir nicht zu …«

»Schon okay. Ich werde das klären. Und glaub mir, ich finde heraus, wer lügt und wer die Wahrheit sagt.« Die Wut in seinen Augen war wieder purer Traurigkeit gewichen und sie wünschte sich, sie hätte die Klappe gehalten. Marc erhob sich schwerfällig. »Weißt du was? Lass uns essen gehen. Ins *Lesage*. Mit deinem Freund – dann kann er mir sagen, was er zu sagen hat, okay?«

Linda atmete auf und war froh, dass er Leander eine Chance geben würde, seine Version der Geschichte zu erzählen. Das war der britische Charme, den sie immer an ihm gemocht hatte. »Das klingt nach einem hervorragenden Plan. Ich ruf Leander gleich an und sage ihm Bescheid.« Sie freute sich. Sie freute sich wirklich, dass Marc eingelenkt hatte und mit Leander sprechen wollte.

***

Keine zwei Stunden später holte Leander sie von der Arbeit ab und sie fuhren zum Restaurant. Das *Lesage* war eine noble Location mitten im Herzen der Altstadt nahe der Frauenkirche. Schon als sie das französische Lokal betraten, schlug ihnen der verführerische Geruch von leckeren Speisen entgegen.

Geistesgegenwärtig hatte Linda direkt nach dem Gespräch mit Marc einen Tisch reserviert, was nur geklappt hatte, weil eine Reservierung kurz vorher storniert worden war. Üblicherweise war hier kein Platz zu ergattern, wenn man auf gut Glück vorbeikam.

An einem Tisch für vier Personen sah sie Marc sitzen, den Kopf in eine Hand gestützt und den Blick starr auf die dunkelrote Flüssigkeit gerichtet, die sich in dem Weinglas vor ihm befand.

»Mist, ich dachte, sie ist mit hier. Wir hätten gleich alles an Ort und Stelle klären können«, raunte Leander, dessen Hand besitzergreifend auf Lindas Rücken lag. Er schob sie durch den Gastraum.

»Wäre keine gute Idee, oder?«, flüsterte Linda. Undenkbar, welches Szenario sich hier vermutlich abspielen würde, wenn sie zu viert am Tisch säßen. Welten würden aufeinanderprallen.

»Marc«, begrüßte er ihren Chef zwar leicht unterkühlt, aber nicht unfreundlich und schien sichtlich erleichtert, als sein Gegenüber den Handschlag erwiderte und etwas auf Englisch vor sich hinmurmelte, was aufgrund des Geräuschpegels um sie herum nicht zu verstehen war.

»Danke, dass ihr gekommen seid, setzt euch«, sagte Marc schließlich etwas lauter, während Leander Linda den Stuhl zurechtrückte, damit sie Platz nehmen konnte. Er ließ sich neben ihr nieder.

»Wo ist Jen? Ich dachte, wir können gemeinsam reinen Tisch machen«, fiel Leander mal eben mit der Tür ins Haus, sodass sich Linda gezwungen sah, ihm bühnenreif unterm Tisch ans Schienbein zu treten.

»Was ist los, Marc? Ist alles in Ordnung?« Linda legte ihre Hand sanft auf die ihres Chefs, der ihr traurig entgegenblickte.

»Nein. Nichts ist in Ordnung. Jen ist …« Er schluckte schwer. »Jen ist ausgezogen. Sie ist weg«, sagte er mit bebender Stimme.

KAPITEL 20

Leander

Die Aussprache mit Marc war inzwischen zwei Wochen her und hatte wirklich etwas bewirkt. Die Atmosphäre war wieder entspannter. Weder stand der Vorfall zwischen ihm und Marc noch zwischen Marc und Linda. Er hätte es sich nie verziehen, wenn dadurch ihr Job gefährdet gewesen wäre.

Auch wenn es ihm leidtat, dass der Chef seiner Freundin verlassen worden war – und dass Jen ihn einfach so hatte sitzenlassen, war mehr als feige gewesen –, so war Leander verdammt noch mal froh darüber, dass die Fronten endlich geklärt waren.

Alles in ihm zog sich schmerzhaft zusammen, wenn er daran dachte, dass er schon einmal an diesem Punkt gewesen war. Mit Melissa. Ihr hatte er sein Herz zu

Füßen gelegt und war am Ende verloren gewesen. Doch das konnte er nun ruhen lassen und sich auf alles Neue freuen.

Zielsicher lenkte er seinen Wagen auf den Parkplatz der Praxis. Wenn er in weniger als einer Stunde genauso souverän arbeiten wollte, sollte er sich zusammenreißen und seine Gedanken sortieren. Denn wenn er ganz ehrlich zu sich selbst war, verband ihn und Linda längst mehr als diese erste Flamme der Begeisterung, die man empfand, wenn man frisch verliebt war. Er empfand so viel für sie, was ihn regelrecht umhaute.

Nachdem er den Motor abgestellt hatte, stieg er aus und schritt über den Parkplatz, der noch so gut wie leer war. Die Praxis öffnete erst kurz vor Sprechstundenbeginn, auch wenn es immer wieder Patienten gab, die schon weitaus früher vor der Tür standen. Obwohl er in Gedanken war, fiel ihm der Schatten hinter dem Baum, der direkt neben dem Eingang stand, auf. Kurz bevor er diesen passierte, sprang ein Kerl hervor, den Kragen der speckigen Lederjacke in den Nacken gezogen. Er sah ungepflegt aus und sein Gesicht hatte mindestens eine Woche lang keine Rasur mehr gesehen. Sein Blick war leer und glasig. Dabei machte er nicht den Eindruck, als hätte er sich eben die Augen aus dem Kopf geweint.

»Hey, du bist doch der Zahnarzt, der meiner Kleinen

den Kopf verdreht hat«, lallte der Typ.

Puh, es war noch nicht einmal acht Uhr morgens und der Kerl hatte eine Fahne, die zum Himmel stank.

»Entschuldigung, ich habe Ihren Namen nicht verstanden. Sie sind?« Fordernd hielt er dem wirren Blick seines betrunkenen Gegenübers stand. Natürlich war ihm klar, wer sich da vor ihm wie der allerletzte Idiot aufführte. Der nette Herr Unternehmensberater war ganz schön von der Bahn abgekommen.

»Komm schon, du weißt genau, wer ich bin.« Wild gestikulierend gelang es Tom, sich fast um den Baumstamm zu wickeln, sodass es Leander schwerfiel, ein Grinsen zu verdrücken. Was für eine Lachnummer. »Ich will sie wieder. Hörst du?« Nachdem er den Baum losgelassen hatte, wankte er auf Leander zu. »Ich will, dass du sie in Ruhe lässt, damit sie zu mir zurückkommt.« Mit dem Zeigefinger tippte er lasch gegen Leanders Brust.

»Immer schön langsam. Kann es vielleicht sein, dass Sie jeglichen Anspruch auf Ihre Ex-Freundin verwirkt haben?« Wut wallte in Leander auf. Was wollte der Typ? Er spürte, wie sich seine Hände langsam zu Fäusten ballten, ohne dass er etwas dagegen hätte tun können.

»Quatsch nicht so hochgestochen, du … du denkst wohl, du bist was Besseres, hä? Ein Arsch bist'e. Sag ihr, wenn sie nicht zu mir zurückkommt, kann sie was erleben.«

Okay. Das war zu viel. Langsam griff er nach seinem Handy. Sobald er es in der Hand hielt, entsperrte er das Display und gab die Notrufnummer ein. »Hören Sie, Sie haben Glück, dass ich Ihnen nicht die Fresse poliere. Aber ich werde jetzt die Polizei rufen. Sie befinden sich auf einem Privatgelände. Haben Sie einen Termin in der Praxis? Nein? Dann haben Sie hier nichts zu suchen.« Seine Stimme klang gefasst, auch wenn sein Innerstes einem brodelnden Vulkan glich, der jeden Moment auszubrechen drohte. Obwohl seine Kiefer vor Zorn mahlten, hielt er das Telefon ruhig an sein Ohr. Dass er zwar die Nummer eingegeben, aber den Anruf nicht abgesetzt hatte, würde Loser-Tom in seinem Suff gar nicht mitkriegen – so hoffte er zumindest.

Mit großen Augen starrte ihn der Versager an, sein Blick war leer und man sah ihm an, dass es ein paar Sekunden dauerte, bis Leanders Botschaft in seine verkaterten Hirnzellen durchgesickert war. Mit erhobenen Händen kapitulierte er. »Keine Polizei, okay? Ich mach mich vom Acker«, nuschelte er. »Aber sag Linda, ich muss mit ihr reden. Die kleine Schlampe muss mir eine Chance geben«, winselte er mit feuchter Aussprache.

»Sie!« Mit seinem Zeigefinger tippte Leander so

energisch auf die schmale Brust von Lindas Ex, dass er ins Schwanken geriet. Es kostete ihn einiges an Körperbeherrschung, diesem versifften, nach Alkohol stinkenden Typen nicht direkt eine reinzuhauen. So sprach niemand über die Frau, die eben erst sein Herz erobert hatte. »Sie überlegen sich am besten genau, was Sie tun. Sollte ich Sie auch nur ansatzweise in Lindas Nähe erwischen, dann gnade Ihnen Gott. Und jetzt sehen Sie zu, dass Sie Land gewinnen, bevor ich mich vergesse!«, zischte er durch seine zusammengepressten Zähne hindurch.

Endlich verpisste sich der Typ und ließ Leander mit gemischten Gefühlen zurück. Dass er herausgefunden hatte, mit wem Linda zusammen war und wo er arbeitete, ließ ansatzweise erahnen, wozu er fähig war. Und das jagte ihm eine Scheißangst ein.

Angst um Linda, die er jetzt noch besser beschützen musste.

***

Der Tag steckte ihm in den Knochen. Es waren nicht nur die vielen Patienten, die ihm heute – auch wenn er seinen Job wirklich gern machte – den letzten Nerv geraubt hatten. Vor allem der Gedanke an die morgendliche

Begegnung mit Lindas Ex-Freund lag ihm schwer im Magen. Dieser Idiot dachte doch tatsächlich, dass er sie mit einer Drohung zurückgewinnen konnte. Wie dämlich. Er war sich noch nicht sicher, ob er ihr davon erzählen sollte, weil er sie nicht unnötig ängstigen wollte. Vielleicht hatte sein Dämpfer ausgereicht, dass sich Tom wieder zurückziehen würde. Wobei er daran nicht glaubte. Er hoffte einfach, dass dieser Wurm Linda nicht näher kommen würde, als es gesund für ihn wäre. Während er mürrisch gelaunt nach Hause fuhr, traf er eine Entscheidung.

Später am Abend rekelte sich Linda satt und zufrieden auf seiner Couch, während er auf dem Fußboden saß. Ganz unkonventionell hatten sie auf dem Boden sitzend am Couchtisch gegessen.

»Hm, das war lecker«, ließ sie ihn wissen und lobte damit Leanders Kochkünste, die sich auf Pasta mit Pesto und Parmesan, sein Drei-P-Essen, beschränkten.

»Du bist lecker«, raunte er und robbte zum Sofa, um direkt vor ihrem Gesicht zu landen. »Und wenn du mich weiter so anschaust, bist du gleich mein Nachtisch. Nicht, dass du das nicht ohnehin wärst.« Mit seinen Fingern glitt er zärtlich über ihre Wange und ihren Hals, den sie ihm willig präsentierte. Gierig reckte sie ihm ihren Kopf entgegen, auf der Suche nach seinen Lippen, um gleich mit diesen zu einem leidenschaftlichen Kuss zu verschmelzen.

Während er mit seiner freien Hand ihren Hinterkopf packte und sie damit an Ort und Stelle hielt, knabberte er forsch an ihren Lippen, küsste sie bis zur Besinnungslosigkeit und entlockte ihr kehlige Geräusche, die pure Lust bedeuteten.

Er wollte sie. Um sich, unter sich, neben sich – in seinem Leben. Doch jetzt wollte er nichts sehnlicher, als sie in seinem Bett zu haben. Sie zu lieben, bis sie beide nicht mehr klar denken konnten.

»Schlafzimmer«, raunte er, nachdem er sie von ihrem T-Shirt befreit hatte, welches achtlos auf dem Boden landete.

Später lag sie in seinem Arm, den Kopf auf seine Brust gebettet, und fuhr mit den Fingerkuppen über seine nackte Haut.

»Ich will, dass du hierbleibst«, murmelte er und küsste sie auf den Haaransatz.

»Hm?« Über sein Angebot staunend, hob sie den Kopf und sah ihn irritiert an.

»Ich möchte, dass du bei mir wohnst. Also so richtig«, wiederholte er und streichelte zärtlich ihren Rücken.

»Warum?«

Sie hatte Bedenken. Klar hatte sie die. Und auch

Leander war nicht ganz frei davon. Doch er hatte diesen Entschluss nach der Begegnung mit Tom gefasst und würde Linda nicht wieder aus den Augen lassen, solange dieser Widerling in ihrer Nähe sein Unwesen trieb. Wenngleich das nicht der einzige Grund dafür war, ihr das Angebot zu unterbreiten. Dass er sie gern um sich hatte, lag auf der Hand. Sein Leben war um einiges fröhlicher und bunter, seitdem sie durch seine Wohnung wirbelte. Und genau das mochte er.

»Weil es sich verdammt gut anfühlt, dich hier zu haben«, raunte er und küsste sanft ihre Stirn.

KAPITEL 21

Linda

»Ich soll … was? Wie bitte?« Verwirrt wand sie sich aus Leanders Umarmung und setzte sich auf. Die Bettdecke zog sie schützend vor ihren Körper. Was auch immer ihn dazu bewogen hatte, ihr dieses Angebot zu unterbreiten, es ging zu schnell. Viel zu schnell. Sofort begann sich ihr Gedankenkarussell wild zu drehen. War es nicht einfach viel zu früh, sich so fest zu binden und gleich mit Sack und Pack bei ihm einzuziehen? Sich voll und ganz in ein Leben mit ihm zu stürzen? Auch wenn sie ihn immer mehr mochte, ihre Zuneigung von Tag zu Tag tiefer wurde, hatte sie Bedenken und haderte mit sich. Sie fühlte sich geborgen bei ihm. Aber würde das reichen?

»Du hast mich schon richtig verstanden.« Sein unverschämt attraktives Grinsen nahm ihr jeglichen Wind aus den Segeln und ließ sie seufzen.

»Leander«, begann sie, kaute verunsichert auf ihrer Unterlippe. »Nach meinem Shoppingtrip neulich hattest du Angst, dass ich mit meinem gesamten Hab und Gut bei dir einziehe und jetzt … willst du genau das?«

»Nein, das stimmt so nicht, ich hatte nie Angst davor. Anfangs ein wenig Respekt, das gebe ich zu. Aber ich war es ja, der dir den Vorschlag unterbreitet hat, und dazu stehe ich. Ich hab dich gern um mich, ich mag dich. Und ich meine, hey, du liebst meine Pasta. Also ja, ich möchte, dass du hierbleibst.«

Ein merkwürdiges Gefühl erfasst sie, das mit Worten nicht zu beschreiben war. Wollte man es versuchen, würde es wohl eine Mischung aus himmelhochjauchzend und zu Tode betrübt am ehesten treffen.

Sie wusste nicht, was sie darauf erwidern sollte. Einerseits erschien es ihr logisch, denn auch sie fühlte sich wohl in seiner Gegenwart. Leander gab ihr das Gefühl, etwas wert zu sein. Er begehrte sie. Interessierte sich für sie.

Aus den Augenwinkeln sah sie, wie er die Augenbrauen zusammenzog.

»Komm her, Prinzessin«, brummte er und Linda rutschte wieder ein Stück zu ihm.

»Noch näher«, raunte er, als sie für einen Moment

zögerlich innehielt.

Seine Stimme vibrierte bis in ihr Innerstes und sie spürte die Wärme, die ihr Herz flutete.

Sie drehte sich auf den Bauch und beugte sich, auf den Ellenbogen abgestützt, in seine Richtung. Das Nächste, was sie spürte, war seine Hand in ihrem Nacken, die sie packte, und seine begnadet weichen Lippen, die mit ihren zu einem fordernden Kuss verschmolzen. Nach Atem ringend, ließ er sie nach gefühlten Minuten wieder frei.

»Um deine Frage von vorhin zu beantworten: Ja, ich will genau das.« Noch einmal traf sein Mund ihren, anscheinend, um sie auf diese Weise zu überzeugen.

Linda seufzte und überlegte. »Okay«, gab sie nach. »Aber nur versuchsweise. Und ich werde meine Wohnung nicht kündigen.«

Leander strahlte übers ganze Gesicht und erwärmte damit ihr Herz. »Deal«, sagte er freudig und zog sie in seine Arme.

***

Das hektische Treiben in der Agentur schlug Linda auf den Magen. Seit einer Woche wurden die Köpfe zusammengesteckt, überall wurde getuschelt. Marc war kaum ansprechbar, wirkte aufgeregt und nervös. Zuerst dachte sie, es läge daran, dass sie nun richtig bei Leander wohnte. Sie hatte ihm davon erzählt, weil sie mit offenen Karten spielen wollte.

Aber er zitierte sie so oft wie nie zuvor in sein Büro, um hinter verschlossenen Türen – völlig untypisch für ihn – Dinge mit ihr zu besprechen. Bis Linda begriff, dass es nicht mehr nur um die laufenden Projekte ging, sondern dass eine Beförderung im Raum stand, die Lindas Herz zwei Oktaven höherschlagen ließ und mit der sie nie gerechnet hätte.

Mehrmals hintereinander holte sie tief Luft, weil sie nicht glauben konnte, welches Angebot Marc ihr unterbreitet hatte. Ein aufgeregtes Kribbeln jagte durch ihre Adern, und auch wenn sie jetzt schon wusste, dass sie dieses Angebot annehmen würde, sagte sie: »Ich fühle mich geehrt und werde darüber nachdenken.« Innerlich jubelnd vor Freude bemühte sie sich um Souveränität.

»Okay. Das ist okay. Und nun ab mit dir in deinen wohlverdienten Feierabend. Oder muss ich dir erst Beine machen?« Marcs Lachen donnerte durch sein Büro, während Linda schon die Türklinke in der Hand hielt.

»Bin schon weg«, rief sie fröhlich und verschwand durch die Tür.

»Besprich das mit Leander und sag mir morgen, wie deine Entscheidung ausgefallen ist«, hörte sie ihren Boss sagen und nickte. Zum Abschied hob sie die Hand und winkte noch einmal.

Genau das war ihr Plan. Auf jeden Fall wollte sie diese grandiosen Neuigkeiten mit Leander besprechen und war gespannt auf seine Reaktion. Sie würden das Angebot, das sie selbstverständlich annehmen würde, gebührend feiern, am besten bei einem romantischen Date heute Abend. Sobald sie zurück in ihrem Büro war, reservierte sie für acht Uhr einen Tisch im Diner, in dem sie ihr erstes Date gehabt hatten, und schrieb Leander eine Nachricht, dass sie sich am besten dort treffen würden.

Björn hatte sie es zu verdanken, dass sich ihr Feierabend verzögerte. Er bekniete sie, um an alle Neuigkeiten zu kommen, doch sie beließ es dabei, an der Oberfläche zu kratzen. Seine Neugier war wenig befriedigt, als er letztendlich ihr Büro verließ und murrte: »Bis morgen, Linda.«

Der Blick auf die Uhr ließ sie vermuten, dass sie es nicht rechtzeitig zu ihrem Date mit Leander schaffte. Sobald sie im Auto wäre, würde sie ihn anrufen und ihm Bescheid geben, damit er sich keine Sorgen machte.

Björn war ein durch und durch guter Kerl, das wusste Linda, und sie schätzte seine Arbeitsbereitschaft. Aber er tratschte zu gern, weswegen sie die Neuigkeit noch ein wenig zurückhielt. Dennoch würde sie mit ihm ein

Gespräch führen müssen, sobald sie ihre neue Funktion als Standortleiterin übernommen hatte.

»Ich bin weg«, verabschiedete sie sich winkend von den Kollegen, die noch da waren, und verließ die Agentur. Draußen war es inzwischen dunkel geworden. Schnell huschte sie über den großen Parkplatz, der nur mit zwei spärlich leuchtenden Laternen bestückt war. Voller Vorfreude auf das Date und auf die neue berufliche Herausforderung hüpfte ihr Herz im Galopp. Frohen Mutes steuerte sie ihren Wagen an, als sie plötzlich ein merkwürdiges Gefühl überkam. Abrupt blieb sie stehen und sah über ihre Schulter. Sie war mutterseelenallein auf dem Parkplatz. Oder nicht? Gerade eben hatte doch im Hintergrund etwas geknackt. Linda fühlte sich äußerst unwohl und beschleunigte ihre Schritte. Gänsehaut kroch über ihren Nacken und sorgte dafür, dass sich auch die allerkleinsten Härchen in Habachtstellung begaben. Ihre Atmung beschleunigte sich und ihr Magen krampfte sich zusammen. Angst kroch ihren Rücken hinauf, um sich direkt um ihr Herz zu legen und es zusammenzudrücken, sodass es ihr fast den Atem raubte.

»Björn, wenn du das bist, das ist nicht witzig«, rief sie in die Dunkelheit und verfluchte sich dafür, ihr Auto heute Morgen in der hintersten Ecke geparkt zu haben.

Sie erhielt keine Antwort, was sie noch ängstlicher werden ließ. Wäre einer ihrer Kollegen mit hier draußen, hätte der sich längst bemerkbar gemacht.

Immer wieder schaute sie über die Schulter, nach links, dann nach rechts. Lediglich die Eingangslichter des Bürogebäudes und das Licht hinter einigen Fenstern erhellten die Dunkelheit ein wenig, mehr war nicht zu sehen. Und doch wurde sie das Gefühl nicht los, dass sie nicht allein war. Mit zitternden Fingern griff sie nach dem Schlüssel in ihrer Jackentasche und beschleunigte ihr Tempo. Es waren nur noch wenige Schritte bis zum Auto. Mit der anderen Hand angelte sie ihr Telefon aus der Handtasche, um Leander anzurufen. Mit Sicherheit wartete er schon vor dem Restaurant auf sie.

Doch noch bevor sie seine Nummer anwählen konnte, legte sich von hinten eine Hand auf ihre und drückte sie nach unten.

»Steck's weg«, grollte eine Stimme unmittelbar an ihrem Ohr, die sie bestens kannte und die nichts als Kälte in ihren Adern hinterließ. Übelkeit stieg in ihr auf und sie erstarrte.

Wie festgefroren stand sie mitten auf dem Parkplatz, ihr Wagen nur noch ein paar Schritte entfernt. Doch sie war nicht imstande, sich vorwärts zu bewegen, geschweige denn, sich umzudrehen und ihm ins Gesicht zu blicken.

»Tom«, flüsterte sie mit erstickter Stimme, als er ihre Hand losließ und vor sie trat.

»Ja, ich bin's, Süße.« Selbstsicher baute er sich vor ihr auf und legte seine Hände auf ihre Schultern, um sie an Ort und Stelle zu halten.

Angewidert von seinen Berührungen wand sich Linda in seinem Griff, das Telefon immer noch in der Hand haltend. Er sah heruntergekommen aus. Als hätte er sich monatelang nicht mehr gepflegt. Was war passiert?

»W-was willst du?«, stammelte sie und wagte es nicht, ihm in die Augen zu sehen. In diesem Moment konnte sie es kaum fassen, dass dieser Typ und sie einst ein Paar gewesen waren.

Seine Finger wanderten von ihrer Schulter über ihren Hals bis hin zu ihren Wangen.

Ihr Herz raste. Sie wagte es nicht, sich zu bewegen.

»Mit dir reden«, sagte Tom mit forscher Stimme und hielt ihr Gesicht fest in seinen Händen, was es ihr schier unmöglich machte, seinem eindringlichen Blick zu entgehen. »Hat dir das dein aalglatter Zahnarzt nicht ausgerichtet? Dieser kleine Bastard …« Die letzten Wörter verließen seinen Mund durch zusammengepresste Zähne, und die Anspannung, die sich deutlich in seiner Miene abzeichnete, machte Linda noch mehr Angst, als sie ohnehin schon hatte.

Obwohl ihr das Herz bis zum Hals schlug, wollte sie versuchen, mit ruhiger Stimme auf ihn einzureden. In der Hoffnung, er würde von ihr ablassen.

»Tom«, begann sie. Sein Blick war leer und er wirkte getrieben von etwas, das sie nicht auszumachen vermochte. Eines war jedoch sicher: Der Mann, der gerade vor ihr stand und ihr eine Heidenangst einjagte, war nicht der, in den sie sich einst verliebt hatte. Er war nicht einmal der Mann, von dem sie sich vor über einem Jahr getrennt hatte. »Was willst du? Wir haben nichts zu bereden. Es ist alles ...« Tränen brannten in ihren Augen und ihre Stimme drohte zu versagen. »Es ist alles gesagt«, flüsterte sie kaum hörbar, und das donnernde Lachen ihres Gegenübers, das über den Parkplatz schallte, ließ ihr das Blut in den Adern gefrieren.

»Pah«, rief Tom selbstgefällig. »Alles gesagt. Nichts ist gesagt, Linda. Du bist abgehauen und hast mir sogar noch den Fick mit Corinna versaut.«

Bitte? Das war doch wohl nicht sein Ernst! Jetzt reichte es Linda. Sie war nicht mehr das zweifelnde graue Mäuschen von damals, das nach seiner Pfeife tanzte. Tief Luft holend, straffte sie ihre Schultern und streifte seine Hände von ihren Wangen.

»Ich hab dir das versaut? Du bist doch nicht ganz

dicht!«, schrie sie ihn aus Leibeskräften an. Woher auch immer sie ihre innere Stärke nahm, sie kam gerade recht. »Als du dein Techtelmechtel mit Corinna hattest, waren wir …« Derb schlug sie ihm mit der flachen Hand gegen die Brust. »… noch zusammen. Wenn hier einer was versaut hat, dann ja wohl du!«

Sie war außer sich und Toms entgeisterter Blick war ihr eine Genugtuung.

»Ich war fertig mit dir«, schrie sie weiter. Nun war sie so richtig in Fahrt und alles, was sich angestaut hatte und sie nie hatte loswerden können, ließ sie heraus: »Und jetzt, über ein Jahr später, kommst du aus deinem Loch gekrochen und spielst den Verletzten? Du hast sie doch nicht mehr alle!«

Wut. Alles, was sie gerade fühlte, war unbändige Wut. Darüber, dass er einfach so hier auftauchte, aus dem Nichts. Dass er es immer noch schaffte, sie so aus der Fassung zu bringen. Dass sie nicht einfach ihr Knie hochzog, um ihm gepflegt in die Weichteile zu treten, wie er es verdient hatte. Endlich schaffte sie es, ein paar Schritte Distanz zwischen sich und diesen Mistkerl zu bringen.

»Wow.« Toms Stimme triefte nur so vor Sarkasmus und sein schiefes Grinsen war ihr bestens bekannt. Es zeigte nichts anderes als Verachtung. »Wo hat mein

Mädchen denn gelernt, so auszuteilen, hm? Hat dein Stecher dir das gezeigt? Besorgt er es dir auch richtig gut?« Sichtlich amüsiert schlenderte er um sie herum und sah dabei fast schon lässig aus, wäre da nicht dieser bedrohliche Blick in seinen Augen gewesen.

»Ich. Bin. Nicht. Dein. Mädchen!«, spie sie ihm entgegen. »Und jetzt verpiss dich aus meinem Leben. Für immer.« Sie musste Leander anrufen. Dringend.

Siegessicher überwand sie die wenigen Schritte bis zu ihrem Wagen, Tom aus dem Augenwinkel immer im Blick haltend. Sie öffnete die Tür und warf ihre Tasche hinein, bevor sie Leanders Kontakt im Handy aufrief. Ein Moment der Unachtsamkeit.

»Und ob!« Sie spürte seinen heißen Atem an ihrem Hals, der sich wie Säure in ihre Haut fraß, während Tom nach ihrer Hand griff, in der sie das Telefon hielt. Sie umklammerte es fest, als er versuchte, es ihr aus den Fingern zu reißen, bis er Erfolg hatte und es zu ihrer Tasche in den Wagen warf. »Und ob du mein Mädchen bist, Süße.« Seine Arme umschlangen ihre Taille und ließen kein Entkommen zu. »Das warst du immer und wirst es immer sein.« Seine feuchten Lippen, die sie einst begehrt hatte, nun aber fürchtete, zogen Spuren an ihrer Wange entlang, sodass ihr noch übler wurde. »Und du kommst jetzt mit mir nach Hause. Verstanden?«

O Gott. Er hatte gewaltige Probleme.

Ruckartig drehte er sie um und presste sie mit seinem gesamten Körpergewicht gegen das Auto, um sich an ihrer Jacke zu schaffen zu machen. Er hörte nicht auf, sie zu küssen.

Linda wehrte sich heftig, drehte ihren Kopf hektisch hin und her und fuchtelte wild mit den Armen. Als sie versuchte zu schreien, presste er seine Hand fest auf ihren Mund, dass sie kaum noch Luft bekam.

»Na, na, na, Kleines, wer wird denn hier so laut werden? Willst du Zuschauer, wenn ich's dir besorge?«

»Du machst mir Angst, Tom. Kannst du etwas langsamer machen?«, wisperte sie kraftlos und mit erstickter Stimme. Ihr Magen zog sich schmerzhaft zusammen. Ihr Körper zitterte, und ihre Knie drohten nachzugeben.

»Weißt du, was das Problem ist, Pummelchen?«

Er widerte sie so an. Instinktiv drehte sie ihr Gesicht weg.

»Du hast ein neues Leben. Du hast einen Freund. Einen mit Kohle und so«, sagte er und seine Stimme triefte nur so vor Verachtung. »Ich habe nichts mehr. Du hast mir alles versaut mit deinem Abgang damals.«

Wieder bäumte sie sich auf und fasste allen Mut zusammen, ihm die Stirn zu bieten. »Und das ist meine

Schuld?«, schrie sie ihn an, wehrte sich mit Händen und Füßen, schlug ihm ins Gesicht. Doch er quittierte all ihre Versuche, sich von ihm zu befreien, mit abfälligem Gelächter.

»Natürlich, wessen sonst? Schließlich warst du es, die Corinna irgendwelche bescheuerten Flöhe ins Ohr gesetzt hat. Als ich es mit einem Fick wiedergutmachen wollte, hat sie mich angezeigt, diese Schlampe.«

»Aus gutem Grund, vermutlich«, murmelte Linda und handelte sich damit einen fiesen Blick ein.

»Jetzt halt endlich die Klappe und komm mit«, grollte er weiter und packte sie fest am Handgelenk. Schmerz durchzuckte sie, während Tränen über ihr Gesicht liefen. Mit jedem einzelnen salzigen Tropfen, der hinter ihren geschlossenen Augenlidern brannte, spürte sie, wie die Kraft schwand. Sie wusste, es wäre zwecklos, sich zu wehren. Er hatte gewonnen.

Sie hasste ihn. Abgrundtief. Diesen Scheißkerl. Für den Bruchteil einer Sekunde stand ihre Welt still, bevor sie in tausend Stücke zerfiel. Er war ihr körperlich überlegen und selbst wenn sie sich noch so wehrte, sie hätte keine Chance gegen ihn.

Schließlich war sie bereit aufzugeben, weil sie glaubte, das sei der einzige Weg, um ihn zu besänftigen. »Okay, lass mich nur meine Tasche holen, ja?«

KAPITEL 22

Leander

Verflixt! Eine gute halbe Stunde wartete er jetzt bereits vor dem Diner. Auch wenn er viel zu zeitig da gewesen war, war ihre Verspätung schon über das akademische Viertel hinaus. Doch von Linda fehlte bislang jede Spur. Zum wiederholten Mal wählte er ihre Nummer und wieder ging sie nicht ran. Er hoffte, dass es lediglich die Arbeit war, die sie aufgehalten hatte, wenngleich ihn ein dumpfes Gefühl beschlich. Das war so gar nicht ihre Art.

Er war bereits im Lokal gewesen und hatte eine der Kellnerinnen gefragt, ob sich Linda gemeldet hätte, doch diese hatte verneint. Eine Reservierung auf Winter war nicht storniert worden.

»Wo steckst du, Prinzessin?«, hatte er vor sich hingemurmelt, als er das Lokal wieder verlassen hatte.

Instinktiv ahnte er, dass etwas nicht stimmte. Sein Bauchgefühl war es letztendlich, das ihn dazu veranlasste loszufahren, um sie zu suchen, während er wieder und wieder versuchte, sie zu erreichen. Ohne Erfolg. Auch Marc konnte ihm nicht helfen. Die Agentur sei nur noch spärlich besetzt, Linda sei schon vor einer guten halben Stunde gegangen, damit sie es zu ihrem Date schaffte. Selbst am Telefon konnte er das Grinsen ihres Chefs hören und war einmal mehr froh darüber, dass aus einem alten Feind langsam ein Freund wurde. Na gut, das war vielleicht etwas dick aufgetragen für den Anfang, aber der Kontakt zwischen ihnen war inzwischen wesentlich entspannter geworden. Sie hatten eine Basis gefunden, auf der sie normal kommunizieren konnten, auch wenn sich Leander insgeheim über Marcs Akzent amüsierte.

Völlig verrückt vor Sorge fuhr er zurück in die Stadt. Als er an seiner Wohnung ankam, war diese dunkel. Kein Licht, welches die Zimmer hinter den Fenstern erleuchtete. Auch von ihrem Auto war weit und breit keine Spur. Behände wendete er seinen Oldtimer mitten auf der Straße und steuerte die Agentur an. Möglicherweise war sie doch dort aufgehalten worden, ohne dass Marc es mitbekommen hatte. Allerdings wäre sie dann erreichbar, und dass sie nach wie vor nicht an ihr Telefon ging, bescherte ihm ein ungutes Gefühl.

Mit Schwung bog er auf den Parkplatz von *Friedman & Friends* ab, der um diese Zeit nur noch spärlich beleuchtet war. Es brauchte allerdings keine Stadionbeleuchtung, um zu sehen, dass an Lindas Auto etwas vor sich ging. Er stoppte abrupt, stellte den Motor aus und beugte sich übers Lenkrad, um eine bessere Sicht zu haben. Noch bevor er realisieren konnte, was sich da vor seinen Augen abspielte, sprang er aus seinem Wagen und rannte. Mit diesem Gefühl unbändiger Wut in seinem Körper dauerte es gefühlte Stunden, bis er bei ihr war.

»Leander, endlich«, hörte er sie mit erstickter Stimme rufen, als er in Sichtweite kam und sah, wie Toms Kopf ruckartig zur Seite glitt. Allein Lindas verzweifelter Blick war Grund genug, von jetzt auf gleich jegliches Maß an Beherrschung zu verlieren. Noch bevor er zum Stehen kam, packte er Tom am Kragen seiner Jacke und zerrte ihn von Linda weg, sodass er taumelte.

»Was genau hast du an *Finger weg* nicht verstanden? Nimm deine schmierigen Hände von ihr, du Scheißkerl! Ich habe dich gewarnt«, rief er voller Zorn und holte aus, um ihm einen Schlag ans Kinn zu versetzen.

Tom stieß einen Schmerzensschrei aus, während sein Kopf von der Wucht des Aufpralls zur Seite flog. Er winselte vor Schmerz und nuschelte derbe Flüche in seinen ungepflegten Bart.

Leander nutzte die Gelegenheit und zog Linda in seine Arme. »Alles okay?«

Ihr erleichtertes Schluchzen an seinem Hals war ihm Antwort genug. Sein Groll gegen dieses ungehobelte Arschloch wuchs ins Unermessliche. Schnell löste er sich von seiner Freundin und schob sie sanft hinter sich. »Nun wieder zu dir, du Vollpfosten. Hast du noch nicht genug?«, knurrte er bedrohlich.

»Selber Vollpfosten. Du Arsch, ich hatte sie so weit. Wir wollten gerade nach Hause fahren und von vorn anfangen.«

Gott, dieser Typ hatte doch nicht alle Latten am Zaun! Die Wut, die seit seiner Ankunft in Leander kochte, schäumte über und er konnte nicht mehr an sich halten. Wie von allein erhob sich seine Faust und schlug erneut in Toms Gesicht. Diesmal traf er ihn an der Nase und der Oberlippe.

Blut tropfte aus Toms Mund und er krümmte sich vor Schmerzen, dass er auf die Knie sackte. »Meine Zähne«, jammerte er und hielt sich mit beiden Händen das Kinn.

Leander packte ihn am Schlafittchen und zog ihn auf die Beine. Auch wenn er durchaus imstande gewesen wäre, seine Aggressionen an diesem Mistkerl auszulassen, wusste er, dass er weder die Energie noch die

Konsequenzen wert war. Sein Augenmerk galt viel mehr Linda, um die er sich jetzt kümmern musste, nachdem er die Polizei gerufen hatte.

Dieser Bastard würde dafür büßen. Unsanft fiel der zu Boden, nachdem Leander ihn losgelassen hatte.

Leander drehte sich um, fasste Linda sanft an den Oberarmen und sah sie besorgt an. »Geht es dir gut?«

Sie zitterte, nickte aber. »Ja. Nein. Ich weiß nicht«, flüsterte sie, in ihrem Blick war immer noch Angst zu sehen.

Er zog sie in seine Arme und strich ihr beruhigend über den Rücken. Nebenbei nahm er sein Handy aus der Jackentasche und wählte den Notruf.

Tom, der immer noch gekrümmt auf dem Boden lag, ließ er währenddessen nicht aus den Augen. »Die Polizei wird gleich hier sein. Die nehmen ihn mit, dann haben wir Ruhe vor ihm«, raunte er und küsste sie auf die Stirn.

Linda nickte, löste sich aus seiner Umarmung und ging auf Tom zu, der schon wieder von einem Ohr bis zum anderen grinste. Blutverschmiert ums Kinn und mit einem Gesichtsausdruck, der Leander fast dazu verleitete, ihm erneut in die Fresse zu hauen.

»Tom«, sagte sie mit gefasster Stimme. Ihr Blick war emotionslos. »Lass mich einfach in Ruhe, okay? Lass uns verdammt noch mal in Ruhe.«

Toms Blick verfinsterte sich. Anscheinend hatte er sich den Ausgang des Abends anders vorgestellt.

Mit großer Genugtuung sah Leander, wie sehr es ihn grämte, dass Linda so gleichgültig mit ihm gesprochen hatte.

Die Sirenen der Polizei waren zu hören und nur wenige Augenblicke später fuhr ein Streifenwagen auf den Hof. Zwei Polizeibeamte stiegen aus und noch einmal durchlebte Linda die schrecklichen Minuten, als sie ihnen den Vorfall schilderte. Man gestattete ihr, ihre Aussage am nächsten Tag auf dem Revier zu machen.

Leander ließ sie indes nicht allein, war bei ihr, um sie zu unterstützen. Er war stolz auf sein Mädchen, das er gleich an seine Brust zog, nachdem man Tom in Gewahrsam genommen und in den Wagen verfrachtet hatte. Erneut küsste er sie auf den Haaransatz, während bei Linda alle Dämme brachen. Hemmungslos schluchzte sie. »Können wir das Date verschieben und stattdessen nach Hause fahren?«

Geistesgegenwärtig schnappte er ihre Tasche und verschloss ihren Wagen. Den konnten sie morgen holen.

Bis zu seinem Auto, das immer noch mit offener Fahrertür am Anfang des Parkplatzes stand, ließ er sie nicht los. Auch nicht, als er die Beifahrertür öffnete und Linda vorsichtig auf den Sitz bugsierte. Behutsam legte er den Gurt um ihren Oberkörper, während sie starr geradeaus durch die Frontscheibe stierte. Mit wild pochendem Herzen und sich überschlagenden Gedanken stieg er selbst auf der anderen Seite des Wagens ein und startete den Motor.

Unsicher blickte er immer wieder zur Seite, nachdem er den Wagen gewendet und das Firmengelände von *Friedman & Friends* hinter sich gelassen hatte.

»Sprich mit mir, Linda, bitte«, bat er sie, wenngleich er wusste, dass er sie nicht überfordern durfte. Sie würde reden, wenn sie bereit dazu wäre. »Du hast alle Zeit der Welt. Ich bin für dich da«, signalisierte er ihr.

Aus den Augenwinkeln sah er die Tränen, die stumm über ihre Wangen liefen, und sein Herz zog sich schmerzhaft zusammen.

Leander lenkte den Wagen durch die Straßen, hing selbst seinen eigenen Gedanken nach. Er hatte keine Ahnung, wie er ihr helfen konnte, das heute Erlebte zu verarbeiten. Für sie da zu sein, war ein Anfang. Aber würde sie es annehmen und sich ihm öffnen? Zum jetzigen Zeitpunkt wusste er es nicht.

Wenig später parkte er sein Auto in der Tiefgarage. Er stieg aus und beeilte sich, zur Beifahrerseite zu kommen und Linda zu helfen.

Träge nahm sie seine Hand und ließ sich aus dem

Wagen ziehen. Ihr Gesicht war noch immer kreidebleich, der Blick ausdruckslos. Dieser verdammte Mistkerl hatte ihr so zugesetzt. Sie zitterte, obwohl sie ihren Mantel trug.

Schnell zog Leander seine Jacke aus und legte sie zusätzlich über ihre Schultern.

In der Wohnung angekommen, legte er sie aufs Bett. Als er ein paar Minuten später mit einer Tasse frisch aufgebrühtem Pfefferminztee zurückkam, schlief sie bereits.

Er telefonierte mit Alexander, um auszuloten, wie sie Tom am besten von sich fernhalten konnten.

»Er wird seine gerechte Strafe bekommen, das ist sicher«, beruhigte ihn sein Freund und Leander atmete erleichtert auf. »Wie genau die allerdings aussieht, entscheidet der Richter, wenn es zu einer Verhandlung kommt. Linda wird unter Umständen aussagen müssen.«

»Ja. Das ist mir klar«, sinnierte er. »Gott, du hast keine Ahnung, was da abging. Es war furchtbar, sie so zu sehen. So hilflos, so zerrissen, und dieser Typ … dieses ekelhafte Schwein.« Leander redete sich in Rage, er war so wütend auf den Mistkerl.

»Pass auf, ich schick dir nachher den Kontakt eines Kollegen. Er ist Anwalt für Strafrecht und verfügt gerade in diesem Bereich über ausreichend Erfahrung und

Know-how.«

»Danke, Alex. Du hast was gut bei mir.«

»Nein, dafür sind Freunde da. Und jetzt kümmere dich gut um sie.«

Die Männer verabschiedeten sich und Leander legte sich zu ihr.

***

Am nächsten Morgen wachte er auf und fühlte sich wie gerädert. Linda hatte unter Albträumen gelitten und er hatte sie ein ums andere Mal getröstet, indem er sie in die Arme genommen hatte. Es brach ihm das Herz, sie so leiden zu sehen und hilflos zuschauen zu müssen.

»Ich sage Marc Bescheid, dass du für den Rest der Woche zu Hause bleibst, okay?«

Dankbar nickte sie und nippte an dem Tee, den er ihr gemacht hatte. Sie hatte sich aufs Sofa gekuschelt und sah mitgenommen aus.

Auch Leander hatte zumindest für heute in der Praxis abgesagt und darum gebeten, dass Dr. Schöne für ihn einsprang. Lindas Wohlergehen war ihm wichtiger.

»Er war einfach da«, brach sie gegen Mittag endlich ihr Schweigen. »Ich habe die Situation völlig unterschätzt. Dachte, er will mich nur bequatschen. Ich glaube, er war ziemlich betrunken. Als er sich dann an mich rangemacht hat, war ich wie gelähmt vor Angst. Ich hab es nicht einmal geschafft, dich anzurufen.«

Gott, darüber sollte sie sich doch jetzt nicht den Kopf zerbrechen.

»Ich bin froh, dass du rechtzeitig da warst«, sagte sie und sah ihn an. Die Starre in ihrem Blick war einem Anflug von Panik gewichen. »Ich weiß nicht, was passiert wäre, wenn du nicht …«

»Schsch«, flüsterte er tröstend. »Darüber denken wir gar nicht erst nach, okay?«

Der Stein, der die ganze Zeit über in Leanders Magen gelegen hatte, wurde größer und größer. So groß, dass er ihm die Luft zum Atmen nahm. Vorsichtig, nachdem er mit einem Blick ihre Erlaubnis eingeholt hatte, zog er sie an sich. Fest drückte er sie an seine Brust und strich ihr beruhigend über den Rücken, hauchte zarte Küsse auf ihr Haar.

Lindas warmen Atem an seinem Hals zu spüren, tat gut. Er wusste nicht, wie lange es dauern würde, bis sie wieder die Alte war. Vielleicht würde sie nie wieder so sein, wie er sie kennengelernt hatte. Doch das war ihm gleichgültig.

Er würde es sich zur Aufgabe machen, Linda und nicht zuletzt sich selbst den Glauben an die große Liebe zurückzubringen.

Ihr Gesicht in den Händen haltend, streichelte er mit seinen Daumen zärtlich über ihre Wangen. »Lass mich dich lieben, wie dich noch nie zuvor jemand geliebt hat«, raunte er heiser, bevor seine Lippen die seidig weiche Haut ihrer Stirn trafen.

Ihr Nicken war ihm Antwort genug.

Und ganz stillschweigend wob sich ein unsichtbares Band um ihre Herzen, das auf ewig zusammenhalten würde.

KAPITEL 23

Linda

~ 3 Monate später ~

»Ich bin so froh, dass die Agentur in deinen Händen so gut aufgehoben ist«, flötete Marc fröhlich. Linda telefonierte per FaceTime mit ihm. Sie war so dankbar dafür, dass er ihr die Leitung der Agentur übergeben hatte, bevor er zurück nach London gegangen war, um dort den Hauptstandort der Agentur mit seinem Bruder zu leiten. Nachdem Jen ihn so sang- und klanglos verlassen hatte, hielt ihn nichts mehr in Dresden, was Linda total verstehen konnte.

»Wir müssen uns alle noch etwas daran gewöhnen, aber das ist nur eine Frage der Zeit. Die Projekt-Briefings laufen schon mal super und wir haben immer wieder neue Anfragen.«

»Das ist toll. Und du wirst diesen verrückten Haufen gut in Schach halten, da bin ich mir sicher.«

Dass er so große Stücke auf sie hielt, machte sie unheimlich stolz, und seitdem er weg war, setzte sie alles daran, ihn und das gesamte Team und nicht zuletzt sich selbst nicht zu enttäuschen. Auch wenn es noch ungewohnt war, dass sie nun das Sagen hatte, war es ihr nicht schwergefallen, diesen verantwortungsvollen Posten zu übernehmen.

Sie plauderten noch eine Weile und brachten sich gegenseitig auf den neuesten Stand. Nachdem alles Berufliche besprochen war, berichtete Marc, dass er jemanden kennengelernt hatte, und Linda freute sich für ihn. Er war ein cooler Typ und hatte es verdient, glücklich zu sein.

Etwas, das sie nach dem Zwischenfall mit Tom auch erst wieder hatte lernen müssen. Es hatte einige Wochen gedauert, bis sie sich hatte öffnen und darüber sprechen können. Sowohl Leander als auch eine sehr feinfühlige Therapeutin halfen ihr dabei, das damals Geschehene aufzuarbeiten.

Die Verhandlung stand zwar noch aus, aber laut der Aussage ihres Anwalts war jetzt schon klar, dass Tom definitiv nicht ungeschoren davonkommen würde.

Während der Beweisaufnahme war herausgekommen, dass er sich in den letzten Monaten einiges hatte zuschulden kommen lassen und Linda nicht die einzige Frau war, die er gegen ihren Willen für sich hatte gewinnen wollen. Auch beruflich wurde ihm einiges angelastet, weshalb Linda nur den Kopf schütteln konnte. Sie hatte das Gefühl, diesen Mann nie richtig gekannt zu haben.

Ihr graute vor dem Tag, an dem sie vor Gericht alles erneut würde erzählen müssen. Aber das musste sein, damit er seine gerechte Strafe erhielt.

Noch immer mied sie dunkle Plätze, blieb ungern allein, aber das würde sie eines Tages überwinden. Mit Leander an ihrer Seite würde sie das durchstehen. Mit ihm konnte sie alles durchstehen, und so war es eine leichte Entscheidung, ihre Wohnung nun doch aufzugeben und vollends bei ihm einzuziehen.

Es war die einzig logische Konsequenz.

Wobei Liebe alles andere als logisch war. Sie war eher chaotisch und völlig unsortiert.

Aber wenn sie eines in den letzten Wochen gelernt hatte, dann, dass Liebe bedingungslos sein musste, um funktionieren zu können.

Und sie wusste, dass Leander sie bedingungslos liebte. So wie sie ihn.

***

»Ich bin dann mal weg«, stöhnte Julian und hielt sich ächzend den Rücken, nachdem er einen der Umzugskartons im Flur von Leanders Wohnung abgestellt hatte. Er war fleißig, ohne Frage, aber das Arbeiten an sich hatte er nicht erfunden, wie Linda schmunzelnd feststellte. »Und Großer …« Er klopfte seinem Bruder kraftvoll auf die Schulter. »Gut gemacht.«

»Ciao und vielen Dank für deine Hilfe. Wir sehen uns.« Linda zog ihn in eine Umarmung, die er unbeholfen erwiderte. Von seinem Bruder verabschiedete er sich mit einem High-Five und konnte dann nicht schnell genug die Wohnung verlassen. Vermutlich hatte er Angst, dass Linda ihm noch mehr Aufgaben aufbrummte.

»Ist das der letzte Karton?«, murrte Leander. »Ich hab die Größe deines Hausstandes echt unterschätzt.« Obwohl er sichtbar k. o. vom Kistenschleppen war, wurde er nicht müde, um sie herumzustreichen und zu flachsen. Immer wieder landete eine Hand auf ihrem Po oder auf ihrer Hüfte. Oder er streifte im Vorbeigehen aus Versehen mit seinen Lippen ihre Wange.

Die ausgelassene Stimmung in seiner Wohnung gefiel ihr ausnehmend gut und sie hoffte, es würde immer so bleiben. Er hatte ihr Herz mit Liebe geflutet und ganz heimlich war aus einem einfachen *Ich und Du* ein *Wir* geworden.

»Ist nicht mehr viel.« Lachend schaute sie aus dem Fenster. »Nur noch die zwei Lkws da unten«, provozierte sie ihn und landete keine fünf Sekunden später auf seiner Couch.

Bedeckt von seinem durchtrainierten Körper stieg sein männlicher Duft in ihre Nase. Seine Hand, die sich unter ihr Shirt schob und sanft, aber bestimmt über ihre Haut glitt, ließ sie nach Luft schnappen.

»Leander, ich liebe dich wirklich. Aber erst die Arbeit, dann das Vergnügen.« Auch wenn sie sichtlich genoss, was er da tat, und sich ihr Innerstes sehnsüchtig zusammenzog – sie hatten noch ihr ganzes Leben lang Zeit dafür.

Doch ihr Freund machte keine Anstalten, sein Spiel zu unterbrechen. Stattdessen hinterließ seine Zunge heiße Spuren auf ihrem Hals, verwöhnte ihr Dekolleté.

»Prinzessin, ich liebe dich auch«, raunte er an ihrem Hals und das Vibrieren seiner Stimme schoss direkt in Lindas Schoß. »Aber Regeln sind da, um sie zu brechen. Und ich bin dafür, dass wir gleich damit anfangen. Also, erst das Vergnügen, dann die Arbeit.« Sein Blick wurde dunkel und gierig, seine Berührungen forscher.

Lindas Herz drohte, vor lauter Freude und Liebe aus

ihrer Brust zu springen.

In Momenten wie diesen konnte sie kaum fassen, dass sie endlich ihr Glück gefunden hatte.

ENDE?

Nein, denn jedes Ende ist ein neuer Anfang ...

Danke, dass du »Frühlingsherzklopfen« gelesen hast.

Du mochtest die Geschichte um Linda & Leander? Dann freue ich mich über eine Rezension bei Thalia, Amazon, Lovelybooks und Co.

Rezensionen sind für mich und meine Bücher enorm wichtig. Zum einen, weil mir Leserfeedback die Welt bedeutet (und ja, damit meine ich auch konstruktive Kritik), zum anderen hilft es (m)einem Buch, sichtbar zu werden/sein/bleiben.

Wenn du dir ein paar Minuten deiner kostbaren Zeit nimmst und ein paar Zeilen über dieses Buch in den gängigen Portalen schreibst, hilfst du außerdem anderen Leser:innen, diese Geschichte zu entdecken.

Tausend Dank!

CONTENT NOTE

In diesem Buch tauchen Themen auf, die triggern können.

Im Einzelnen sind dies:

Toxische Beziehung
Psychische Gewalt in Beziehungen
Stalking
sexualisierte Gewalt
Gewalt gegen Frauen

ÜBER DIE AUTORIN

Katrin Franke lebt mit ihrer Familie in Dresden. Sie liebt die Schönheit ihrer Heimatstadt genauso wie die Berge und das Meer. Das alltägliche Leben und die Familienurlaube inspirieren sie zu immer neuen Geschichten voller Liebe, Spannung und Romantik, die auch stets mit einer Prise Humor versehen sind. Mit ihrem Gespür für große Gefühlsmomente erobert sie die Herzen ihrer LeserInnen im Sturm.

www.katrin-franke.de

NEWSLETTER

Verpasse keine Neuigkeiten mehr!
Erfahre alles zu aktuellen Projekten, bevorstehenden Veröffentlichungen, Gewinnspielen, Aktionen usw.
Trag dich am besten gleich ein:
www.katrin-franke.de
Ich freu mich auf dich.

Besuche mich auch in den sozialen Medien, um mehr über mich, meinen Schreiballtag und meine Bücher zu erfahren:
Instagram: *katrin_franke_autorin*
Facebook: *Katrin Franke – Autorin*

HERZKLOPFEN 1.0

»Winterherzklopfen«

Linda & Leander

Der Deal war eine Nacht. Eine Nacht nur wir zwei. Nicht mehr.

Ein Auffahrunfall mit reichlich Blechschaden ist das Letzte, was Isabell so kurz vor Weihnachten braucht. Dass Alexander, der attraktive Unfallgegner, einen ungewöhnlichen Vorschlag zur Schadenregulierung hat, ist erst recht nicht hilfreich. Aber sein Angebot ist zu verlockend, als dass sie es ausschlagen könnte. Nach einer aufregenden Nacht trifft sie bei einem Vorstellungsgespräch erneut auf ihn und wird kurzerhand auch noch eingestellt. Das Gefühlschaos ist perfekt. Doch ist es wirklich eine gute Idee, sich in seinen Chef zu verlieben? Noch dazu, weil sie das Gefühl nicht loswird, dass er ihr etwas verheimlicht. Schließlich weiß sie, dass Lügen alles kaputtmachen. Kann eine zweite Chance das junge Glück kitten?

Winterherzklopfen ist der erste Band der Verliebte-Herzen-Reihe. Die Geschichten sind alle unabhängig voneinander lesbar, jedoch durch wieder-kehrende Charaktere miteinander verbunden.

Als Ebook und Taschenbuch überall im Buchhandel erhältlich.

HERZKLOPFEN 3.0

»Sommerherzklopfen«

Elisa & Marc

Nach einem schweren Schicksalsschlag kämpft sich Elisa ins Leben zurück. Als der attraktive Marc dabei ihre Wege kreuzt, spürt sie die enorme Anziehungskraft zwischen ihnen und kann ihm nur schwer widerstehen. Zu verlockend ist das Gefühl, aufzublühen und jemanden an der Seite zu haben, der sie auffängt und versteht. Wären da nur nicht die Dämonen ihrer Vergangenheit, die einfach nicht zulassen, dass er mehr Platz in ihrem Leben einnimmt. Doch Marc lässt nichts unversucht und setzt alles daran, Elisa für sich zu gewinnen. Mit ihm kann sie die lauen Sommerabende wieder richtig genießen und wähnt sich endlich in Sicherheit, bis die Wahrheit über alte Geschehnisse ihr den Boden unter den Füßen wegzieht. Fällt sie ins Bodenlose oder kann Marc sie auch dieses Mal auffangen?

Sommerherzklopfen ist der dritte Band der Verliebte-Herzen-Reihe. Die Geschichten sind alle unabhängig voneinander lesbar, jedoch durch wieder-kehrende Charaktere miteinander verbunden.

Ab Mai 2024 als Ebook und Taschenbuch
Überall im Buchhandel erhältlich.